Un désir osé

A Daring Desire

La Série Dare Ménage (The Dare Ménage Series)
Tome 4

Jeanne St. James

Traduction par
Literary Queens

Crédits :
Couverture: April Martinez
Traduction de l'anglais au français: Literary Queens

---

www.jeannestjames.com

Inscrivez-vous à ma lettre d'information pour recevoir des informations privilégiées, des nouvelles d'auteurs et des nouveautés: www.jeannestjames.com/newslettersignup

---

Pour ne rien rater de ses actualités et de ses parutions, consultez son site web www.jeannestjames.com ou inscrivez-vous à sa newsletter (Seulement en anglais) : http://www.jeannestjames.com/newslettersignup

Liens d'auteur : Instagram * Facebook * Goodreads Author Page * Newsletter * Jeanne's Readers Group * BookBub * TikTok * YouTube

La Série Dare Ménage
The Dare Ménage Series

Osez doublement (livre 1)
Proposition osée (livre 2)
Osez être trois (livre 3)
Un désir osé (livre 4)
Oser s'abandonner (livre 5)
Un voyage audacieux (livre 6)

Chapitre Un

La bite de Gryffin Ward était si dure qu'il grimaça.

La nouvelle collaboratrice de son cabinet d'avocats se tenait de l'autre côté de son bureau, et lui parlait. Elle lui parlait *vraiment*.

Il n'avait aucune idée de ce qu'elle racontait.

Plus il regardait ses lèvres bouger, plus il se disait qu'il n'aurait pas dû l'engager, et ce, même si elle lui avait été vivement recommandée.

Les statistiques de Rayne étaient tellement bonnes qu'il aurait été idiot de passer à côté. Plus son cabinet gagnait de procès, plus ils attiraient des clients. Plus les clients faisaient appel à eux, plus son entreprise prospérait. Ce qui signifiait...

Oh, putain. Qui s'en souciait. Pour l'instant, il avait désespérément besoin de décaler son membre parce que son érection était coincée dans une position douloureuse sous son pantalon.

— Alors, vous en pensez quoi, Patron ?

Seigneur ! Encore cette histoire de « Patron ».

Elle devait commencer par mettre des habits de nonne et

cesser de l'appeler ainsi. Sinon, ses couilles seraient bleues en permanence.

Qu'est-ce qu'il en pensait ? Rien. Tout le sang de son cerveau s'était engouffré dans sa bite, si bien qu'il avait zéro réflexion pertinente.

— Tu n'es pas obligée de m'appeler Patron. En fait, s'il te plaît, évite.

— Je le sais bien.

Avec un sourire, Rayne se pencha vers lui et lui donna une petite tape sous le menton avant de tourner sur les talons de ses escarpins *d'allumeuse* et se diriger vers la porte.

— Mais j'aime bien, lança-t-elle par-dessus son épaule.

Moi aussi.

Il jeta un dernier coup d'œil à la jupe moulante avec une fente à l'arrière, celle qui épousait le somptueux cul de son employée, et aux bas qu'elle portait, une couture remontant à l'arrière de ses jambes. Puis, elle disparut, laissant la porte de son bureau ouverte.

Gryff ferma les yeux et souffla.

Putaaaaaaaaaiiiiiiiiinnn.

Pas étonnant qu'elle ait gagné la majorité de ses procès. Le juge et le procureur devaient avoir le cerveau en bouillie après l'avoir vue arpenter la salle d'audience pour interroger les témoins à la barre.

Quoi qu'il en soit, c'était une avocate de la défense hautement respectée.

Mais il devrait la renvoyer. Il n'avait jamais eu de relation avec une collaboratrice et n'allait pas commencer maintenant. Même s'il était terriblement tenté.

Un salaud. Voilà ce qu'il était.

Il expira une nouvelle fois et passa les mains sur son visage.

— Gryff, appela une voix féminine depuis la porte.

Il écarta suffisamment les doigts pour apercevoir sa secrétaire, Dani.

— Oui ?

— Tu vas bien ?

Putain non ! Il n'allait pas bien. Il était complètement cinglé.

— Oui.

Il soupira et baissa ses mains pour couvrir la preuve de sa folie, au cas où elle approchait.

— OK. Bah, ton frère est sur la ligne une.

Si ça ne le faisait pas débander, alors rien n'y parviendrait.

— Merci. Ferme la porte, s'il te plaît.

Elle lui fit un petit sourire et s'exécuta. Voilà une femme avec laquelle il pouvait travailler sans perdre la tête. Dani avait un style traditionnel, ce qui était attendu dans un cabinet d'avocats de renom. Contrairement à Rayne.

En redressant rapidement sa virilité qui dégonflait, il décrocha le combiné et appuya sur le bouton de la ligne 1.

— Quoi de neuf, grand frère ?

— Hé ! Qu'est-ce qui t'arrive ? lui répondit son frère aîné, Gray.

Si seulement son frère savait ce qu'il venait de se passer.

Depuis que Gray s'était mis en ménage avec ses amants, Paige et Connor, l'homme avait définitivement laissé tomber les chichis et semblait plus détendu. Son langage bienséant avait pris une petite tournure désinvolte. Mais Paige avait la langue bien pendue et jurait comme un marin, alors il n'était pas surpris que cela déteigne sur Gray. Il était temps que son frère se détende.

— J'ai besoin d'une faveur, poursuivit Gray.

Bon sang ! Gray ne demandait jamais rien. Son frère aîné

au comportement carré ne pouvait pas avoir des problèmes juridiques, n'est-ce pas ?

— Dis-moi.

— J'ai un joueur...

Ah, merde.

— Il a besoin d'un avocat.

Encore un vilain joueur de football qui se retrouvait dans le pétrin. Rien de nouveau. Mais que Gray vienne solliciter son aide ? Ça, c'était nouveau.

— Et t'es le meilleur.

— T'essaies de m'amadouer ? demanda Gryff en fronçant les sourcils.

— Oui. Il a besoin de ton aide. C'est un bon joueur et notre équipe a besoin de lui. Mais il est suspendu jusqu'à ce que ce petit *pépin* juridique soit résolu.

— Petit à quel point ?

— Minuscule.

— Arrête tes conneries.

— Le juge veut faire un exemple, car il n'aime pas que les athlètes professionnels s'en tirent avec des trucs du genre.

Des trucs du genre. Les mots « domestique » et « agression » se bousculèrent dans la tête de Gryff.

— Il a frappé sa femme ou sa petite amie ?

— Non.

— Arrête de tourner autour du pot, Gray. Ça ne te ressemble pas.

Le silence retentit à l'autre bout du fil.

— Quelle est l'accusation ? insista Gryff.

— Coups et blessures.

Gryff fit une moue et s'avachit dans son fauteuil de bureau en cuir, levant les yeux vers le plafond.

— Qui est le juge ?

—Thompkins.

Gryff se redressa d'un coup sec. *Merde.* Il n'avait pas eu envie d'entendre le nom de ce chieur. D'ailleurs, il était presque certain de ne pas vouloir connaître la réponse à la question suivante.

— C'est qui ?

— Trey Holloway.

Gryff ferma les yeux et jura dans sa tête.

— Non.

Ces dernières années, Trey Holloway avait bien trop de fois fait parler de lui. Ce type semblait échapper à tout contrôle. Gryff n'était pas surpris d'apprendre qu'il avait été accusé d'agression.

— C'était de la légitime défense.

— Bien sûr...

Gryff enfonça le talon de sa main dans son œil droit. Il sentait le début d'une migraine.

— Je le crois, dit doucement Gray. Écoute, je sais qu'il a des problèmes. C'est un gamin terrible, mais il est bon sur le terrain. Il a le potentiel de nous emmener au Super Bowl la saison prochaine. Je ne veux pas le voir tout gâcher.

— Tu fais ça pour l'équipe ? Ou pour lui ?

Une seconde hésitation du côté de Gray.

— Les deux. L'un peut aider l'autre.

Peut-être. Mais un agitateur pouvait aussi faire imploser l'équipe. Si quelqu'un le savait, c'était Gray. Gryff était sûr qu'il en était conscient, alors pourquoi Gray se mettait-il en danger pour ce type ? Pourquoi ce gars était-il différent de tous les autres joueurs qui avaient été arrêtés à cause de trucs stupides ?

— Raconte, dit Gryff.

— Il était dans un bar...

Ouais... C'était comme ça que commençaient toutes les bonnes histoires.

— Et il a dragué un gars...

— Il est gay ?

Eh bien, Gryff ne s'attendait pas à ça.

— Ils étaient dehors derrière le bar, à se bécoter... poursuivit Gray en ignorant sa question.

Se bécoter. Comme des adolescents ?

— Les amis du gars les ont surpris. Quand c'est arrivé, le mec a accusé Trey de l'avoir forcé, parce que le mec n'avait pas encore fait son coming-out. Le gars s'est indigné et a frappé Trey pour que l'histoire fasse vrai. Les amis du type sont intervenus et ont cogné Trey. Ils étaient plus nombreux que lui. Mais Trey s'est défendu et a fini par mettre les quatre gars à terre, blessant assez gravement deux d'entre eux.

— Merde, murmura Gryff, visualisant toute la scène dans sa tête, au fur et à mesure que son frère la lui décrivait.

— Ouais. Mais c'est la parole de Trey contre les quatre autres. Personne dans le bar n'a été témoin de l'altercation, ou si c'est le cas, personne ne s'est manifesté. Trey prétend que c'était de la légitime défense et je le crois. Personne de sensé ne s'attaque à quatre types par plaisir.

Sauf s'ils sont ivres.

— C'est le seul qui a été arrêté ?

— C'était le seul debout à la fin.

— Merde, murmura encore Gryff. D'après ce que j'ai entendu sur lui, j'aurais pensé qu'Holloway aurait un avocat sous contrat.

— C'est le cas. Mais c'est une question de vie ou de mort. Comme je l'ai dit, personne n'est meilleur que toi.

— De vie ou de mort ?

— De sa carrière, précisa Gray.

Gryff fit pivoter sa chaise pour regarder dehors par la fenêtre derrière lui.

— Eh bien, si tu ne me mets pas la pression...

— Tu peux gérer.

— J'ai besoin de temps pour y réfléchir.

— On n'a pas le temps.

— Pourquoi ? Quand est-ce que...

Un raclement de gorge se fit entendre derrière lui. Il regarda par-dessus son épaule et tomba sur les yeux bleus de Trey Holloway. Le type lui fit un clin d'œil et un sourire insolent.

C'est quoi ce bordel ?

— Gray, dit Gryff d'un ton menaçant.

— J'allais te prévenir, gloussa son frère.

— Pas assez vite.

— Oui, eh bien....

La ligne fut coupée.

Enfoiré. Il allait tuer son frère.

Gryff retourna lentement sa chaise et raccrocha délicatement le téléphone, bien qu'en réalité, il n'avait qu'une envie : bien de le frapper cinquante fois sur le socle jusqu'à ce qu'il explose. Mais il était civilisé. Il ne pouvait pas perdre son sang-froid devant un client.

Même s'il s'agissait de Trey Holloway.

De toute évidence, Gryff devait avoir une discussion avec Dani qui laissait les clients entrer dans son bureau sans être annoncés ou même invités.

Il scruta l'homme qui se tenait au milieu de son bureau. Ses yeux bleus paraissaient plus clairs en raison de son teint foncé. Ses cheveux d'un blond cendré zébrés de mèches, qu'elles soient vraies ou artificielles, lui arrivaient presque aux épaules. Une barbe couvrait sa mâchoire. L'homme était assurément bâti comme un quarterback, et non comme un défenseur. Il portait une chemise blanche boutonnée qui mettait en valeur le teint de sa peau, dont les manches étaient retroussées jusqu'aux coudes, et rentrée dans un jean bien ajusté. Des bottes de cow-boy pointues et bien usées habillaient des pieds qui lui permettaient d'atteindre rapidement l'autre bout du terrain lorsque c'était nécessaire.

— Vous aimez ce que vous voyez ?

— Je ne couche pas avec les hommes, dit Gryff en levant les yeux vers son visage.

— Est-ce qu'ils couchent avec vous ?

Gryff pinça ses lèvres et se demanda s'il devait lui-même s'occuper de la prochaine raclée de Trey. Bien que, comme la dernière fois, cela ne servirait probablement à rien. Il secoua la tête.

— Je ne joue pas sur ce terrain-là.

— Ne jamais dire jamais. Votre frère le sait. C'est peut-être familial.

Les doigts de Gryff se crispèrent sur les accoudoirs de sa chaise de bureau. Tant pis pour les présentations polies.

— Vous baisez beaucoup d'hommes, Holloway ?

Pendant un bref instant, Trey sembla surpris face à cette question inattendue, mais son expression disparut rapidement, dissimulée par le large sourire qu'il afficha sur son visage.

— Vous voulez dire au cours de ma vie ou en une nuit ?

Trey essayait de le choquer, de le faire réagir. Deux personnes pouvaient jouer au même jeu.

— Combien d'hommes avez-vous eus en une nuit ?

— Je n'ai pas assez de doigts pour les compter, rétorqua Trey en levant les mains et écartant les doigts.

— Si nécessaire, vous pouvez aussi utiliser vos orteils.

— Vous avez un meilleur sens de l'humour que votre frère, commenta Trey dont les commissures des lèvres tiquèrent.

— Vous ne m'entendez pas rire.

Puis ils se turent. Trey étudia Gryff un instant, puis hocha vivement la tête.

— Nous sommes partis du mauvais pied, dit-il en tendant la main. Trey Holloway.

Gryff ne serra pas la main qui lui était présentée et ne prit même pas la peine d'y jeter un coup d'œil.

— Je sais qui vous êtes. Asseyez-vous.

Trey haussa un sourcil, mais posa ses fesses sur l'un des sièges destinés aux vrais clients. Pas à un crétin irresponsable comme celui qui se trouvait devant lui.

Il installa ses pieds sur le bureau de Gryff. *C'était. Quoi. Ce. Bordel.*

— Enlève tes sales bottes de mon bureau. Mets tes pieds par terre, redresse-toi et agis comme si tu savais comment te tenir, lâcha Gray en laissant tomber les formules de politesse.

Trey laissa tomber ses pieds sur le sol et se recula dans sa chaise, les joues subitement colorées. Il se racla la gorge.

— Merci d'accepter mon dossier.

Ce fut au tour de Gryff de froncer les sourcils.

— Je n'ai pas encore dit oui.

— J'ai été accusé à tort.

— C'est ce que disent toujours les coupables.

— Hé ! J'étais la victime.

— Bien sûr.

— Ton frère assure que t'es le meilleur, dit Trey en croisant les bras sur son torse.

— C'est vrai.

Trey installa une cheville sur son genou et sourit.

— Qu'est-ce qu'il faut que je fasse ?

— Que tu te tiennes à carreau, et un acompte de cinq cent mille dollars.

Les yeux de Trey s'écarquillèrent et il siffla doucement.

Ah, tu vois ? Tu n'es pas le seul capable de choquer et

impressionner.

— Si tu merdes, tu perds l'acompte.

— Donc, c'est une assurance.

— Tu comprends vite.

— Ce n'est pas parce que je joue au football que je suis stupide, rétorqua Trey en secouant la tête.

— On verra ça.

— Hé, Patron ! s'exclama Rayne en faisant irruption par la porte ouverte, les yeux rivés sur un dossier.

Elle s'arrêta net quand elle leva le regard et aperçut Trey.

— Oh, désolée. Je n'avais pas réalisé que t'étais avec quelqu'un.

Gryff ne manqua pas de voir les yeux verts de l'avocate s'écarquiller lorsqu'elle reconnut la personne assise dans son bureau.

— *Oh.*

Oui, *oh.*

Les yeux de Gryff se plissèrent lorsqu'il remarqua Rayne passer les doigts dans ses cheveux, comme pour les arranger. Il n'y avait rien à recoiffer. Ses longs cheveux blonds donnaient toujours l'impression qu'elle venait de se réveiller, ce qui correspondait à sa personnalité.

— Vous êtes Trey Holloway, souffla-t-elle.

Gryff fronça les sourcils en voyant la soudaine couleur des joues de la femme et le regard avide qu'elle lui lançait.

Trey se leva et lui tendit la main. Eh bien, ce type avait peut-être encore quelques bonnes manières.

— Oui, m'dame.

— M'dame ? Oh, je vous en prie.

Elle faillit glousser. *Glousser.* Les commissures de ses lèvres s'incurvèrent alors qu'elle refermait ses doigts autour de ceux du quarterback.

Le regard de Gryff se posa sur leurs mains. Des mains qui

ne s'agitaient pas en signe de salutations, mais qui se tenaient simplement. Le doigt de Trey chatouillait-il la paume de Rayne ? Le quarterback lui adressa un sourire ravageur et porta la main de la femme à sa bouche pour l'embrasser.

— Et toi ?

Cela sembla surprendre Rayne.

— Oh, euh... Rayne. Rayne Jordan.

— Enchanté, mademoiselle Jordan.

— Euh, juste Rayne.

Putain de merde, elle venait de lui faire des yeux de biche.

Gryff toussota vivement et ils se tournèrent tous les deux vers lui.

— Holloway, assieds-toi. Rayne, de quoi t'as besoin ?

— Oh, ça peut attendre, Patron.

Elle ne bougea pas. Oh, hors de question. Au lieu de ça, elle se déplaça presque devant la chaise de Trey et posa ses fesses sur le bord du bureau de Gryff. Tout simplement.

— Vous êtes un nouveau client ? demanda Rayne à Trey.

Était-elle en train de haleter ?

— Oui, répondit-il en lui adressant un sourire éblouissant.

Trey était le genre de type qui croyait que son physique et son charme l'aideraient à s'en sortir dans la vie. Il avait besoin de voir la dure réalité en face. On aurait pu penser qu'après s'être fait arrêter, et ce n'était pas la première fois, pour agression, avoir reçu un bon coup de pied au cul et avoir été suspendu de l'équipe, cela aurait suffi. Apparemment pas.

— On ne sait pas encore, corrigea Gryff. On parlait des conditions.

— Il n'y a rien de plus à dire, répondit Trey, sans rompre le contact visuel avec Rayne. Je respecterai les termes.

Un muscle de la mâchoire de Gryff tressauta. Et tressauta encore une fois. Il allait tuer son frère.

Chapitre Deux

Dès que la porte se referma derrière Rayne, Trey le cloua du regard.

— Bon Dieu ! Tu te l'es tapée ?

Gryff s'efforça de garder une expression neutre.

— Maintenant, je comprends pourquoi tu t'es fait botter le cul.

— Hé ! Je me suis défendu face à quatre gars.

Son intérêt évident pour Rayne le poussa à s'interroger...

— Alors, t'aimes aussi les femmes ?

— Pourquoi se limiter à la moitié de la population ? rétorqua Trey en haussant les épaules.

Pourquoi, en effet...

— Je suis sérieux à propos de ces conditions, Holloway. Ne fais pas de conneries. Je ne veux pas te voir aux infos. Je ne veux même pas entendre que t'as fait pleurer une femme. Pas d'alcool, pas de débauche, pas de bagarre. Rien du tout. Tu seras un enfant de chœur jusqu'à ce que toute cette histoire soit terminée.

— Très bien.

— Et garde ta bite loin de ma meilleure avocate.

Un côté de la bouche de Trey se releva.

— T'es sur le coup ?

— Non, soupira Gryff. Mais si tu couches avec elle, elle ne pourra pas te représenter. Ça m'est égal que tu doives te branler cent fois par jour, mais ne la touche pas.

— Et si elle me touche ?

Gryff haussa un sourcil et Trey leva les mains en signe de reddition.

— OK. OK. Je me tiens à carreau. Bite dans le pantalon.

— Allons-y, dit Gryff en se mettant debout.

Avec un regard curieux, Trey se leva et le suivit dans le couloir, passant devant une Dani bouche bée, bave en coin. S'arrêtant devant la porte du bureau de Rayne, il frappa avant de la pousser. Rayne décolla les yeux de son bureau, plus sexy que jamais. Quand elle vit qui était derrière lui, ses yeux s'écarquillèrent et sa bouche prit une forme d'O.

— Holloway est tout à toi, lui indiqua Gryff en bousculant Trey dans la pièce et fermant la porte après lui.

Rayne était la meilleure. Si quelqu'un pouvait faire annuler ces accusations, c'était bien elle. Il n'avait pas la patience de s'occuper lui-même d'un athlète irresponsable. Mais bizarrement, alors qu'il retournait à son bureau, il ne put se défaire du sentiment qu'il commettait une grosse erreur.

— Patron ?

Rayne jeta un coup d'œil par la porte entrouverte du bureau de Gryff. Il était tard et le reste des employés avait déserté les lieux à une heure normale.

La lecture des dossiers de Trey et l'élaboration d'une stratégie défensive pour le joueur de football l'avaient bien occupée. Sans qu'elle ne s'en rende compte, elle avait dépassé de deux heures l'heure à laquelle elle quittait habituellement le cabinet.

Elle n'avait pas pu s'empêcher d'aller sur internet pour effectuer des « recherches » sur son nouveau client. Ou regarder des centaines de photos du beau et sexy Trey Holloway. Certaines étaient bien, d'autres carrément exquises, et d'autres mauvaises, comme ses photos d'arrestation. Même si, il fallait l'admettre, il était quand même charmant sur celles-ci. D'ailleurs, il arborait un sourire arrogant sur chacune d'entre elles.

La seule lumière allumée dans le bureau de son patron était celle sur sa table de travail. Les tubes fluorescents du plafond avaient été éteints, et il était avachi dans son fauteuil, une main sur ses yeux. Le nœud de sa cravate avait été desserré et le bouton supérieur de sa chemise défait. Sa veste de costume avait été jetée sur l'une des chaises et ses manches étaient retroussées. C'était la première fois qu'elle voyait autant la peau de son patron. Son teint foncé lui rappelait une prune mûre. Ses avant-bras semblaient robustes et, sans sa veste, elle pouvait remarquer à quel point ses épaules étaient larges. Cet homme n'avait pas besoin d'épaulettes.

Rayne déglutit. Depuis qu'elle avait rejoint son cabinet, elle luttait contre son attirance pour lui. Certaines des autres collaboratrices disaient qu'il refusait de mêler plaisir et travail.

Mais, bon sang, elle désirait désespérément cet homme au vu du pouvoir qu'il dégageait. Elle poussa un peu plus la porte, suffisamment pour qu'elle puisse s'y glisser, puis la referma sans bruit. Elle grimaça lorsque le loquet s'enclencha, craignant de l'importuner.

Avec des pas vigilants et discrets, elle s'approcha de son

bureau et l'étudia. Il ne portait pas de bijoux, seulement une montre en or, flatteuse à son teint. Elle pouvait apercevoir une forme de tatouage sombre dépasser d'une de ses manches retroussées.

Cet homme avait un tatouage ? Il semblait pourtant bien trop conservateur. Depuis qu'elle avait rejoint le cabinet il y a quelques mois, elle ne l'avait jamais vu sans costume, et il oubliait rarement sa veste quand il quittait son bureau.

— Patron ? murmura-t-elle à nouveau, doutant de vouloir réellement le déranger.

Les doigts de Gryff remuèrent au-dessus de ses yeux, mais il n'eut aucune autre réaction. Puis il inspira et se redressa, la clouant sous son regard noir.

— Qu'est-ce que tu fais ici ? lui demanda-t-il alors qu'une ride venait marquer son front.

— Je souhaitais discuter de l'affaire Holloway.

Il se passa une main sur le visage, puis jeta un coup d'œil à sa montre.

— Il est tard. Tu devrais rentrer chez toi. On peut en parler demain.

— T'es encore là, *toi*.

— Je dois aussi partir.

Elle se demanda si quelqu'un l'attendait chez lui. La rumeur au bureau semblait dire que non. Qu'il vivait seul, sans même avoir un animal de compagnie !

— C'est un tatouage ? l'interrogea-t-elle en inclinant son menton vers le bras de Gryff.

Oh, s'il te plaît ! Dis oui.

Il tira volontairement sur sa manche comme s'il essayait de le cacher.

— Rayne, dit-il d'un ton qui la mit gentiment en garde.

— Je suis juste curieuse.

Mais, s'il te plaît, s'il te plaît, dis oui.

Un battement de cœur, deux.

— Oui.

Un feu s'alluma dans le ventre de Rayne. Et ce n'était pas parce qu'elle avait mangé de la mauvaise nourriture mexicaine. Elle essaya de contrôler l'exaltation dans sa voix.

— Qu'est-ce que c'est ?

— Une erreur, répondit-il en penchant la tête et l'examinant un instant.

Sa réponse ne la surprit pas.

— Tu regrettes.

— J'étais jeune et stupide, confia-t-il.

Pourtant, elle ne pouvait pas l'imaginer ainsi. Il se présentait si bien. À seulement trente-six ans, il possédait le meilleur cabinet de droit pénal de la région. C'était quelque chose.

— On l'était tous, murmura-t-elle. Je peux le voir ?

Merde. Elle venait de demander à son patron d'enlever sa chemise. Pas étonnant qu'il se soit raidi à sa requête.

Elle allait se faire virer.

— Je... j'adore l'art corporel, bafouilla-t-elle pour se rattraper. Ça me fascine.

— Il est difficile à discerner, répliqua-t-il en la fixant. De l'encre noire sur une peau foncée ne ressort pas bien.

Rayne souleva une épaule.

— Je pourrai en juger.

Putain. Elle abusait. S'il lui donnait une lettre de licenciement demain, elle était foutue. Elle avait enfin atterri dans un cabinet où elle était en mesure de devenir associée. Un cabinet où elle *désirait* devenir associée, dont elle était fière de faire partie. Mais le déchaînement de ses hormones allait tout faire capoter.

Elle devait fermer sa bouche et serrer ses cuisses. Lorsque les doigts de Gryff arrachèrent de son cou la cravate lâche et commencèrent à faire passer les boutons dans les trous, elle se liquéfia sur place.

Il enlevait vraiment sa chemise.

Bon sang !

Lorsqu'il arriva aux boutons près de sa taille, il se leva brusquement, sa chaise à roulettes heurtant le mur derrière lui. Il sortit de son pantalon le pan de sa chemise et finit de l'ôter.

Tout du long, ses yeux ne quittèrent pas ceux de Rayne.

Elle était figée sur place, comme une biche aveuglée par des phares. Elle ne s'attendait pas à ce qu'il enlève sa chemise. Elle ignorait quoi faire. D'habitude, elle ne manquait ni de mots ni de force de proposition.

Mais là, ça lui paraissait tellement inapproprié.

Pourtant, elle adorait !

Il resta un moment debout, vêtu d'un simple maillot de corps et de son pantalon de costume, à l'observer.

— T'es sûre ? demanda-t-il enfin.

Le timbre grave de sa voix la fit frémir, et ses tétons se durcirent douloureusement.

— Oui, répondit-elle d'une voix tremblante en hochant la tête.

Il passa son maillot de corps par-dessus sa tête et le jeta sur le bureau. Sous la douce lueur de la lampe, elle parcourut son corps du regard. Il était tout en muscles. Il avait raison, sa peau était si foncée qu'il était difficile de distinguer clairement le tatouage. En s'approchant, elle vit qu'il s'agissait d'un dragon. Un très grand dragon. Ce n'était pas un tatouage impulsif de jeunesse. Il avait demandé de la réflexion, de la préparation. Plusieurs séances. La queue se terminait juste après son coude droit, le reste enveloppait son bras, le corps de la bête passait ensuite par-dessus son épaule, puis il descendait dans son dos, la tête reposant sur son épaule gauche. Il semblait porter le poids du dragon sur ses épaules. Elle se demanda quelle en était la signification.

Alors qu'elle faisait dériver ses doigts avec douceur sur la peau de Gryff, suivant la colonne vertébrale pointue du reptile, elle voulut l'observer sous une meilleure lumière.

Elle se demanda combien de personnes savaient pour ce tatouage.

Se tenant près de son dos, elle étudia les marques, puis remonta ses doigts le long de son cou, dans ses cheveux bien taillés, puis sur la courbe de ses oreilles. Il frémit à son contact.

— T'en as vu assez ? Souffla-t-il la voix tendue.

— Non, murmura-t-elle.

C'était vrai.

— Rayne...

L'avertissement sortit d'une voix grave.

— Patron.

Il se retourna vers elle et lui saisit les épaules, la secouant légèrement.

— Je t'ai dit de ne pas m'appeler comme ça.

Puis il l'embrassa.

Non, il ne l'embrassa pas. Il écrasa ses lèvres sur les siennes, comme si sa bouche lui appartenait. Il introduisit avec violence sa langue entre ses lèvres et prit le contrôle. Les doigts de Gryff agrippèrent fermement son menton, tandis que son autre main se faufilait entre eux pour tirer sur sa ceinture, ouvrir brusquement son pantalon et baisser sa fermeture éclair.

Elle eut du mal à reprendre son souffle et tendit aveuglément la main vers lui, trouvant son érection, longue, dure et épaisse, qu'elle pressa. Le grognement de Gryff combla sa bouche et il se démena pour remonter sa jupe, mais elle était trop serrée pour qu'il la relève assez haut et lui donne la place de s'introduire.

Avec un grognement de frustration, il s'écarta et la fit tourner sur elle-même, dézippant sa jupe et la baissant sur ses hanches jusqu'à ce qu'elle tombe à ses pieds. D'une main à l'arrière de sa tête, il la fit se pencher en avant. Elle se rattrapa en s'agrippant à la chaise de son bureau. Elle sursauta lorsqu'il fit un trou dans ses bas et repoussa sa culotte.

Avant qu'elle n'ait pu se préparer, il la pénétra avec un grognement. Il ne fut pas tendre, il n'y eut aucun mot réconfortant. Ce n'était pas du tout romantique. C'était du sexe à l'état brut. Il lui saisit les hanches et s'activa aussi fort et rapidement que possible.

Laissant échapper un cri, elle ferma les yeux tandis qu'il la remplissait, l'étirait. Elle l'avait désiré dès qu'elle l'avait vu. Mais elle ne s'attendait pas à ce que a se produise, et certainement pas de cette façon. Bien que ses fantasmes en eussent été proches.

Les doigts de son patron s'enfoncèrent dans la chair de ses hanches et leurs peaux claquèrent l'une contre l'autre. Son corps tenta de s'adapter, mais elle n'avait pas anticipé sa taille. Elle essaya de se détendre et de l'accueillir, mais cette position n'aidait pas.

Mais, putain, quand il glissa sa main dans sa culotte pour trouver son clitoris, elle mordit sa lèvre inférieure alors que ses parois internes se contractaient autour de lui, le comprimant.

Ses va-et-vient rapides et enragés l'amenèrent vite au bord du gouffre. Son pouce pressa et décrivit des cercles autour de sa petite bosse sensible jusqu'à ce qu'elle n'en puisse plus. *C'était insupportable.*

Tandis qu'elle gémissait et que son corps frissonnait autour de son membre, il lâcha sa hanche pour agripper ses cheveux, lui tirant la tête en arrière alors qu'il se propulsait une dernière fois, se déversant en elle. Sa bite pulsa au plus profond d'elle, la faisant se tortiller. Elle désirait en avoir plus. Mais il avait fini. Il était lessivé.

Soudain, il se raidit, libéra ses cheveux, extirpa sa main de sa culotte, puis se retira complètement de sa chatte. Pendant un moment, elle ne bougea pas et écouta sa respiration. Rapide, intense, saccadée. Puis il poussa un juron et recula d'un pas.

Rayne se redressa et prit sa jupe sur ses chevilles, la remonta sur ses bas déchirés, et la zippa. Cependant, elle ne se retourna pas parce qu'elle ignorait quelle serait la réaction de son patron. Elle ne savait pas ce qu'elle devait dire.

Son juron avait été prononcé avec colère. Chargé de regrets.

Pourtant, elle n'en avait aucun.

Elle avait obtenu ce qu'elle voulait. Peut-être pas comme elle l'avait espéré. Mais...

Puis, la réalité la frappa comme une douche froide et un frisson la traversa.

— Oh, mon Dieu ! dit-elle, toujours face aux fenêtres. J'ai besoin de ce travail. S'il te plaît. Il ne s'est rien produit.

Il n'était qu'à quelques centimètres d'elle, mais elle eut l'impression que des kilomètres les séparaient.

— C'est ça. Il ne s'est rien produit, répéta-t-il d'un ton plat derrière elle.

Elle leva les yeux, croisa son regard dans le reflet de la vitre, puis passa devant lui d'un pas pressé pour fuir son bureau.

Il n'avait pas le droit de traiter Holloway d'irresponsable. Ce qu'il avait fait avec Rayne était tout aussi grave.

Pas de préservatif. Une employée. Dans son bureau, de surcroît.

Voilà maintenant deux semaines qu'il l'esquivait. Il gardait la porte de son bureau fermée, arrivait tôt, partait tard. Tout, pour éviter de la croiser. De faire face à la réalité de sa perte de contrôle.

Tout, pour ne pas la pencher à nouveau et la baiser encore et encore.

Depuis cette soirée, elle n'avait plus l'habitude de « passer dans son bureau ». Il se dit qu'elle regrettait leurs actions autant que lui.

Il devait prendre son courage à deux mains et cesser de l'éviter. En tant que patron, il devait la superviser.

Peut-être pas d'aussi prêt....

Alors, aujourd'hui, il garda sa porte ouverte, comme d'habitude, espérant la voir passer avec ses talons hauts sexy. Ou bien, il espérait qu'elle passerait la tête, faisant comme si rien ne s'était produit et que tout était normal.

Gryff souffla bruyamment. *Normal. Bien sûr.*

Un vacarme retentit au bout du couloir, de l'autre côté de sa porte, en direction du bureau de Rayne. Il crut apercevoir une peau bronzée et des cheveux hirsutes châtain clair.

Il fixa l'écran de son ordinateur et ignora la scène. Il lut à maintes reprises la même ligne de l'e-mail, mais rien n'y fit.

Il avait perdu la tête.

Incapable de résister plus longtemps, il appela Dani.

— Est-ce que j'ai entendu Holloway ?

— Oui ! Il a rendez-vous avec Rayne.

Gryff fronça les sourcils en percevant l'excitation dans la voix de sa secrétaire. *C'était quoi ce bordel ?* Trey avait-il cet effet sur toutes les femmes ?

Il ferma les yeux et serra les mains, luttant contre l'envie de traverser le couloir au pas de course pour les interrompre et s'assurer qu'ils ne faisaient rien de déplacé, qu'ils n'étaient pas trop amicaux.

À se toucher.

Il resta assis deux secondes supplémentaires avant de se lever.

— Prends mes messages, indiqua Gryff à Dani par-dessus son épaule, alors qu'il passait devant elle et empruntait le couloir sans perdre un instant.

Les jambes écartées et les poings serrés près de son corps, il fixa la porte fermée du bureau de Rayne. Il entendit alors des bruits, des voix, et poussa la porte, le sang lui montant aux oreilles.

De derrière, les mains de Trey agrippaient les épaules de Rayne. Il était penché, son visage presque collé au sien. Il lui parlait à voix basse dans l'oreille.

Elle avait les yeux brillants, le visage rougi.

Gryff repéra ses tétons durs qui appuyaient contre son chemisier de satin moulant. En regardant sa bouche s'ouvrir, puis voyant sa langue rosée passer sur la lèvre du bas, il ressentit une pression désagréable jusqu'à ses couilles.

Trey ne prit pas la peine de se redresser et se contenta d'adresser un grand sourire à Gryff.

Il lui fallut tout son sang-froid pour ne pas sauter sur le bureau et foutre une raclée à Trey.

Ils remarquèrent sans doute son regard meurtrier, car l'étincelle quitta les yeux de Trey. Il se redressa lentement, non sans avoir dit quelque chose à l'oreille de Rayne.

Ce qui dérangea Gryff. Mais pas autant que les mots que prononça ensuite l'homme.

— T'as dit que tu ne mettais pas d'option.

— Et je t'ai prévenu de garder ta bite loin de ma meilleure avocate.

Rayne fut bouche bée et ses sourcils se froncèrent. Elle se décala sur sa chaise pour déloger les mains de Trey de ses épaules.

— Quoi ?

Son regard alla de l'un à l'autre, mais Gryff l'ignora et contempla plutôt Trey de travers.

Finalement, le footballeur s'éloigna d'elle, tendant les paumes en signe de reddition.

— Il est ici pour signer les modalités du contrat et me donner l'acompte, révéla Rayne, la voix chargée de colère.

Elle agita le chèque devant Gryff.

— Cinq cent mille, comme convenu, dit Trey en contournant le bureau de Rayne et tapotant le dos de Gryff.

Il se pencha, sa main se posant sur les fesses de Gryff.

— Tu sais que tu peux te joindre à nous. Il n'y a rien de mal à un bon plan à trois. Demande à ton frère.

Les narines de Gryff se dilatèrent et un muscle de sa mâchoire émergea.

— T'as fini ton travail ? demanda-t-il à Rayne en tournant rapidement la tête.

— Oui.

— Alors, sors, ordonna-t-il à Trey en se retournant vers lui et chassant sa main.

Gryff allait tuer son frère.

— T'as un beau cul, Gryff, lâcha Trey en souriant. Je parie qu'on pourrait passer un bon moment tous les trois. Réfléchis-y.

Avant que Gryff se rende compte de ce qu'il faisait, il avait plaqué Trey contre le mur, son avant-bras pressant la gorge de l'autre homme. Il approcha vivement son visage de celui de Trey. Il respirait difficilement, tout comme Trey. Ils se défièrent du regard pendant une seconde. Deux.

Il ignora le bruit provenant du bureau de Rayne.

— Je n'ai pas besoin d'y réfléchir, grogna Gryff. Tu ne vas coucher avec aucun de nous deux.

La mâchoire de Trey se serra, comme si, instinctivement, il voulait riposter. Mais il ne fit rien. Il permit à Gryff de le dominer. Ce qui était intelligent. Trey était peut-être un athlète professionnel, mais Gryff était plus grand, plus lourd et plus fort que le quarterback. Cela ne lui demanderait pas grand-chose pour le mettre à terre. Les quatre gars qu'il avait tabassés étaient sans doute des mauviettes.

— Tu sais comment exciter un mec, Gryff. Tu me fais bander.

Les mots de Trey semblèrent forcés à cause de la pression exercée sur sa trachée.

Toutefois, ses paroles étaient sincères. L'érection de l'homme poussait la cuisse de Gryff.

— Patron.

Gryff cligna des yeux, mais ne se calma pas.

— Patron, arrête. Lâche-le.

— Tu sais, on peut partager. Ça vaut le coup. Demande à ton frère.

— La prochaine fois que tu dis « demande à ton frère », je t'arrache la langue.

Trey gloussa, mais il donna plutôt l'impression de s'étouffer.

— Si tu fais ça, je ne pourrai plus te sucer. Et je suis doué, Gryff. Imagine... moi, à genoux, ta bite dans ma bouche, tes doigts agrippant mes cheveux pendant que j'avale ta décharge.

Gryff grimaça, mais ne recula pas. Toutefois, il fut incapable d'effacer cette vision de son esprit.

— Je sais que c'est aussi ce que tu veux, Gryff. Je te sens devenir aussi dur que moi.

Putain. Il avait raison.

Gryff recula brusquement, le laissant partir. La main de Trey se porta à sa gorge.

— Sors.

Ç'aurait dû être la fureur qui faisait trembler sa voix, mais ce n'était pas le cas. Gryff ne voulait pas admettre que ses doigts tremblaient et que son corps réagissait.

Avec un sourire en coin, Trey jeta un dernier regard à Rayne avant de se diriger vers la porte.

— T'as mon numéro, Gryff, si tu souhaites me voir.

Gryff claqua la porte derrière lui et reprit le contrôle de sa respiration avant de se tourner vers Rayne.

La lueur dans ses yeux avait disparu, tout comme la couleur sur ses joues. En fait, elle avait un peu l'air en état de choc.

— Seigneur, Patron ! murmura-t-elle alors que ses yeux se posaient sur son aine et son érection flagrante.

Merde.

Il ne savait pas si elle lui disait « Seigneur ! Patron » suite à sa colère ou à cause de la réaction que son corps avait eu avec Trey.

Dans tous les cas, c'était terrible. Il n'était pas fier de lui. Pas du tout. Il avait travaillé longuement et durement pour arriver où il en était dans sa vie. Subitement, son contrôle semblait s'écrouler autour de lui. D'abord avec Rayne. Maintenant avec Trey.

Il s'approcha de la chaise de son employée et la tourna pour qu'elle soit face à lui. Il plongea son regard dans le sien, souhaitant observer son expression.

— Tu le désires ? demanda-t-il.

— Oui, répondit-elle, sans aucune hésitation.

Il inspira.

— Alors, une fois avec moi, c'était suffisant ?

Là, elle hésita.

— Non.

— Qu'est-ce que ça veut dire ?

— Je te désire, Gryff. Mais pas pliée en deux dans ton bureau, juste parce que t'as atteint le point de non-retour. Je veux bien plus que ça.

Il fit un signe de tête brusque. Plus pour lui-même que pour elle. Il lui prit le menton, lui releva la tête pour qu'elle ne puisse pas éviter son regard.

— Tu ne peux pas nous avoir tous les deux. Je ne te partagerai pas avec lui.

Comme elle ne dit rien, il réalisa qu'il était non seulement jaloux de l'intérêt de Trey pour Rayne, mais aussi de l'attirance que Rayne éprouvait pour Trey.

C'était vraiment n'importe quoi.

— Je peux m'occuper de ça pour toi, chuchota-t-elle.

Il ouvrit la bouche pour lui demander de quoi elle parlait. Mais il savait. Ce n'était plus Trey qui le faisait bander, mais Rayne. Sa foutue bite ne voulait pas renoncer.

Il passa lentement son pouce sur sa lèvre inférieure, sur son rouge à lèvres vif, puis le plongea à l'intérieur. Lorsque la pointe de la langue de Rayne le toucha, il bloqua ses genoux pour ne pas tomber à ses pieds. C'était une erreur d'envisager ce qu'elle proposait.

Mais, bon sang, il était incapable de résister. Il ne pouvait pas oublier ce qu'il avait ressenti lorsqu'il l'avait pilonnée quelques semaines plus tôt.

Sans attendre sa réponse, et sans rompre leur contact visuel, elle défit sa ceinture et ouvrit son pantalon.

C'était mal. Et même si ce n'était pas si mal, la porte n'avait pas de verrou. Ce qui était préjudiciable.

Il ne l'empêcha pas de baisser suffisamment son pantalon et son caleçon pour le prendre dans sa paume. Puis elle arracha son menton de sa poigne et enveloppa son membre de ses lèvres rouges.

Ses doigts glissèrent dans ses longs cheveux et les agrippèrent alors qu'il basculait sa tête en arrière. Ses yeux se fermèrent et sa bouche s'ouvrit, son souffle court. Sa poitrine se contracta quand la délicieuse bouche humide et chaude de Rayne l'avala profondément. Les doigts enroulés à la base de sa bite, la traction de sa bouche le fit gémir et plonger.

Ses couilles se tendirent lorsqu'elle passa ses ongles sur la peau délicate. Ce fut sa langue, qui lécha la couronne et descendit le long de sa longueur, qui le fit crier.

Il guida la tête de Rayne, sa bouche obscène et sexy de haut en bas de son membre. Les muscles de son cul se contractaient et se relâchaient alors qu'elle l'engloutissait, trempant le bout de sa langue dans la fente de son sexe.

Même s'il savait que c'était Rayne qui l'accueillait dans sa bouche, il ne pouvait pas oublier ce que Trey lui avait dit. L'image du footballeur à genoux et de *sa* bouche sur sa bite ne disparaissait pas.

Il se força à ouvrir les yeux pour voir qui le touchait, qui le suçait. Qui l'excitait vraiment. Pas la personne qu'il imaginait.

Il y avait quelque chose chez elle qui l'excitait beaucoup trop. C'était peut-être son allure de bête de sexe, la courbe de ses lèvres, ces yeux verts intrépides. Son sourire sulfureux, sa voix rauque, ses seins charnus qui semblaient vouloir sortir de son chemisier.

En tous cas, cela le mettait à genoux. Elle suçait, léchait et égratignait la tête de sa verge avec ses dents, tout en pressant ses couilles. Voir ses lèvres rouges s'étirer sur son manche, ses joues creusées, ses yeux fixant les siens, effaça toute image de Trey.

Lorsque la pression augmenta et que sa bite durcit encore plus, il sut qu'il ne tiendrait pas. Mais en cet instant, il souhaita que cela dure pour toujours. Bon sang ! Ça prendrait malheureusement fin plus vite qu'il ne l'aurait voulu. Comme la fois où il l'avait penchée en avant. Rapidement et violemment.

Elle avait gagné. Il était fichu. Sa poitrine se souleva, ses hanches eurent un spasme, et avant qu'il ne puisse l'avertir, il se soulagea au fond de sa gorge, utilisant sa prise dans ses cheveux pour la maintenir immobile.

Quelques secondes plus tard, ses doigts se desserrèrent enfin et il la libéra.

— Désolé.

Elle se redressa sur sa chaise et s'essuya les commissures des lèvres.

Bon sang ! Même ça, c'était canon.

— De quoi ?

Pour avoir pensé à Trey Holloway ne serait-ce qu'une seconde pendant que tu me faisais perdre la tête.

— Pour ne pas t'avoir prévenue.

— Je n'aurais rien fait différemment même si tu l'avais fait.

Putaaaaaiiiinnn.

Il remit son pantalon et le referma avant de reculer d'un pas.

— C'est dingue, dit-il en secouant la tête et passant une paume sur ses cheveux.

— Pourquoi ?

Il la regarde avec surprise.

— Pourquoi ? s'exclama-t-il en la contemplant, ébahi.

Parce que je suis ton patron. C'est mon lieu de travail. Et ce n'est pas très professionnel.

Sans oublier la partie où tu anéantis mon contrôle.

Pas bon.

À ce sujet, il devait se tirer avant de la pousser sur son bureau et abuser à nouveau de son employée. Il contourna la table et ouvrit la porte d'un coup sec. Il fallait qu'il s'échappe tant qu'il le pouvait.

— Patron, appela-t-elle.

Il s'arrêta net dans l'embrasure de la porte, le dos vers elle.

— Je t'aime bien et je pense que tu sais ce que ça implique. Mais, aussi mauvais que cela puisse paraître, je l'aime bien aussi. C'est mal ? J'en sais rien. Mais il y a un truc chez lui, sous la surface, et c'est la même chose chez toi. Tu ne veux pas que les gens le sachent, mais je vois quelque chose. Vous semblez complètement opposés, ne serait-ce qu'en apparence, mais c'est ce qui m'attire chez vous deux.

Pas aussi opposés que tu le penses.

— Mais tu ne peux pas espérer qu'on soit exclusifs. On ne sort même pas ensemble.

Voilà. La vérité. Ils ne sortaient même pas ensemble. Il ne savait même pas s'il voulait ouvrir cette boîte de Pandore avec une employée.

Ce n'était pas très malin.

Mais ce n'était pas non plus le cas quand il la baisait dans son bureau ou qu'elle le suçait dans le sien.

Il pouvait la virer...

C'était quoi ce bordel ?

Était-il assez stupide pour licencier l'une de ses meilleures avocates, juste pour une histoire de bite ?

Son cerveau était vraiment dérangé. Surtout s'il pensait

que Rayne n'était qu'un petit cul. Parce qu'elle était bien plus que ça.

Il était incapable de lui répondre, alors il se contenta de hocher la tête et de refermer doucement la porte derrière lui.

Il passa le reste de la journée enfermé dans son bureau, se rappelant pourquoi, au départ, il s'était fait tatouer ce dragon.

Chapitre Trois

Trey savait que c'était sans doute une mauvaise idée.

Une très mauvaise idée.

Mais il se disait que le jeu en valait la chandelle. Pourtant, la dernière fois qu'il s'était retrouvé dans un bar en pensant avoir de la chance, en réalité, il s'était fait arrêter, puis suspendre de l'équipe.

Maintenant, il avait dû débourser cinq cent mille dollars.

Cinq. Cent. Mille. Putain !

Il s'était dit qu'il avait deux bonnes raisons de cracher autant d'argent. D'une part, sa carrière risquait de prendre brutalement fin s'il ne le faisait pas, et d'autre part, il avait besoin d'engager le meilleur pour le représenter. Avec un peu de chance, il obtiendrait un non-lieu plutôt que d'entamer par une longue procédure judiciaire. Si ce n'était pas le cas, cela retarderait son retour dans l'équipe. Ça l'empêcherait aussi de décrocher une potentielle bague du Super Bowl.

Il désirait tellement cette bague. Il la sentait déjà.

Gray Ward disait que son frère était le meilleur. Toutefois, Trey n'avait pas uniquement déboursé cette somme aberrante pour la réputation de Gryff et de Rayne. Par contre, dès qu'il les avait rencontrés, il avait su qu'il ne voudrait personne d'autre.

Il ne faisait pas seulement allusion au tribunal. Il pensait à son lit. Mais il n'arrivait pas à déterminer lequel des deux il désirait le plus. L'avocat sexy avec un cul qui attirait le regard. Ou l'avocate canon avec un cul qui attirait le regard.

Alors, pourquoi pas les deux ? N'est-ce pas ?

Exactement. Cependant, Gryff n'irait probablement pas dans le sens de son petit plan, même si l'homme avait été excité lorsque Trey avait « flirté » avec lui. Cette réaction confirmait pour Trey que Gryff n'était pas complètement opposé à l'idée d'être avec un autre homme. Que cette tête de mule veuille l'admettre ou non.

Ouais… il avait été impossible de rater la trique de Gryff lorsqu'il avait plaqué Trey contre le mur.

Maintenant, alors qu'il était assis au bar, entouré de tabac froid et d'habitués qui prenaient des verres après le travail, il doutait de son idée qui visait à duper Gryff pour qu'il vienne.

Il passa un doigt sur le verre suintant de son whisky-coca. Celui duquel il n'avait avalé que deux gorgées.

Il devait être sobre pour ce qu'il avait prévu de faire.

Sinon, il serait idiot. En plus, il ne devait pas « faire de vagues » ou il verrait ses cinq cent mille dollars partir en fumée. *Pouf.*

La porte s'ouvrit et l'air frais s'engouffra à l'intérieur du bar, rappelant à ses occupants, l'espace d'une fraction de seconde, qu'il y *avait* une vie en dehors de ce débit de boisson. Il avait choisi cet endroit précis parce qu'il espérait que personne ne le reconnaîtrait, et si ce n'était pas le cas, qu'ils le laisseraient tranquille.

Lorsqu'il était entré et avait déambulé jusqu'au bar, des regards s'étaient posés sur lui. En plus de ceux qui l'avaient reconnu et des curieux, il avait même eu droit à quelques signes du menton de la part de certains qui semblaient être des habitués. Mais jusqu'à présent, personne n'avait violé son espace personnel.

Même le barman l'avait laissé tranquille après l'avoir servi.

Les yeux de Trey suivirent le grand homme noir qui s'approchait de lui.

Le type n'avait pas l'air ravi. Pas content du tout.

Mais il fallait s'y attendre. Gryffin Ward, Maître extraordinaire, se croyait probablement trop supérieur pour traîner dans les bars. Il pensait certainement qu'il avait une réputation à défendre. Il ne voudrait pas risquer la moindre tache sur sa notoriété en se faisant surprendre dans un endroit pareil. Avec un gars comme lui.

Trey avait grandi dans ce genre de bars. D'autant plus que sa mère alcoolique ne pouvait pas se permettre de prendre une baby-sitter pour sa petite sœur et lui. Elle buvait tout son argent qui à la base, n'était déjà pas bien substantiel.

Il venait d'une famille de merde. Alors, tout ce qui n'était pas merdique était une évolution positive.

— Allons-y, ordonna Gryff d'une voix grave en s'approchant de lui.

— Attends.

— Non. Tu m'as appelé parce que tu m'as dit avoir trop bu et ne pas pouvoir conduire. Si je me souviens bien, je t'avais dit de ne pas boire. Je suppose que t'as cru que je racontais des conneries. Puis t'as eu le culot de m'appeler pour que je vienne te chercher. Et le putain d'imbécile que je suis est venu. Alors, je suis là. Maintenant, allons-y.

Bon sang. Quelqu'un s'était levé du mauvais pied ce matin.

— Gryff...

— Non, Trey. Je te préviens. Je pourrais acheter un putain de beau bateau avec cinq cent mille dollars. Un *très* beau bateau. Un bateau sur lequel tu ne mettras jamais les pieds. N'oublie pas. Souviens-t'en quand la bague du Super Bowl glissera au doigt de quelqu'un d'autre.

Trey fronça les sourcils et fixa le masque de colère de l'homme face à lui.

— Eh bien, ce n'était pas très gentil.

— T'as bien raison. Je te rappelle simplement ce que t'as à perdre. Laisse-moi te dire ce que t'as à gagner si tu fous tout en l'air... la prison. Comme t'aimes les mecs, ce ne sera peut-être pas si difficile pour toi. Par contre, tu ne pourras pas choisir tes partenaires. Mais tu n'es peut-être pas capricieux et n'importe quelle bite fera l'affaire.

— Va te faire foutre, murmura Trey en fermant les yeux.

— Regarde-moi, Trey. Maintenant.

Le regard de Trey gravit l'homme qui le toisait. Gryff lui mit un doigt devant les yeux.

— Je n'ai pas besoin de connards irresponsables et arrogants comme toi comme clients. Je n'ai pris ton dossier que pour rendre service à mon frère. Je n'ai vraiment pas besoin de cette corvée, permets-moi de te le rappeler. Je ne plaisantais pas quand je t'ai dit de te tenir à carreau. Autrement, tu nous rends la tâche plus difficile. Alors, je veux savoir pourquoi tu m'as appelé, moi, parmi toutes les personnes que tu connais, pour que je vienne te chercher parce que t'es ivre.

Merde. Ça ne se passait pas comme prévu. Pas du tout.

— Je ne le suis pas.

Gryff laissa tomber sa main et la rudesse de son visage s'estompa.

— Pas quoi ?

— Je ne suis pas ivre.

Les yeux de Gryff se posèrent sur le verre devant lui. Il

tourna la tête vers le barman qui se tenait à l'autre bout de la pièce, les observant à bonne distance.

— Combien de verres il a bu ? lui demanda-t-il.

— C'est son premier, répondit le barman en levant un doigt.

Gryff fronça les sourcils en étudiant le verre plein une seconde de plus, puis leva les yeux vers Trey.

— Alors pourquoi je suis ici ?

— C'est quand la dernière fois que tu t'es bourré la gueule ?

Gryff lui fit les gros yeux, ses sourcils s'abaissant encore plus.

— T'es sérieux, là ? Dis-moi que t'es pas sérieux.

— Je t'offre un verre si tu viens t'asseoir avec moi. Je veux faire la paix. Je souhaite que les choses se passent bien entre nous.

— Se passent bien ? répéta Gryff comme s'il avait un mauvais goût dans la bouche.

— Barman, tu peux lui apporter ce qu'il prend ? appela Trey.

Le barman se précipita vers eux et jeta un regard interrogateur à Gryff.

— Ce que je veux, c'est que tu te tiennes à carreau, dit-il à voix basse, puis il se tourna vers le barman. Comme lui.

Trey étouffa son sourire. Petit à petit. C'était tout ce qu'il fallait. Des petits pas. Quelques instants inconfortables plus tard, le barman glissa un verre devant Gryff. Trey se leva, attrapa leurs deux boissons et inclina la tête vers l'une des banquettes vides.

— Allez, viens. Assieds-toi avec moi.

Trey se pencha vers l'avocat, mais ne le toucha pas.

— Je ne te mordrai pas. Promis. Sauf si tu me le demandes.

Gryff secoua la tête et se dirigea vers le box le plus éloigné des autres clients. Trey le suivit, luttant toujours contre le sourire qui menaçait d'apparaître sur son visage.

Lorsque l'autre homme se glissa d'un côté, Trey entra par l'autre, plaçant le whisky-coca de Gryff devant lui. Sans une seconde d'hésitation, Gryff le prit et en avala la moitié.

Trey le regarda avec surprise.

— Tu me pousses à boire, fut la réponse bourrue qu'il reçut.

Trey ne retint pas son rire et porta son verre à ses lèvres, laissant la boisson fraîche couler dans sa gorge et réchauffer son estomac. Toutefois, il n'avait pas besoin d'aide dans ce domaine puisque l'homme assis en face de lui le faisait tout seul.

Gryffin Ward était vraiment canon. Trey était presque aussi déterminé à le mettre dans son lit qu'à obtenir une bague de champion à son doigt.

Mais petit à petit, se rappela-t-il. Il n'avait pas envie de se faire frapper. Trey était persuadé que la raclée de Gryff serait pire que celle qu'avaient essayé de lui foutre les quatre types la dernière fois.

— Je respecte vraiment ton frère.

Gryff avala le reste de son verre, l'écrasa sur la table, puis le regarda avec méfiance.

— Moi aussi.

— Continuez comme ça, indiqua Trey en levant la main vers le barman, puis il se retourna vers l'avocat. Vous vous ressemblez beaucoup.

— On a le même sang, répondit simplement Gryff.

— Vous vous ressemblez sur d'autres plans ?

Le barman s'approcha, plaça un nouveau verre devant Gryff et disparut.

— Écoute, tu m'appelles pour que je ramène ton cul

bourré, dit Gryff après avoir fixé sa boisson. Il s'avère que t'as menti, et maintenant tu veux *me* bourrer la gueule. Alors qu'est-ce qui se passe ?

Puis, il contempla Trey de ses yeux sombres.

— Est-ce que t'essaies de me saouler assez pour me faire sortir derrière le bar et me peloter ?

Comme Trey ne répondait pas, il continua.

— Tu veux m'attirer là-bas pour que tu te prennes une nouvelle raclée ?

— Je ne me suis pas fait botter le cul.

— Non, t'as plutôt cassé la gueule de quelques gars. Tu devrais être fier de toi.

L'homme ne cédait pas d'un pouce. Il était dur, implacable. Une fois de plus, Trey réalisait que son plan pour amadouer Gryff se retournait contre lui.

— Va te faire foutre, Gryff. Je me suis protégé.

— Tu t'es fait arrêter pour ça.

— Qu'est-ce que j'étais censé faire ? Les laisser me tabasser ? Me tuer ? Tout ça parce que j'aime les hommes ? Cet enfoiré aussi. Il voulait juste que personne ne le sache. Du coup, il a dû sauver les apparences quand il a été pris en flagrant délit avec sa langue dans ma gorge.

— Je pense à un truc... Ne drague pas des inconnus dans les bars. Ou alors, contente-toi de séduire les femmes.

Trey renifla et se passa les doigts dans les cheveux.

— Évidemment.

— Pourquoi pas ?

— Parce que je veux ce que je veux.

— On n'a pas toujours ce qu'on souhaite. C'est ça être adulte.

— Non, Gryff, tu te trompes. Être adulte signifie travailler dur pour atteindre son but.

— Quand est-ce que t'as travaillé dur ? On t'a donné une

place de rêve dans une équipe de football professionnelle. Tu gagnes des millions pour lancer un putain de ballon.

— Tu ne penses pas que c'est difficile d'être un sportif de haut niveau ? Tu crois que je n'ai pas travaillé dur pour y arriver ? Demande à ton putain de frère à quel point j'ai travaillé pour être choisi au premier tour. Ils m'ont courtisé parce que je suis bon à ce point.

— Alors, ne fous pas tout en l'air, rétorqua Gryff, dont le doigt tâtait le bord de son verre.

La colère de Trey se dissipa rapidement lorsqu'il observa l'homme en face de lui. Son deuxième verre était déjà à moitié vide. L'homme savait peut-être comment se laisser aller. Cela lui donna un peu d'espoir.

— Je n'essaie pas de tout foutre en l'air, murmura-t-il, avant de boire une nouvelle gorgée de son verre.

Il fit signe au barman de leur apporter une autre tournée.

— Je suis là pour te ramener chez toi, soupira Gryff. Me faire boire n'y est pas propice.

— Tout est prévu, ne t'inquiète pas. Détends-toi et fais la paix avec moi.

— En parlant de mettre tout ça derrière nous, poursuivit Gryff en finissant son deuxième verre en une seule gorgée. Tu veux te mettre derrière moi ?

La question directe surprit Trey.

— La vérité te mettra mal à l'aise ?

— Probablement.

— Je pense que tu connais déjà la vérité. Je n'ai pas caché mon intérêt les quelques fois où l'on s'est retrouvés face à face dans ton bureau.

Ou bite contre bite. Mais ça, il le garderait pour lui.

— Pourquoi moi ?

— T'as vu ton cul ?

Gryff fronça les sourcils et prit le verre des mains du

barman qui s'approchait de la banquette. Il en avala la moitié avant de le poser sur la table.

— Mais tu désires aussi Rayne ?

— T'as vu *son* cul ? gloussa Trey quand les yeux de Gryff se plissèrent et que les commissures de ses lèvres tiquèrent.

— Elle me rend dingue, grommela Gryff.

— Comment ça ?

Gryff hésita quelques instants.

— T'as vu son cul ? rétorqua-t-il.

L'éclat de rire de Trey retentit dans leur coin du bar. Il abattit sa main sur la table.

— Putain de merde, mec.

La porte s'ouvrit à nouveau et le sujet de leur conversation se dirigea vers eux.

— En parlant de... murmura Trey en se penchant. La voilà.

Les yeux de Gryff s'écarquillèrent et il jeta un coup d'œil par-dessus son épaule.

— C'est quoi ce bordel ? Pourquoi elle est là ?

— Je l'ai appelée juste après toi.

— Pourquoi tu l'as appelée ?

— Parce qu'on va tous les deux avoir besoin d'un chauffeur une fois qu'on sera bourrés.

Avant même que Rayne ne soit au milieu du bar, Trey bandait déjà. Elle était vêtue d'une robe verte, moulante et courte, assortie à ses yeux vert émeraude, qui enveloppait son corps. Le col en V ne cachait aucunement son décolleté. Elle portait des talons à brides avec un ruban ou un truc du genre qui s'enroulait autour de ses mollets. Trey eut soudain du mal à déglutir.

Même s'il aimait les hommes, il devait admettre que cette femme lui plaisait. Elle avait tout : l'intelligence, la beauté, la réussite. En gros, le diable en talons. Il avait fait quelques recherches et Gryff avait raison, elle était douée dans ce qu'elle faisait. Très douée. Elle était peut-être un régal pour les yeux, mais à l'intérieur, cette femme était un remarquable diamant. Elle connaissait son métier, cela ne faisait aucun doute.

Elle leur lança un « Hé » haletant lorsqu'elle s'arrêta au bout de la table. Et quand elle sourit, le bar ne fut soudainement plus si sombre.

— Hé ! répondit Trey en s'efforçant de ne pas toucher sa bite. Tu veux boire quelque chose ?

Elle secoua la tête, sa crinière de cheveux d'un blond roux balayant ses épaules. Il souhaitait y plonger son visage, y prendre une grande bouffée et frotter cette douceur sur tout son corps.

— Non, je croyais que c'était moi la conductrice désignée. Ce n'est pas pour ça que tu m'as appelée ?

— Si, confirma-t-il en lui faisant un sourire, puis il se décala pour lui laisser la place de s'asseoir à côté de lui.

Elle le toisa un instant, lança un regard à Gryff, puis se glissa sur la banquette à côté de lui. Lorsque la cuisse de Rayne frôla la sienne, sa bite remua sous son jean. *Seigneur !* Il souhaitait avoir ces cuisses plaquées contre ses oreilles.

— Alors, quelle est l'occasion ? demanda-t-elle en fixant son patron.

— L'occasion ? l'interrogea Gryff.

— Oui, pourquoi vous faites subitement copains-copains et sortez boire ensemble, expliqua-t-elle, sans le quitter des yeux.

— J'ai été piégé.

— Ah, lâcha-t-elle en haussant les sourcils.

— Et toi aussi, termina Gryff.

— Oh, lança la jeune femme en rabaissant ses sourcils.

Ah, mince. Trey devait reprendre le contrôle.

— Par contre, j'avais les meilleures intentions. Sérieusement.

— D'accord, marmonna Gryff dans son verre.

Cette fois, ce fut lui qui fit signe au barman d'en amener un autre. Il leva deux doigts.

— Si quelqu'un sait à quel point c'est important pour une équipe de bien travailler ensemble, c'est bien moi, poursuivit Trey. Maintenant, on est une équipe, n'est-ce pas ?

Gryff s'adossa à la banquette et étendit ses longues jambes. Il croisa les chevilles, puis les bras sur son torse, fixa Trey un instant avant de lancer un regard à Rayne.

— Tu crois à ses conneries ?

Rayne se mordit la lèvre inférieure, fixa la table et rit.

— Bien sûr.

— Alors au moins l'un de nous y croit, dit Gryff en souriant à moitié.

— Les équipes fonctionnent comme une machine bien huilée, ajouta Trey.

— Oh, mon Dieu... souffla Gryff en secouant la tête et levant les yeux au ciel. Arrête tant qu'il est temps.

Gryff se redressa et se pencha vers Rayne.

— Tu veux savoir la vraie raison pour laquelle il nous a piégés ici ?

Oh, merde.

Rayne haussa les épaules et ne prit même pas la peine de le lui demander, car Gryff était lancé.

— Parce qu'il veut te baiser, révéla Gryff.

Puis il marqua une pause et leva un doigt.

— Et ce n'est pas tout. Il veut me baiser. Ou que je le baise. Peu importe.

Rayne cligna des yeux, puis sourit à Gryff.

— Oui, je sais, dit-elle en haussant à nouveau les épaules. Il n'a jamais caché ses intentions.

Gryff se plaqua contre le dossier du box et souffla. Il se passa les deux mains sur le visage, puis regarda Rayne.

— Oh, mon Dieu ! Je suis le seul à résister là ?

— Oui, répondirent simultanément Trey et Rayne.

Le visage de Gryff se ferma et ses yeux se plissèrent.

— Attendez. Est-ce que vous avez tous les deux...

Il agita un doigt entre eux deux.

— Non, répondirent-ils encore une fois de concert.

Trey vit le soulagement traverser le visage de Gryff. Pour une raison ou une autre, l'homme était possessif envers Rayne.

— T'as dit qu'elle ne t'était pas réservée, dit lentement Trey. J'ai raté quelque chose ?

Le regard de Trey passa de l'un à l'autre. Leurs deux visages devinrent livides. C'était la réponse qu'il cherchait. Il ignorait quoi penser de ce petit détail. Soit ça l'aiderait, soit ça entraverait son projet.

— Je crois que j'ai besoin d'un autre verre.

— Moi aussi. Barman ! appela Gryff. Une autre tournée.

Chapitre Quatre

Les yeux de Rayne dérivèrent vers l'homme assis sur le siège passager. Il ne faisait aucun doute qu'il se sentait bien. Elle jeta ensuite un coup d'œil dans son rétroviseur. Il en était de même pour celui qui se trouvait à l'arrière.

Plus la soirée avançait, plus les hommes se relâchaient. Trey n'avait pas besoin d'aide, mais Gryff ? Carrément. Il avait bien besoin d'alcool pour se sortir le bâton du cul et envisager la suggestion de Trey de coucher tous les trois ensemble.

Chose étonnante, Trey les avait convaincus de rentrer chez lui. Elle fut surprise quand Gryff accepta. Pourtant, elle ignorait la tournure que prendraient les choses une fois là-bas.

Quoi qu'il arrivât ce soir, elle était partante. Comment pourrait-elle refuser ? Deux beaux hommes sexy et brillants. Toute personne normale ne dirait pas non. Évidemment.

Le seul problème qui se profilait ? Gryff était son patron et Trey son client. Ce n'était peut-être pas un simple problème, mais un *gros* souci. Sans oublier qu'elle était la seule totalement sobre. Non pas que l'un ou l'autre soit débraillé ou complètement ivre, ils semblaient plutôt tous les deux détendus et heureux. D'ailleurs, c'était agréable de voir Gryff dans cet état. Plus il souriait et riait, plus Rayne craquait pour lui.

Ce qui, une fois de plus, lui rappelait le fait non négligeable qu'il était son patron. *Mince.*

Il ne trempait pas son biscuit au bureau.

Non, ce n'était pas tout à fait juste.

Il ne trempait pas son biscuit dans les chattes de l'entreprise.

Non. Ça ne collait pas non plus.

De toute façon, il était trop tard. Elle avait eu sa queue en elle, et ils avaient tous les deux adoré. *Vraiment* adoré. Une fois n'était pas suffisante pour elle. Et d'après elle, ce n'était pas assez pour lui non plus.

Elle descendit son SUV au niveau inférieur d'un parking sécurisé après que Trey eut passé une carte magnétique devant le lecteur. Alors qu'il la guidait vers l'une de ses places attitrées, elle ne put s'empêcher de remarquer l'enfilade de véhicules luxueux. Elle eut l'impression que ceux qui habitaient ici ne conduisaient pas de Honda ou de Ford et que sa Lexus était un vieux tas de ferraille. Elle s'arrêta à côté d'une Maserati Gran Turismo décapotable, dont les vitres étaient teintées.

— Tu te moques de moi, lâcha Gryff en regardant la voiture à côté d'eux. Ne me dis pas que c'est la tienne.

— Alors, je ne dirai rien.

La réponse sérieuse provint de la banquette arrière.

— Putain d'athlètes... vous ne savez pas dépenser raisonnablement votre argent.

— Hé ! C'était moins cher qu'une Bentley.

Gryff ricana, poussa sa portière et extirpa sa large carcasse de la voiture.

— Elle a plutôt intérêt à bien sucer, dit-il en se penchant en arrière, puis il referma la portière.

Rayne hésita et se tourna vers Trey.

— J'espère que tu sais ce que tu fais.

— Tu me demandes si j'ai un plan pour apprivoiser la bête ?

— Un truc du genre.

— Je vais juste improviser.

Elle soupira.

— Tu peux au moins m'indiquer l'hôpital le plus proche ? Au cas où je doive y conduire en vitesse la chair à pâté que tu seras.

Trey secoua la tête et rit avant de sortir de la voiture. Elle se dépêcha de le suivre, car une personne en pleine possession de ses moyens devrait arbitrer les choses si la situation dégénérait.

— J'espère que ça en vaut la peine, lui murmura-t-elle en regardant Gryff faire le tour de la décapotable, l'inspectant tout en marmonnant.

— Dis-moi... Est-ce qu'il en vaut la peine ?

Elle fronça les sourcils.

Trey passa sa main sur le bras nu de Rayne et elle frissonna au contact électrisant.

— Détends-toi, Rayne. Des petits pas.

Il s'éloigna pour rejoindre Gryff.

Des petits pas ? Que voulait-il dire par là ?

Elle contempla les deux hommes qui se branlaient presque sur une machine. Dans quoi s'était-elle embarquée ? Dans quoi entraînait-elle Gryff ?

Elle soupira et les rattrapa.

Quelques minutes plus tard, ils se trouvaient dans le penthouse de l'immeuble. Trey devait utiliser sa carte magnétique pour que l'ascenseur monte à son étage. Et pour cause. Lorsque les portes s'ouvrirent, elles donnèrent directement sur son — ce qu'il appelait — « appartement ». Rayne n'avait jamais été dans un tel « appartement ». Il occupait la moitié du dernier étage. Et la moitié du dernier étage n'était pas à dédaigner.

— J'espère que t'as un conseiller financier, fut tout ce que dit Gryff en pénétrant dans le monde de Trey.

— C'était un investissement. J'en suis le propriétaire, annonça Trey, qui semblait fier de lui.

— Eh bien, tant mieux pour toi, répondit Gryff en se dirigeant vers la grande baie vitrée qui surplombait la ville.

Dans la nuit noire, la vue était spectaculaire avec la splendeur des lumières de l'agglomération.

— Devinez qui est mon voisin d'à-côté ? lança Trey en avançant au milieu de son vaste salon.

Quand Gryff ne répondit pas, il regarda Rayne et remua les sourcils.

— Qui ? se sentit-elle obligée de demander.

— Cole Dixon.

Gryff se figea, puis se tourna vers Trey.

— Je parie que vous avez couché ensemble, une fois ou deux.

— Pourquoi tu penses ça ? Parce qu'aucun de nous n'a de blocages concernant le sexe ?

— C'est qui Cole Dixon ? s'enquit Rayne.

Elle était perdue.

Trey fut bouche bée.

— Tu ne sais pas qui est Dix ?

— Si elle le savait, elle ne poserait pas la question, grommela Gryff.

Elle avait l'impression que son patron devenait à nouveau grincheux.

— Non, aucune idée, dit-elle en se rapprochant de Gryff, tentée de lui frotter le bras pour l'amadouer.

Elle n'était pas sûre que ce soit une bonne idée de câliner son patron. Pourtant, elle lui avait sucé la bite quelques jours plus tôt.

Seigneur ! Elle secoua mentalement sa tête pour effacer ses pensées dévergondées.

— Dix n'est que *le* meilleur demi-offensif de l'histoire des Bulldogs et l'amant de Lawrence « Bras Long » Landis, qui était *le* meilleur quarterback de l'histoire des Bulldogs. J'ai l'intention de suivre les traces de Ren et rapporter le trophée du championnat à la maison.

— *Si* tu peux revenir dans l'équipe.

— *Quand* je réintégrerai l'équipe.

Gryff grommela et s'approcha des fenêtres pour regarder dehors.

— Alors, ils vivent de l'autre côté ? demanda Rayne.

— En fait, ils vivent sur la plage avec leur femme Eve et leur nouvel enfant. Ils n'utilisent l'appartement que lorsqu'ils viennent en ville.

— Attends. Ils ont une femme et un gosse ?

— Oui. Ils ont couché ensemble, tous les trois, et se sont fait engrosser.

Elle pariait que leurs dynamiques étaient intéressantes. Elle avait cru entendre une rumeur au bureau concernant le frère aîné de Gryff qui faisait quelque chose de similaire. C'était impossible.

— Laisse-moi récapituler… commença Rayne en fronçant les sourcils.

— C'est exactement comme le frère de Gryff. Il a couché avec un couple marié et ils vivent tous ensemble maintenant.

Mais je ne pense pas qu'ils soient en cloque, par contre. N'est-ce pas, G ?

— Ne m'appelle pas « G », répondit Gryff, toujours tourné vers la fenêtre.

— Appelle-le « Patron », il adore, suggéra Rayne avec un sourire bienveillant.

— Rayne...

L'avertissement sortit d'une voix grave.

— Ouais. *Patron*. J'aime bien, continua Trey, qui avait raté l'irritation dans la voix de Gryff.

Enfin, Gryff se retourna.

— Si tu m'appelles Patron, tu risques de te retrouver à agiter des bras pour voir si tu peux voler quand je te jetterai du balcon.

Rayne serra les lèvres pour s'empêcher de rire.

— Rayne, ne l'encourage pas, la réprimanda-t-il.

— Oui, Patron, rétorqua-t-elle.

Il baissa la tête et la secoua, les mains posées sur les hanches.

— Je crois que j'ai besoin de plus picoler.

— Désolé, je suis nul comme hôte. Je vais te chercher un verre, dit Trey avant de disparaître.

Rayne se rapprocha de Gryff et croisa son regard.

— Ton frère est en trouple ?

— Oui.

— Avec deux personnes mariées ?

— Oui.

— Et ça fonctionne ?

— Ça fonctionne, confirma Gryff en faisant un léger signe de tête.

— Bon sang, souffla-t-elle, stupéfaite.

— C'est ce que je pensais. Mais, en réalité, ça marche bien.

Elle regarda les lèvres rebondies de Gryff, de la couleur d'une cerise griotte bien mûre.

— Hum.

— Ça te donne des idées ?

Elle savait exactement où elle souhaitait que ces lèvres se trouvent.

— Rien que je n'ai pas déjà imaginé.

— T'as dit que tu nous désirais tous les deux.

Elle hésita. Elle voulait un truc en particulier et c'était inutile de mentir à ce sujet. Contourner la vérité ne la mènerait nulle part.

— Oui, mais je ne pensais pas que tu serrais d'accord pour le faire en même temps.

— Je n'ai pas dit oui, répondit-il en lui attrapant le menton et lui inclinant sa tête pour qu'elle le regarde dans les yeux. Je ne te suffirais pas ?

— Je n'ai pas dit ça, murmura-t-elle avant de se lécher les lèvres, les yeux de Gryff suivant le mouvement de sa langue.

Une décharge la traversa, finissant en son centre, la faisant mouiller et réchauffant son entrejambe.

— Mais tu désires aussi Trey.

— Oui. Je te l'ai dit.

— En effet.

Il était temps de tenter le tout pour le tout...

— T'es partant ?

— De regarder un autre homme te baiser ? demanda-t-il alors que son expression se fermait et que ses yeux se plissaient.

— De participer.

Ses lèvres s'entrouvrirent, et elle eut le souffle coupé en les imaginant tous les trois.

— Pour un plan à trois ? Avec un autre homme ? Je ne sais pas.

— Je sais qu'il t'attire. J'ai vu ta réaction l'autre jour dans mon bureau.

Quelque chose brilla dans ses yeux avant qu'il le cache.

— Un hasard.

Rayne sourit tendrement, mais secoua la tête, délogeant les doigts de Gryff de son menton.

— Non, je ne pense pas.

— Crois ce que tu veux, rétorqua Gryff en haussant une épaule.

Rayne posa une main sur son torse et la descendit jusqu'à son ventre. Ses muscles défilèrent sous ses doigts.

— Patron...

— Chaque fois que tu le dis, ça me fait bander.

— Je sais, répondit-elle alors que ses lèvres s'incurvaient en un sourire.

Gryff enroula une mèche de ses cheveux autour de son doigt et le contempla.

— J'ai envie de te baiser ce soir.

— J'en ai aussi envie.

— Mais on est au milieu du salon de Trey Holloway. Tu pourrais être dans mon lit en ce moment même, cette robe verte sur mon plancher, tes jambes sur mes épaules.

— Ou alors, on peut aller dans celui de Trey et lui demander de nous rejoindre.

Il pencha la tête et ses yeux ratissèrent le visage de Rayne.

— Pourquoi tu désires un truc pareil ?

— Pourquoi pas ? rétorqua-t-elle.

Parce qu'en fin de compte, elle n'avait aucune réponse à lui donner. À part qu'elle était avide d'avoir deux hommes en même temps dans son lit.

— T'y as déjà pensé ?

— Peut-être avec deux femmes. Ce n'est pas d'ailleurs le

fantasme de tout homme hétérosexuel ? Mais pas avec un autre homme, non.

— Si vous ne vous touchez pas ?

— Que deux hommes de plus d'un mètre quatre-vingts baisent une même femme sans entrer en contact ? Impossible.

— On peut se relayer, suggéra Trey en les rejoignant, des verres à la main.

Il en offrit un à Gryff, qui le prit, et l'autre à Rayne.

— Ce n'est que du soda, assura-t-il à Rayne, puis il se retourna vers Gryff. Je peux vous observer.

— Non.

— Tu peux vous regarder, proposa Trey en pointant Rayne et lui du doigt.

— Non.

— Elle peut nous observer.

— J'adorerais vous regarder tous les deux. L'idée de voir deux hommes ensemble m'excite, avoua Rayne.

Les imaginer tous les deux dans le même lit la faisait mouiller. Elle se pressa contre la hanche de Gryff, sa main toujours posée sur le bas de son ventre.

— Désolé, dit-il en plongeant son regard dans le sien. Ça n'arrivera pas.

— Alors pourquoi t'as accepté de venir chez moi ? lui demanda Trey.

— Je l'ignore, répondit-il, sans rompre le contact visuel avec Rayne.

— Je crois que non..., chuchota Rayne. *Patron*, ajouta-t-elle en descendant sa main sur sa ceinture, puis jusqu'à son aine, confirmant ce qu'elle savait déjà. S'il te plaît, embrasse-moi, Patron.

— Rayne, gémit-il en poussant son verre vers Trey, qui s'empressa de l'attraper.

Il plongea ses mains dans les cheveux de son employée et

se pencha pour écraser ses lèvres contre les siennes. Elle sursauta devant la férocité du geste, la façon dont il posséda sa bouche et prit le contrôle de sa langue. Elle gémit dans sa bouche alors que les doigts de Gryff se contractaient, tirant plus fort sur ses cheveux.

Finalement, il rompit leur baiser, ne s'écartant que légèrement, haletant autant qu'elle.

— Ne t'arrête pas à cause de moi.

Les yeux de Gryff se fermèrent un instant. Lorsqu'il les rouvrit, Rayne fut déçue du manque soudain qu'elle ressentit quand il recula. Elle pouvait voir son contrôle l'entraver.

— À mon tour ? demanda Trey en se glissant entre eux, saisissant les épaules de Rayne et l'attirant contre lui.

Son érection était aussi évidente que celle de Gryff, se plaquant contre son ventre lorsqu'il posa ses lèvres sur les siennes.

— J'attendais sagement de le faire, murmura-t-il, tout près, avant de passer sa langue sur ses lèvres, de les séparer, puis de plonger à l'intérieur.

Son baiser était différent de celui de Gryff, mais il la fit fondre de la même façon. Il glissa un bras dans son dos pour l'attirer contre lui, s'assurant qu'elle le sentait tout entier. Son autre main remonta de sa hanche à son ventre, puis attrapa son sein par-dessus sa robe.

— Je veux te voir nue, dit-il en s'écartant suffisamment.

Elle souhaitait lui répondre, mais il reprit sa bouche, l'explorant, jouant, la taquinant. Elle gémit, ses tétons se durcissant alors qu'il les titillait par-dessus sa robe. Quand il mordit sa lèvre inférieure, elle sursauta et saisit sa chemise pour rester debout. Ses jambes tremblaient, sa chatte palpitait, son excitation la faisait mouiller d'envie.

Lorsque Trey rompit enfin leur baiser, elle ne parvint pas à se concentrer pendant une seconde, car la tête lui tournait.

Cet homme savait embrasser. Il n'y avait aucun doute là-dessus.

— Tes lèvres sont gonflées par nos deux baisers, murmura Trey, sans quitter son visage des yeux. Elles sont magnifiques.

Elle sourit et recula, relâchant à contrecœur sa chemise. Pourtant, elle avait envie de la lui arracher.

Elle jeta un coup d'œil par-dessus son épaule, cherchant Gryff des yeux. Il se tenait à nouveau devant les fenêtres, observant dehors, le dos tourné, le corps raide. Néanmoins, dans le reflet, elle put voir que ses yeux les contemplaient.

Observant tout.

— Patron...

— Putain, Rayne, dit-il doucement, en baissant la tête et la secouant.

Rayne lutta contre la panique alors que Trey s'approchait de lui. Il le touchait presque, mais garda ses distances. Gryff leva la tête, mais resta silencieux. Trey passa prudemment une main sur les larges épaules de Gryff, comme s'il provoquait le destin en caressant un tigre sauvage.

Il pourrait perdre un membre.

— Va te faire foutre, Trey, grogna Gryff en tournant sur lui-même et saisissant Trey à la gorge.

Rayne poussa un cri. Alors qu'elle se précipitait pour se mettre entre eux, elle s'arrêta et fut surprise de voir Gryff embrasser Trey avec autant de fougue qu'il l'avait embrassée. L'esprit de Rayne s'emballa avec la scène qui se déroulait devant ses yeux. Trey ne tressaillit pas. Gryff contrôla le baiser, faisant reculer le sportif dans la pièce. Il le guidait toujours par la gorge, et les hanches de Gryff percutaient celles de l'autre homme. À chaque poussée, Trey faisait un pas en arrière, jusqu'à ce qu'il ne puisse plus éviter d'attraper l'avocat pour garder son équilibre.

Rayne resta impuissante, ignorant quoi faire devant ce

qui ressemblait plus à une lutte de pouvoir qu'à de la passion. Trey autorisait Gryff à avoir le dessus. Pour le moment.

Mais Trey trébucha et tomba à genoux, rompant le contact, mais seulement pour un instant. Gryff ouvrit rapidement sa ceinture et son pantalon, alors que Trey l'aidait à le baisser pour dévoiler son épaisse longueur rigide. Quand Trey l'enveloppa avec sa bouche, Gryff ferma les yeux. Les muscles de son cou gonflèrent et ses mains se serrèrent sur le côté. Une grimace se dessina sur son visage.

— Va te faire foutre, chuchota-t-il en rouvrant les yeux et les baissant vers Trey.

Puis, il croisa ceux écarquillés de Rayne. Elle se sentit stupide, figée au milieu de la pièce, observant les deux hommes devant elle. Elle avait presque l'impression de s'immiscer dans leur intimité, mais... pas du tout.

Rayne souhaitait les rejoindre, mais elle ne voulait pas non plus les perturber. Elle désirait voir ce qui allait se passer entre les deux. Cela pouvait les rapprocher ou les éloigner une fois que ce serait terminé. Cela dépendrait de Gryff. De Trey. Pas d'elle.

Cependant, les voir ensemble battait tous les records de ses fantasmes. Sa culotte était trempée, ses cuisses tremblaient et ses genoux vacillaient. Elle ne pouvait pas rester là, comme une biche aveuglée par les phares d'une voiture.

Elle sombra sur le canapé en cuir, baissant sa culotte et remontant l'ourlet de sa robe. Une fois sa culotte autour de ses chevilles, elle l'enleva et ouvrit les cuisses. Gryff observait tous ses gestes, le clouant sous son regard noir. Alors que la tête de Trey se levait et s'abaissait au niveau de l'aine de Gryff, elle glissa sa main entre ses jambes, les écarta pour qu'il puisse tout voir, puis palpa ses plis glissants. Elle plongea son autre main dans le décolleté de sa robe, trouva son téton dur et douloureux, le tordit et introduisit en même temps deux doigts dans son sexe.

Ses hanches décollèrent du canapé, et elle jouit instantanément. Elle se mordit la lèvre pour ravaler son cri, mais elle fut incapable de le retenir. Ses muscles internes se contractèrent autour de ses doigts, mais elle n'avait pas fini. Pas encore. Elle ne s'arrêterait pas avant Gryff et Trey.

Elle libéra son sein et descendit sa main entre ses jambes, tournant avec frénésie autour de son clito alors qu'elle plongeait ses doigts dans sa chatte, désirant plutôt que ce soit l'un d'entre eux qui la pénètre.

Les doigts de Gryff s'accrochèrent aux cheveux de Trey tandis qu'il baisait la bouche de l'autre homme, ses hanches suivant son rythme. Quand Gryff serra les dents, Rayne sut qu'il perdrait bientôt les pédales. Une fois de plus, elle aussi. En observant les deux hommes, elle réalisa qu'elle n'avait jamais été si excitée. Ses hanches bougeaient en même temps que celles de Gryff. Elle jouit au même moment que lui, sa chatte palpitant autour de ses doigts, les trempant.

Elle laissa retomber sa tête sur le canapé et ferma les yeux alors que les derniers effets de l'orgasme s'estompaient, lui ôtant toute force.

Puis des mains se posèrent sur elle, écartant encore plus ses cuisses. Trey, toujours à genoux, s'installait cette fois entre ses jambes.

— Je veux te goûter, murmura-t-il en baissant la tête.

Puis, sa bouche trouva son centre, lécha les plis, sa langue effleurant son clitoris sensible.

Des mains s'enfoncèrent dans ses cheveux. Lorsque sa tête fut basculée en arrière, elle vit les yeux mi-clos et sombres de Gryff. Il se tenait derrière le canapé, les narines dilatées, ses doigts l'agrippant douloureusement. Elle n'allait pas lui dire d'arrêter, de la lâcher. Non, elle voulait qu'il la domine, qu'il l'amène encore plus haut.

— Touche-moi, Patron, gémit-elle. S'il te plaît.

— Détache ta robe, exigea-t-il.

Les doigts tremblants, elle arracha impatiemment le nœud. Lorsqu'elle le défit enfin, elle ouvrit sa robe, offrant à Gryff une vue imprenable sur la tête de Trey qui était entre ses jambes, mais aussi sur ses seins qui débordaient des bonnets de son soutien-gorge en dentelle noire. Ses mamelons le réclamaient, sa bouche, ses dents, mais il ne desserra pas son emprise sur ses cheveux. Au lieu de cela, il posa sa bouche sur sa gorge exposée et égratigna sa peau délicate avec ses dents, puis descendit sur sa poitrine pour se blottir entre les douces buttes de ses seins.

Elle baissa son soutien-gorge et remonta ses seins pour qu'il puisse s'accrocher à l'un de ses tétons, l'aspirer profondément entre ses lèvres. Le tiraillement créa une ligne de feu qui traversa son corps jusqu'à l'endroit où la bouche de Trey ravageait sa chatte. Ses hanches ruèrent sous la bouche de Trey alors qu'il suçait son clito et glissait deux doigts en elle.

Son cœur battait la chamade, le sang se précipitant dans ses oreilles. Ses yeux se fermèrent alors qu'ils la faisaient perdre les pédales. Elle ne parvint pas à retenir les mots qui franchirent ses lèvres, les encourageant, les maudissant, les suppliant en gémissant de la soulager. Quand Gryff planta ses dents dans sa chair moelleuse, son corps se décolla du canapé. Elle jouit à nouveau, ses muscles se contractant autour des doigts de Trey. Elle n'en pouvait plus, son clito était devenu trop sensible.

— Arrête. Arrête. Arrête, chuchota-t-elle jusqu'à ce que Trey lève les yeux, le regard interrogateur.

Elle essaya de reprendre son souffle, mais la langue de Gryff s'agitait encore sur les pointes dures de ses mamelons.

Mordillant une dernière fois la courbe extérieure de son sein, il se redressa et lâcha ses cheveux.

Trey se remit sur ses talons et croisa le regard de Gryff au-dessus de la tête de Rayne.

— Je veux la baiser, déclara-t-il.

Le silence envahit la pièce alors que les secondes défilaient. Rayne craignait de regarder le visage de Gryff. Sans même le voir, elle savait qu'il avait du mal à accepter la volonté de Trey.

— Je ne l'ai pas encore baisée. Toi, oui. Je ne me suis pas encore soulagé ce soir. Toi, oui.

Rayne n'était pas certaine que Gryff aurait pitié de l'autre homme et qu'il céderait. Ce n'était pas comme si elle sortait avec lui ensemble, et elle ne lui appartenait assurément pas.

— Oui, fut tout ce que dit Rayne, qui fut récompensée par un grand sourire de Trey.

Elle put sentir la tension dans l'air.

— Tu dois mettre un préservatif, finit par lâcher Gryff, d'une voix grave et âpre.

Les lèvres de Trey remuèrent.

— Bien sûr.

Il fouilla dans sa poche arrière, en sortit son portefeuille et, quelques secondes plus tard, en présenta un.

Trey se leva, balança le préservatif et le portefeuille sur la table basse voisine, puis recula, ses doigts montant vers sa chemise. Un à un, il fit glisser les boutons dans les trous, exposant son large torse musclé garni de tatouages. Il jeta sa chemise sur le côté, ses yeux ne quittant pas Gryff, qui se tenait toujours derrière elle.

— T'aimes ce que tu vois ? demanda Gryff, qui s'était penché pour presser sa bouche contre l'oreille de Rayne, sa respiration un peu saccadée.

Ses mains saisirent ses seins et ses pouces effleurèrent le bout de ses mamelons.

— Oui.

— Tu veux le sentir en toi ? chuchota Gryff, alors que Trey faisait glisser sa ceinture dans les passants de son jean.

Rayne prit une bouffée d'oxygène pour pouvoir répondre.

— Oui.

Trey décrocha le bouton supérieur de son jean et descendit sa braguette.

— Tu mouilles en pensant à lui ? murmura Gryff contre son oreille.

— Putain, oui, gémit-elle.

Elle tendit la main derrière elle et attrapa la nuque de Gryff, le maintenant en place. Elle voulait qu'il continue à lui dire des obscénités, à entendre le timbre grave de sa voix dans son oreille, ce qui durcissait encore plus ses tétons et faisait dégouliner sa chatte.

Trey enleva ses chaussures et ses chaussettes avant de se débarrasser de son jean. Lorsqu'il se tint devant eux en simple caleçon, Rayne put voir le trait de sa bite rigide sous le tissu, la tache sombre du coton imbibé de son précum. Il se toucha par-dessus son sous-vêtement tout en les observant tous les deux, regardant Gryff presser et pincer les tétons rose foncé de Rayne entre ses doigts sombres.

— T'aimes que je te touche, Rayne ?

— Oui, Patron.

— Tu veux que je te touche pendant qu'il te baise ?

— Oh oui, souffla-t-elle en frémissant. Patron, s'il te plaît.

— *Putain*, Rayne, gémit-il dans son oreille. Si tu continues comme ça, je baise ta bouche pendant qu'il baise ta chatte.

— Patron, je te veux aussi en moi. Je veux que tu...

— Pas ce soir.

— Mais...

— Non. Un autre soir. Je te baiserai longtemps et fort jusqu'à ce que tu ne puisses plus tenir debout.

— Promis ?

— Je te le promets. Laisse Trey avoir cette soirée.

Alors que le sujet en question passait ses doigts dans son boxer et le descendait, Gryff et Rayne se turent, figés. Ils contemplèrent sa longueur dure, le volume de ses couilles. Puis, il enroula ses doigts autour de son épais sexe et le caressa lentement, de la racine à la tête. Puis recommença.

Et recommença.

— Je vous veux tous les deux, déclara Trey en avançant.

— T'as Rayne, répondit Gryff derrière elle, son ton ne laissant aucune place à la négociation.

Il se redressa lorsque Trey s'approcha.

— Je vous aurai tous les deux. Peut-être pas ce soir. Mais bientôt.

— On verra bien.

Rayne craignait que Trey abuse et pousse Gryff à tout arrêter s'il continuait.

— Trey, prends-moi, supplia-t-elle, essayant de détourner son attention de Gryff.

Ses yeux se portèrent sur elle, puis sur Gryff.

— Je vais le faire, bébé, ne t'inquiète pas. Tout de suite, je ne désire rien de plus. Au moins, déshabille-toi, non ?

La question était adressée à l'homme qui se trouvait derrière elle.

Une fois de plus, le silence envahit la pièce. Rayne se contorsionna suffisamment pour regarder Gryff.

— Oui, s'il te plaît, Patron. Laisse-moi te déshabiller.

Son regard se posa sur elle et il sourit calmement.

— Viens le faire pour moi.

Elle ne pouvait pas résister à sa proposition. S'il était prêt à se mettre nu devant Trey, elle le déshabillerait avec grand plaisir. De plus, elle ne l'avait pas encore vu complètement nu. Elle aurait l'impression de déballer un cadeau. Elle avait grand-hâte de tirer le bout de ce ruban.

Trey lui tendit sa main libre pour l'aider à se lever et elle l'accepta. Elle enleva sa robe ouverte d'un mouvement d'épaule et retira son soutien-gorge, pressant ses seins alors qu'il tombait sur le sol.

— On garde les chaussures ou pas ? demanda-t-elle en se penchant et montrant son cul à Gryff.

— Oh, bon sang ! Garde ces chaussures, gémit Trey.

— Tout ce que tu veux, lui dit-elle.

— Ça me plaît bien, murmura Trey, toujours en caressant sa queue.

Elle jeta un coup d'œil à Gryff qui n'avait pas bougé de sa place derrière le canapé.

— Est-ce que je viens à toi, Patron ? Ou est-ce que c'est toi qui viens à moi ?

— Viens ici, exigea-t-il, sa voix provoquant un frisson le long de sa colonne vertébrale.

— Oui, Patron, répondit-elle en faisant le tour du canapé.

Quand il ne se retourna pas, elle s'approcha et passa ses bras pour déboutonner sa chemise par-derrière. Trey resta de l'autre côté du canapé, se caressant pendant qu'elle défaisait la chemise de Gryff et la retirait de ses épaules. Ensuite, elle fit passer son maillot de corps par-dessus sa tête, le laissant torse nu. Sa peau sombre luisant sous les spots encastrés.

Même si Gryff cachait Trey, elle sut le moment précis où il remarqua le tatouage du dragon.

— La vache ! s'exclama-t-il, ce qui était un indice évident. Je ne m'en serais jamais douté.

Gryff se raidit légèrement sous les doigts de Rayne, mais elle descendit rapidement ses mains à sa taille, trouvant sa ceinture et son pantalon qu'il avait ouvert plus tôt. Elle glissa ses mains à l'intérieur de son boxer pour découvrir sa longueur chaude et dure, la palpa, la pressa et passa son pouce sur la couronne, étalant son précum.

— Enlève tes chaussures, murmura-t-elle contre son dos nu.

— Toi, retire-les-moi.

Elle sourit contre son dos, le mordilla, puis se laissa tomber à ses pieds, faisant glisser ses mocassins et déroulant lentement ses chaussettes. Elle prit le temps d'effleurer ses mollets, ses chevilles, ses orteils. Sans se lever, elle baissa en même temps son pantalon et son caleçon, exposant ses cuisses épaisses et musclées, ses mollets fermes. Alors qu'il se débarrassait de son pantalon, elle remonta le long de ses jambes en le mordillant, l'embrassant et le léchant. Puis, elle continua sur les globes de son cul, et le long de sa colonne vertébrale. Il était grand, environ un mètre quatre-vingt-huit. Même avec ses talons, elle ne put atteindre que le milieu de son dos, sa langue rejoignant le bas du dragon sombre.

Il frissonna à son contact, sa tête baissée un instant, puis il se redressa.

— Prends-la maintenant, ou je le ferai, lança-t-il à Trey.

Ses mots intensifièrent la chaleur entre ses cuisses. Elle était tellement prête pour l'un, l'autre... ou les deux.

Trey, qui était resté médusé en observant leur interaction, passa à l'action. Il n'avait pas besoin qu'on le lui dise deux fois. Si Gryff décidait de s'emparer de Rayne, Trey savait qu'il se retrouverait le cul à l'air, la bite dans la main.

Il n'allait certainement pas manquer l'occasion de s'enfoncer au fond de son sexe luxuriant, même si Gryff ne se joignait pas à lui cette fois-ci. De toute façon, si tout se passait comme il le souhaitait, Gryff se joindrait très vite à eux.

Trey sentait l'attirance que Gryff avait pour lui. Le

cerveau de l'homme lui disait peut-être une chose, mais son corps lui en disait une autre. Trey l'avait compris dès qu'il s'était trouvé au milieu du bureau de Gryff, qui lui avait fait une mise au point. L'avocat avait simplement besoin d'accepter ses désirs, même s'ils étaient profondément enfouis.

Alors qu'il venait vers eux en contournant le canapé, il fut fasciné par le grand dragon qui reposait sur les épaules de Gryff. Un jour, quand ils se feraient des confidences sur l'oreiller, il devrait lui demander sa signification.

Des petits pas.

— N'hésite pas à te joindre à nous à tout moment. Je ne me vexerai pas et j'aime partager, indiqua-t-il à Gryff avant de prendre le poignet de Rayne pour l'éloigner de lui et l'amener à l'extrémité du canapé. Comment tu veux que je te prenne ?

— N'importe, répondit-elle d'une voix rauque qui lui serra les couilles.

Il espérait pouvoir se retenir assez longtemps pour la faire jouir au moins une fois, si ce n'est deux. Mais il avait atteint ses limites à observer et attendre. La brillance à l'intérieur de ses cuisses montrait à quel point elle était prête.

— T'es canon, bébé. Tu le seras encore plus lorsque ton corps palpitera autour du mien. J'ai hâte de te voir te laisser aller quand je serai en toi.

— Alors, dépêche-toi, l'encouragea-t-elle, le faisant glousser devant son impatience.

Mais il la comprenait, vraiment.

Ce fut à ce moment-là qu'il comprit à quel point il la désirait. Il comprit aussi comment impliquer Gryff sans le mettre trop mal à l'aise.

— Gryff, assieds-toi sur le canapé.

Au lieu d'attendre de voir si l'homme têtu faisait ce qu'il

demandait, il releva les longs cheveux touffus de Rayne et embrassa sa nuque, la faisant frissonner.

— T'es tellement sexy, putain.

— Toi aussi, murmura-t-elle par-dessus son épaule. J'ai besoin de te sentir en moi.

Lorsqu'elle frotta ses fesses nues contre sa bite endolorie, il retint un gémissement. Quand il leva les yeux, il aperçut Gryff assis sur le canapé, son corps foncé et bien charpenté contrastant avec le canapé en cuir de couleur crème. Il ressemblait à une œuvre d'art sculptée en position assise, son corps rigide de partout. Son érection dépassait ses genoux, longue et épaisse. Il ferma les yeux un instant en se rappelant la décharge que Gryff avait projetée au fond de sa gorge. Le précum s'écoula de la tête de sa bite à un rythme plus rapide. S'il ne faisait pas vite quelque chose, ce ne serait pas que du précum.

— Penche-toi sur le bras du canapé, bébé. Donne ta bouche à Gryff... et tout ce qu'il veut. C'est ça. Juste comme ça, bébé. Oui. *Putain.*

Avec les hanches de Rayne drapées sur le vaste bras du canapé, il avait une vue parfaite de son sexe prêt et mûr. Sa chatte, lisse et rose, était comme un chant de sirène à ses oreilles.

Il aimait peut-être les hommes, mais il adorait aussi les femmes. La beauté de ce qui lui était offert le touchait. Non seulement il pouvait apercevoir les plis appétissants de sa chatte, mais il pouvait également observer cette rosace serrée qui le tentait.

Il voulut secouer la tête pour revenir à la réalité, pour se réveiller de ce rêve. Car ce n'était pas possible qu'il ait la chance d'avoir deux spécimens aussi beaux et sexy dans son appartement, sur son canapé. Mais lorsque Gryff lui tendit le préservatif et que leurs doigts se frôlèrent, il sut que ce n'était pas une hallucination.

Oui, comme quarterback célèbre, il arrivait à baiser des chattes, ou même des bites, quand il le souhaitait. Mais Rayne n'était pas une groupie, Gryff n'était pas un fan obsédé. C'étaient deux personnes qui se fichaient éperdument de sa célébrité et de sa fortune. Ils étaient là pour Trey, l'homme, pas pour Trey, le joueur de football.

Cette seule pensée le durcit encore plus. Lorsqu'il déroula le préservatif sur sa longueur, sa bite tressaillit sous ses doigts. Il aligna la tête de son membre avec le sexe de Rayne, le frottant entre les plis humides.

— Tu me veux, bébé ?

— Oui, dit-elle, la joue posée sur la cuisse de Gryff, alors que l'autre homme lui caressait les cheveux et le dos, tout en observant les moindres mouvements de Trey. Tous les deux.

— La prochaine fois, bébé, répondit Trey en croisant les yeux de Gryff et soutenant son regard. Je te le promets.

Il grogna en s'introduisant lentement dans sa chaleur. Les muscles de Rayne se resserrèrent autour de lui, le pressant, lui donnant le vertige et faisait s'emballer son cœur. Ses doigts s'enfoncèrent dans les hanches de l'avocate, et il démarra l'ancestral rythme pour la baiser rigoureusement. Elle poussa un cri, mais celui-ci fut rapidement étouffé par Gryff lorsqu'il la souleva assez pour s'emparer de ses lèvres, prendre ses tétons entre ses doigts et les tordre.

Plus il plongeait en elle, plus c'était difficile pour lui de résister à l'envie d'au moins toucher son trou serré. Il glissa un doigt entre eux pour recueillir un peu de sa mouille, puis tourna autour du bourgeon. Chaque tour, il appuyait plus fort, jusqu'à ce qu'elle se détende suffisamment pour le laisser entrer. Son doigt suivit le rythme de sa bite, à maintes reprises, jusqu'à ce qu'il l'entende pousser un juron contre les lèvres de Gryff. Puis elle laissa retomber sa tête sur les genoux de l'autre homme, le logeant dans sa bouche. Gryff passa ses doigts dans ses longs cheveux, la laissant régler sa cadence. Après quelques secondes, un juron s'échappa également de sa bouche.

Alors que les hanches de Trey claquaient contre le cul de Rayne et qu'il la baisait avec son doigt, voir Rayne sucer la bite de Gryff le réduit presque à néant. La seule chose qu'il désirait, c'était que Gryff le baise pendant qu'il pénétrait Rayne.

Il devait faire en sorte que ça arrive. Mais pas ce soir. Pour le moment, ils allaient avancer à petits pas. Il accepterait volontiers tout ce que Gryff lui donnerait.

Rayne se resserra autour de lui, le dos courbé. Elle gémit autour de la bite de Gryff. Les yeux de celui-ci se fermèrent et sa tête retomba un instant en arrière. Ses doigts agrippèrent fermement les cheveux de l'avocate, ses hanches se décollant légèrement du canapé. Puis, ses paupières s'ouvrirent et il tourna la tête vers Trey, le regardant entrer et sortir de la femme étalée sur ses genoux.

Trey était sur le point de perdre la tête. C'était impossible pour lui qu'il tienne plus longtemps. Mais il voulait d'abord un truc...

— Viens ici, ordonna Trey, espérant que l'autre l'écouterait.

Gryff s'inclina vers lui et Trey se pencha sur le dos de Rayne jusqu'à ce que leurs bouches se rencontrent. Trey appuya sa langue entre les lèvres de Gryff jusqu'à ce qu'elles s'ouvrent, le laissant entrer. Les lèvres de l'homme étaient tendres et larges. Il avait hâte qu'elles enveloppent sa bite. À cette idée, Trey haleta et rompit leur contact. Il allait exploser.

— Je vais jouir, putain, gémit Gryff, alors que la tête de Rayne se soulevait et s'abaissait entre ses jambes.

— Moi aussi, grogna Trey en tendant la main pour trouver son clitoris.

Avec un doigt enfoncé dans son cul et un autre frottant son bouton sensible, il cria à la seconde où il sentit qu'elle se contractait autour de lui. Il se libéra en elle, sa bite palpitant tandis que sa chatte le trayait jusqu'à la dernière goutte. Il s'immobilisa, au fond d'elle, et vit le contrôle de Gryff disparaître.

Quelques instants plus tard, quand les respirations furent ralenties et que leurs rythmes cardiaques étaient revenus à la normale, Rayne releva la tête et regarda Trey par-dessus son épaule, un sourire aux lèvres.

— Quand on peut recommencer ?

Chapitre Cinq

Gryff ne voulait pas admettre qu'il flippait, mais il était vachement effrayé. Juste un peu. D'accord, peut-être plus que ça.

Alors qu'il arpentait la cuisine de son frère, Gray fronça les sourcils en s'appuyant contre le comptoir, les bras et les chevilles croisés.

— Sérieusement, tu dois te calmer.

Il savait qu'il devait écouter son frère, mais il n'y parvenait pas. À juste titre.

— J'ai peur, répondit Gryff sans rater le haussement de sourcils qui suivit.

— De quoi ?

— D'une *situation*.

— Une situation, répéta Gray en secouant la tête et gloussant. Tu parles d'une relation ?

— Tu rigoles, mais c'est facile pour toi ce genre de trucs.

Soudain, son frère aîné devient sérieux.

— Facile ? Quelle partie d'une relation est simple ?

— C'est facile pour toi parce que t'avais déjà fait tout ça

avant... ce que j'ignorais avant que ça échappe à notre charmante sœur. Tu t'es relancé dans la même chose. C'est que tu dois aimer ça.

Gray secoua la tête, visiblement confus. Gryff n'était pas surpris que son frère soit déconcerté, car il l'était aussi.

— D'abord, Gryff, ce n'est pas du tout comme la dernière fois, qui était un désastre. Deuxièmement, une relation avec une seule personne est déjà assez difficile. Essaie d'en avoir deux. Heureusement, Connor est facile à vivre la plupart du temps. Paige ? Eh bien, Paige est Paige. Tout est dit. En quoi ta *situation* est-elle semblable à la mienne ?

— Mais tu les aimes.

Gray hésita.

— Oui, mais on ne parle pas d'amour ici, n'est-ce pas ? Ou bien j'ai raté quelque chose ?

Gryff secoua la tête et se remit à faire les cent pas, les doigts entrelacés derrière sa nuque.

— Frangin, dis-moi tout, l'encouragea Gray sur un ton un peu plus doux.

— Non. Pas d'amour. Je veux dire... Rayne... Elle est tellement... Je ne sais pas... Irrésistible. Depuis que je l'ai rencontrée, à la seconde où elle s'est assise en face de moi pour son entretien. Le matin de son premier jour au cabinet. Et assurément la première fois qu'elle a fait irruption dans mon bureau en m'appelant Patron.

Gryff souffla à ce souvenir.

— Patron ?

— Ouais, elle me le dit tout le temps. Je n'aime pas, ajouta rapidement Gryff.

— Alors, demande-lui d'arrêter.

— C'est ce que j'ai fait.

— Et ?

Il haussa les épaules en passant devant Gray pour la énième fois.

— Comme Paige, Rayne est Rayne. Elle aime bien m'appeler ainsi.

— Tu penses que tu n'aimes pas parce que c'est mal, mais en fait t'adores.

— *Putain* ! s'exclama Gryff en s'arrêtant net. Ça m'excite, admit-il à contrecœur.

Le silence accueillit sa révélation et il tourna les talons pour faire face à Gray.

— Ah, dit finalement son frère.

Ah ? Putain, comme si ça l'aidait.

— Mais il n'y a rien d'autre entre vous deux que l'envie de la remplir de ton sperme, non ?

La mâchoire de Gryff se décrocha. Il la ramassa et la remit en place d'un coup sec.

— Qu'est-ce qui est arrivé à mon frère guindé ?

— Paige a débarqué. Tu peux parler, tu n'es pas non plus Monsieur Flexible.

— Plus maintenant, dit Gryff en fronçant les sourcils.

Mais son frère avait raison.

— Tu ne peux pas laisser tes erreurs passées contrôler ton avenir, lui rétorqua Gray.

D'accord, d'accord, mais...

— On peut revenir au sujet en question ?

— Tu te tapes une de tes collaboratrices ? l'interrogea Gray avec un tic nerveux des lèvres.

— Ce n'est pas le problème, répondit Gryff, dont le froncement de sourcils s'accentua. Enfin, c'est un petit problème. Mais pas comme l'autre.

— L'autre ? demanda Gray, les sourcils froncés.

— Oui.

— Bon, qu'est-ce qui te tracasse vraiment ?

Gryff grogna et se frotta le visage avec ses paumes, puis passa une main sur ses cheveux courts avant de s'arrêter juste devant son frère et lui faire face. Il ouvrit la bouche, mais rien ne sortit.

— Crache le morceau.

— J'ai fait un plan à trois l'autre soir.

— Quoi ?! s'exclama Gray, dont les sourcils bondirent sur son front.

— Ouais.

— D'accord. C'est quoi le problème ?

— Ce n'était pas deux femmes.

— Oui, je commence à comprendre pourquoi tu fais la mauviette et pourquoi tu ne vas pas droit au but.

— On n'a pas couché ensemble... Enfin...

Trey qui lui avait fait une pipe comptait probablement comme un acte sexuel.

— Enfin, pas... *Putain.*

Pendant une seconde, Gray contempla le plafond, puis ses yeux redescendirent vers le sol.

— Je ne suis pas sûr de vouloir avoir cette conversation avec mon petit frère, marmonna-t-il, évitant clairement le regard de Gryff.

— On est deux, mais je n'ai personne d'autre à qui en parler.

Gray finit par le regarder dans les yeux.

— Tu t'interroges sur la situation. Pourquoi ?

— Et si j'aime ça ? répondit Gryff en détournant à son tour les yeux.

— Aimer quoi ?

— Être avec un autre... homme.

Gray rit, donna une tape dans le dos de Gryff et lui tendit le gin-tonic qui était resté intact sur le comptoir.

— Et si c'est le cas ?

Gryff écarta le verre. Son frère avait un penchant pour cette horrible boisson. Pas lui.

— Est-ce que ça veut dire que je suis gay ?

Gray fixa son frère un instant, le visage soudain déconcerté.

— Est-ce que je suis gay ? demanda-t-il après avoir pris une longue gorgée de son verre.

Gryff marqua une pause et fronça les sourcils.

— Merde. Je n'en sais rien. Tu l'es ?

— Je suis bisexuel, répondit Gray en secouant la tête. Mais je me tape de la façon de le dire. Ce ne sont que des mots. Je sais ce que je ressens pour Paige. Pour Connor. Je sais ce qu'ils éprouvent pour moi. C'est tout ce qui compte. Les opinions des autres, non. Souviens-toi de ça.

— Même si tout ça semble génial, je dirige un cabinet d'avocats.

— Et ?

— J'ai une réputation à défendre.

Le rire de Gray retentit dans la pièce.

— Grandis un peu.

— Comme toi ? rétorqua-t-il en regardant son frère avec des yeux stupéfaits.

— Oui, comme moi. Être avec Paige et Connor est la meilleure chose qui me soit arrivée. Alors, oui, j'ai évolué. Petit frère, t'es la dernière personne qui devrait me juger.

— Merci pour le rappel.

— Quelqu'un doit te rappeler de rester humble.

— C'est vrai. J'ai déjà un rappel pour me remémorer du moment où j'ai arrêté de courir après ce dragon. Il est sur mes épaules, tu te souviens ? Je vois ce rappel tous les jours dans le miroir.

— Est-ce qu'ils t'ont posé des questions à ce sujet ?

— Non.

— Est-ce que tu vas leur en parler ?

— Aucune raison de le faire pour l'instant. On a baisé, c'est tout.

— C'est vrai, accorda Gray en haussant un sourcil. Alors, tu n'as pas l'intention de revoir ce type ? Explorer ta sexualité ?

— Je n'ai pas d'autre choix que de le voir.

Grâce à Gray qui avait mis Trey sur son chemin.

Les yeux de Gray se plissèrent et il pencha la tête.

— Pourquoi ça ?

Gryff ferma les yeux, gêné d'avouer l'identité de l'homme à son frère.

— C'est Trey Holloway.

Il aurait pu entendre une mouche voler. Le silence devint assourdissant.

— Merde, murmura enfin Gray.

— C'est de ta faute, répondit-il en ouvrant les yeux et fixant son frère.

— Ma faute ? Je t'ai demandé de le représenter. Pas de coucher avec lui.

Gryff aspira une bouffée d'air.

— Je n'ai pas couché avec lui.

— *Pour l'instant.* Crois-moi, je connais Trey. Je sais qu'il peut charmer n'importe quel homme ou n'importe quelle femme. Je suis étonné que tu sois tombé dans le panneau.

— Je ne suis pas tombé dans le panneau.

— Tu t'es mis à poil ? lui demanda Gray en lui jetant un coup d'œil. Elle s'est mise à poil ? Est-ce qu'il s'est mis à poil ? Tout est dit.

Il se repoussa du comptoir.

— Non, tout n'est pas dit en fait. Comment t'as pu être d'accord avec ça ? Où vous étiez ?

— À son appartement.

— Son *appartement*. Ce penthouse qu'il appelle un *appartement* ? Il a été assez malin pour vous convaincre d'aller chez lui.

Le visage de Gryff chauffa. Oui, il avait peut-être la peau foncée et le rougissement n'était pas aussi visible, mais son frère, qui avait le même teint que lui, reconnaissait la honte quand il la voyait. *Merde.*

— Tu sais, je n'ai rien contre le fait que tu explores ton côté sauvage parce que je suis sûr que tu ne laisseras pas les choses t'échapper comme la dernière fois. Mais, frangin, je suis soucieux de la personne avec laquelle t'as choisi de le faire. Maintenant, je sais pourquoi t'as dit que tu t'inquiétais pour ta réputation. Habituellement, personne ne se préoccupe de savoir qui sont ton ou tes partenaires puisque t'es le meilleur avocat de la défense en ville. Mais là, tu parles d'un joueur. Quand je dis joueur, je ne parle pas de celui qui porte un ballon. Je parle du *protagoniste* qui est sur le devant de la scène. Et pas seulement pour le football, mais aussi à cause de cette dernière arrestation.

— Alors, qu'est-ce que je fais ?

— Amuse-toi. Explore. Garde l'esprit ouvert. Ne te mens pas non plus à ce sujet. Vois si c'est ce que tu veux ou ce dont t'as besoin, puis trouve-le ailleurs. Botte-lui le cul pour qu'il aille visiter celui de quelqu'un d'autre. Écoute, c'est un grand joueur. Il est formidable pour les Bulldogs. Mais je ne souhaite pas m'asseoir en face de lui à Thanksgiving. Je refuse. Il pose des problèmes et tu n'as pas besoin d'ennuis. Ce n'est pas quelqu'un que tu présentes à Maman et Papa.

— De toute façon, je ne suis pas intéressé par une histoire à long terme.

— Bien. Et pour ta nouvelle avocate ? Rayne, c'est ça ? Même si tu l'aimes bien, ça reste une employée.

— À moins que j'en fasse une associée.

— Tu n'as jamais promu quelqu'un comme associé, commenta Gray en arquant un sourcil.

— Elle est douée.

— Comme avocate ou au lit ? Ne laisse pas ton esprit confus te perturber. C'est ce que peut faire une bonne baise.

— C'est une brillante avocate de la défense. Elle est peut-être même meilleure que moi.

— Merde, murmura Gray.

— C'est pour ça que je l'ai mise sur l'affaire Holloway. C'est à ce moment-là que tout a dérapé.

— Non, *tu* as permis que ça dérape. Ce sont *tes* employés, *tes* clients. Je suis sûr qu'ils se seraient fréquentés sans que tu t'impliques.

Un truc qu'il n'aima pas lui traversa l'esprit. Il eut le sentiment que c'était de la jalousie avec un soupçon de perte de contrôle. Il ne devait pas laisser ses émotions le gouverner. Il valait mieux que cela. Il devait *faire* mieux.

Bien sûr.

— Ton silence est révélateur, Gryff. T'essaies de dompter ton expression, mais tu n'y arrives pas. Je te connais suffisamment pour reconnaître ta jalousie.

Gray secoua la tête.

— T'as vraiment un problème. Laisse-moi te dire pourquoi. Réponds aux questions suivantes...

Gryff fronça les sourcils. *Super.* Il voulait des conseils, pas un putain de sermon, comme si Gray était son père.

— Tu désires cette femme ?

— Oui.

— Elle te désire ?

— Oui.

— Elle désire Trey ?

— Oui.

— Trey te désire ?

— Oui.

— Trey désire Rayne ?

— Oui.

— Tu désires Trey ?

Gryff hésita.

— Réfléchis bien à ta réponse. Sois honnête avec toi-même.

— *Putain.*

Gray fit une moue et ses yeux se plissèrent.

— C'est bien ce que je pensais. Alors, fais ce que t'as à faire. Trey ne verra pas d'inconvénient à ce que tu te serves de lui pour découvrir ce que tu veux. Il n'a pas de complexes. Je ne connais pas Rayne, je ne peux donc pas parler pour elle. Amuse-toi. Assure-toi de t'en débarrasser après. Je le répète, pas de fêtes de fin d'année. Je ne souhaite pas l'avoir en face de moi pour manger la tarte aux patates douces de maman. Je te jure, frangin, ne gâche pas ça.

Gryff inspira et acquiesça.

— Au fait, il faut que tu trouves quelqu'un d'autre pour le représenter.

Gryff ferma les yeux un instant et soupira.

— Si je me lance là-dedans.

— *Si* tu te lances, répéta Gray avec un sourire complice.

— Je l'ai déjà confié à Rayne. Maintenant, il va falloir trouver un autre collaborateur pour prendre le dossier.

— Vous pouvez tous les deux être consultants, parce que, crois-moi, on va devoir résoudre tout ça le plus vite possible. Pour l'instant, il ne peut même pas assister aux entraînements. Fais de ton mieux pour que les charges soient abandonnées. Convaincs le procureur que c'est une erreur.

— Une erreur.

— Oui. Tu connais bien les erreurs...

— Qu'est-ce que...

Heureusement, Paige arriva avant que les choses ne s'en-
veniment, car il n'avait pas besoin que Gray continue d'évo-
quer ses fautes passées. Il savait que son frère essayait de lui
faire comprendre de ne pas se tromper avec Trey. Mais,
c'était clairement inutile d'insister. À ce stade de sa vie, il
avait dépassé la phase des erreurs de jeunesse.

Paige leur adressa un grand sourire et se colla aux côtés
de Gray, non sans se dresser sur la pointe des pieds pour
déposer un baiser sur les lèvres de son frère.

Gryff ne put s'empêcher de remarquer la façon dont les
yeux de Gray s'adoucirent lorsqu'il la regarda. Sa main glissa
automatiquement vers sa hanche, pour la serrer contre lui.

Ses yeux passèrent entre Gryff et Gray.

— Bon sang, je l'ai déjà dit... Tous les deux, on a l'impression que vous êtes jumeaux.

— Et comme je *te* l'ai déjà dit... commença Gray en lui
faisant les gros yeux. Ne te fais pas d'idées.

— Ne t'inquiète pas, chéri, dit-elle en lui tapotant le
ventre et riant. Entre Connor et toi, je suis déjà bien occupée.
Je n'ai pas besoin d'ajouter un élément à mon sandwich.

Elle cloua Gryff du regard.

— Alors, c'est quoi cette grande discussion ?

— Gryff est sur le point de se faire baiser, lâcha son frère.

Gryff grommela.

Chapitre Six

Gryff râla quand son portable s'éclaira et que le nom d'une certaine personne, qui se trouvait être celle qu'il essayait d'éviter, apparut.

Pourquoi avait-il enregistré ce numéro dans son téléphone ? Pourquoi cherchait-il la tentation ?

Il pouvait ignorer l'appel ou... Il grimaça à son manque de volonté et appuya sur l'écran avec son doigt.

— Quoi ?

— Ben, dis donc, ce n'est pas un accueil très amical.

— J'aurais pu ignorer l'appel.

Et toi. Et retrouver une vie normale.

Le silence lui répondit.

— Qu'est-ce que tu veux ? demanda-t-il, n'ayant pas la patience de traiter avec Trey ce matin.

— Je viens de parler à Rayne...

Bien sûr...

— Elle m'a informé que vous alliez devoir affecter un autre avocat à mon dossier.

— C'est exact.

— Pourquoi ?

Il baissa la voix parce que la porte de son bureau était grande ouverte.

— Parce qu'on s'est vus nus.

— Ouais. Et ?

— Et ouais.

— C'est illégal ?

— Disons que c'est extrêmement mal vu.

— OK, donc tout baigne.

— Non. Ça va pour moi. Toi, non. T'es toujours dans le pétrin.

— Oui, mais Rayne et toi allez me sortir de là.

— Je ne te garantis rien.

— OK. Alors, promets-moi que vous allez quand même me représenter tous les deux.

— Les cinq cent mille d'honoraires n'étaient que pour l'un de nous deux.

Un nouveau silence. Puis un petit sifflement.

— Donc, un petit million de dollars pour vous avoir tous les deux.

— Tu n'as pas besoin de nous deux, le corrigea Gryff.

— J'ai besoin de vous deux.

Gryff se demanda si Trey parlait encore de représentation juridique ou d'autre chose.

Il soupira, s'adossa à sa chaise et fixa le plafond.

— Écoute, Trey, je possède l'un des meilleurs cabinets de la région. J'aimerais que ça reste comme ça en évitant un quelconque dilemme éthique.

— Je comprends. T'as une réputation irréprochable, et je fais tache, répondit calmement Trey.

À quoi jouait-il ? Maintenant, il se sentait... mal.

Mais il ne devrait pas. Trey le manipulait probablement

en mobilisant la carte du « pauvre garçon ». C'était inutile de s'apitoyer sur le sort d'un sportif surpayé.

— J'ai besoin des meilleurs, dit Trey.

— N'importe quel avocat de mon cabinet qui s'occupera de ton dossier fait partie des meilleurs.

— Mais tu me colleras quelqu'un d'autre.

— On ne confiera pas ton dossier à n'importe qui. T'auras l'un de mes collaborateurs les plus qualifiés et expérimentés pour négocier en ton nom. Et on le conseillera.

— Tout ça parce que je vous ai vus nus.

— Eh bien...

— OK. Parce que ma bite s'est introduite dans Rayne et que ma langue s'est glissée dans ta bouche, et autour de ton sexe.

Gryff ferma les yeux et se pinça l'arête du nez.

— *Seigneur !* Oui. Oui. Oui. C'est pour ça, Trey. Oui. À cause de ça.

— Et si on arrête ?

Les yeux de Gryff s'ouvrirent sous l'effet de la surprise. Attendez une minute...

— Quoi ?

— Si ça ne se reproduisait jamais ?

Il n'avait pas anticipé cette réponse. Il était également étonné par sa réaction à la suite des paroles du joueur. Il fronça les sourcils. Il devrait être ravi. Mais ce n'était pas le cas.

— Oui, on peut rester professionnels, poursuivit Trey.

Soudain, Gryff se remémora la pression des lèvres de Trey sur les siennes, de la rencontre de leurs langues, leur enchevêtrement.

— Eh bien, euh...

— De toute façon, c'est probablement ce que tu veux.

Il imagina Trey à genoux, le suçant jusqu'à ce qu'il vienne dans sa gorge.

— Je...

— Tu vois ? gloussa Trey à l'autre bout du fil. Je savais que tu me désirais.

— Va te faire foutre, Trey, grommela Gryff en appuyant sur la touche « Raccrocher » de son portable. Il jeta le téléphone sur le sous-main de son bureau et le fixa avec un air renfrogné.

Après sa discussion avec Gray, il avait envisagé d'explorer cette facette de lui-même pour voir si c'était simplement Trey qui l'excitait ou les hommes en général. Il voulait savoir s'il était vraiment bisexuel ou hétérosexuel. S'il s'agissait de la gent masculine, il aurait sûrement déjà eu une réaction puisqu'il était au milieu de la trentaine. Peut-être était-ce déjà arrivé, mais qu'il avait tout ignoré ?. Il faut dire que Trey faisait tout pour être difficile à ignorer.

Ce soir-là, Gryff était même allé jusqu'à regarder du porno gay sur son ordinateur portable pour voir quelle était sa réaction. Même si ça ne l'avait pas rebuté, il avait découvert que ça ne l'avait pas non plus complètement excité. C'était Trey qui semblait y être parvenu. De toute évidence, son corps bavait devant le quarterback.

Toutefois, il supposait que ce n'était pas différent de sa réaction avec les femmes. Rayne l'excitait instantanément. Dani, pas du tout. Toutes les femmes ne l'excitaient pas. Tous les hommes ne l'excitaient pas.

Rayne.

Trey.

Putain.

Dans son bureau, Gryff se colla à l'appui-tête en cuir de sa chaise et ferma les yeux. Les souvenirs de ce qui s'était passé l'autre soir défilèrent dans son esprit comme un film.

Lorsqu'il arriva au moment où Trey avait baisé Rayne sur le bras du canapé, il réalisa que c'était ce qui l'avait le plus excité. Ça l'excitait encore.

La preuve grandit entre ses jambes. Son corps était un traître.

Mais, maintenant, il ne pouvait plus chasser cette image de sa tête. Il devait effacer ce souvenir. Le remplacer peut-être par un nouveau.

Il se leva précipitamment, tira sur sa cravate pour la desserrer légèrement, puis fonça vers la porte.

— J'ai un rendez-vous avec Rayne au sujet de l'affaire Holloway, annonça-t-il à Dani en passant. Prends mes appels.

Gryff n'attendit pas la réponse, ses longues jambes engloutissant l'espace qui le séparait du bureau de Rayne. En poussant la porte, il pensa fugacement à la nécessité d'installer des serrures pour les bureaux privés.

Elle leva les yeux, surprise par son entrée brusque, et couvrit l'embout du téléphone qu'elle tenait à l'oreille.

— T'as besoin de quelque chose, Patron ?

Le mot commençant par un P foudroya ses couilles. Le regard de Gryff s'arrêta sur le décolleté qui dépassait de son chemisier. Pourquoi laissait-elle les derniers boutons défaits ? Il ne le saurait jamais. Il faudrait qu'il lui en parle. Toute cette chair exhibée n'était pas appropriée dans son cabinet. Il devrait s'assurer qu'elle applique le code vestimentaire.

Même s'il n'y avait pas de code vestimentaire.

Il allait devoir en inventer un.

Parce que personne d'autre ne devrait se rincer l'œil comme lui. Il n'y avait que lui.

Putain de merde.

— Patron ?

Gryff leva lentement les yeux vers son regard amusé aux iris verts.

— T'es avec qui au téléphone ?

— Un client.

— Qui ?

Pendant un instant, ses yeux évitèrent les siens et allèrent vers la fenêtre derrière lui.

C'était très révélateur.

— Trey, répondit-il pour elle.

— Oui.

— Du temps facturable ?

Elle hésita, fuyant encore son regard.

— Non. Je raccroche.

Il contourna son bureau et lui prit le téléphone des mains.

— J'aurais dû me douter que tu la rappellerais après m'avoir parlé, dit-il à Trey.

Le petit ricanement de Trey lui mit les nerfs à vif.

— Si tu l'appelles au bureau, ce sera des heures facturables. Compris ?

— Oui.

— Mais puisque t'es au téléphone, restes-y. Je veux que t'entendes un truc important.

Gryff interrompit son « Quoi ? » en appuyant sur le bouton du haut-parleur et raccrochant le combiné.

— Tu m'entends ? demanda-t-il à Trey.

— Oui. De quoi il s'agit ?

— Reste en ligne.

Pas de réponse. Mais Gryff s'en moquait. Il savait que Trey obéirait.

Il reporta son attention sur Rayne. Saisissant son poignet, il la tira de sa chaise pour la mettre debout. Elle vacilla sur ses talons ridiculement hauts, mais il la rattrapa avec un bras dans son dos, l'attirant contre lui.

— Tu sens ça ? lui demanda-t-il, la voix basse, graveleuse, en la regardant dans les yeux.

Elle n'évitait pas son regard maintenant.

— Oui.

— Oui, quoi ?

Non, elle croisait son regard et le soutenait.

— Oui, Patron. Je te sens.

Ses mots sortirent en un souffle et ses tétons durcirent nettement sous son chemisier ajusté.

— Ce que tu portes n'est pas approprié pour ce bureau. Je veux que tu retires tes vêtements.

— Fais-le.

Putain. Sa bite remua devant son attitude de défi. Son esprit s'emballa et ses doigts tremblèrent alors qu'il mourait d'envie de déchirer son chemisier et de faire voler les minuscules boutons de perles. Cependant, son cerveau anémié avait encore assez de raison pour réaliser que ce serait difficile à expliquer quand elle quitterait le bureau. Il doutait qu'elle garde des vêtements de rechange ici.

— Enlève ton chemisier ou tu partiras d'ici en soutien-gorge.

Il entendit un bruit provenant du téléphone, mais l'ignora.

— T'aimerais bien, n'est-ce pas ? T'adorerais que je me pavane dans le couloir en culotte et en soutien-gorge, avec mes talons hauts. T'aimerais que tous les autres hommes de ce bureau me contemplent. T'adorerais qu'ils me baisent tous du regard et se masturbent plus tard dans la soirée avec ce souvenir en tête. C'est ce que tu souhaites, Patron ?

Ah, putain. Non. Non, ce n'était pas ce qu'il voulait. Il la désirait pour lui tout seul. Il ne voulait pas que quelqu'un d'autre la voie nue. Ou même en sous-vêtements. Ses talons donnaient l'impression que ses jambes étaient interminables.

Des jambes qui ne demandaient qu'à s'envelopper autour de lui alors qu'il la pénétrait...

— Gryff, à part nous, je ne veux pas que quelqu'un d'autre la voie comme ça, dit une voix dans le téléphone.

— Tais-toi, marmonna-t-il à l'attention de Trey alors qu'il réalisait que Rayne venait de l'embrouiller.

— Alors, si tu veux que je me déshabille, fais-le.

— Tu vas me résister ?

Bon sang ! Ses couilles ne pouvaient pas être plus serrées, sa bite plus dure.

— Absolument.

— Putain ! Vous pouvez attendre que j'arrive ? hurla Trey au téléphone.

— Non ! répondirent-ils tous les deux à l'unisson.

— Bon sang ! Je ne peux pas écouter. Je veux être là.

— Trey, je raccroche le téléphone si tu ne te tais pas, avertit Gryff sans quitter les yeux provocateurs mais étincelants de Rayne.

Elle adorait ce qu'il se passait.

Mais lui aussi.

Ses lèvres se retroussèrent aux commissures.

— Tu ne dois pas vraiment aimer ce chemisier alors.

— J'adore ce chemisier.

— Mais t'aimes encore plus te faire baiser.

— Sans oublier que je garde des vêtements de rechange ici. Juste au cas où.

— Au cas où ton chemisier serait déchiré ?

— Ce n'est pas encore arrivé, Patron.

Gryff froissa le tissu de satin couleur émeraude entre ses doigts et il tira. Rayne sursauta, son torse secoué sous l'effet de la traction tandis que les boutons étaient propulsés sur le sol, sur son bureau, sur le téléphone et sur le mur.

— Putain, gémit Trey.

Un désir osé

La poitrine de l'avocate se soulevait sous le regard de Gryff alors que son décolleté se dévoilait petit à petit. Il extirpa le chemisier de l'élastique de la jupe crayon qui épousait les courbes de Rayne. Quand il voulut l'enlever de ses épaules, elle repoussa ses mains. Il s'approcha à nouveau et elle lui maintint ses poignets à l'écart.

Elle souhaitait se faire désirer. Elle lui adressa un sourire malicieux qui fit battre son cœur et bouillonner son sang.

— Tu sais ce qui arrive aux vilaines femmes ?

— Non, quoi ? demanda-t-elle, avant de se mordre la lèvre inférieure.

Gryff faillit gémir, mais il se rattrapa avant que ça ne lui échappe.

— Tu vas le découvrir si tu continues à résister.

— Ça ressemble à un défi, Patron, dit-elle sa voix rauque et basse, ce qui le rendit fou.

— Tourne-toi.

— Non.

Putain, reprit Gryff en pensant à Trey. Il l'attrapa par les hanches et la retourna. Avant qu'elle puisse se débattre, il baissa la fermeture éclair de sa jupe et la descendit jusqu'aux chevilles de l'avocate.

— Putain, murmura-t-il.

— Quoi ? hurla Trey.

— Elle porte des bas qui lui arrivent aux cuisses.

Trey gémit d'une voix forte.

— Je vous déteste. Je vais raccrocher. J'en peux plus.

— Ne t'avise pas de le faire, grogna Gryff, incapable d'arracher son regard des somptueuses cuisses enveloppées de bas sexy.

Il n'allait certainement pas les enlever. Pas question. Parce qu'il avait l'intention de passer sa langue sur le contour en dentelle, même si c'était la dernière chose qu'il faisait.

Et ce serait sûrement le cas puisque tout son sang s'était précipité vers le sud et s'était accumulé dans sa bite.

— Est-ce aussi convenable tout ça ? demanda-t-elle par-dessus son épaule.

Oh, oui. Oui, c'est approprié. Mais il ne parvint pas à prononcer les mots. Il n'y avait plus de sang dans son cerveau. Au lieu de ça, ses doigts maladroits détachèrent son soutien-gorge. Avant qu'il tombe en avant, elle l'attrapa et le tint contre elle, gardant sa poitrine couverte.

— Lâche-le, Rayne.

— Non.

Sous l'effet de l'adrénaline, il passa son bras sur le bureau, balançant presque toutes les fournitures sur le sol. Il s'assit sur le bord et la drapa sur ses genoux. Avant qu'elle puisse réagir, il fessa son cul nu. Totalement... nu. Parce que l'avocate n'avait même pas mis de culotte aujourd'hui.

Si déplacé.

Une nouvelle fois, il abattit sa paume sur sa chair. Elle poussa un petit cri au contact piquant et se débattit sur ses genoux, ce qui n'aida pas son érection. Pas du tout.

Il entendit un bruit étrange en provenance du téléphone qui avait été écarté sur le côté du bureau. Il aurait juré que c'était un gémissement.

Désormais, chacune des fesses de Rayne arborait une marque rouge. Il était persuadé que sa tête allait exploser. Aussi bien celle attachée à son cou que celle de sa bite. Il passa le bout de son doigt sur l'épaisse bande de dentelle au sommet des bas de son employée. Il glissa alors un doigt en dessous et fit claquer le tissu contre la peau, puis se pencha et embrassa chaque fesse.

— Qu'est-ce que tu fais ?

La question étranglée provenait de l'objet qu'il allait peut-être devoir mettre en pièces.

— T'aimerais savoir, marmonna Gryff.

— Son cul est rose ? Oh, putain de merde ! Est-ce qu'on peut au moins faire un Skype ?

— Non.

— Oh, t'es nul, Gryff. C'est tellement injuste.

— Alors, raccroche.

Un silence. *Ouais. C'est bien ce que je pensais.*

Il fit dériver un doigt sur la fente du cul de Rayne, et entre ses plis glissants. Elle était trempée.

— Relâche-moi, dit-elle enfin en se tortillant sur ses genoux.

Seigneur ! Si elle continuait, il se soulagerait dans son pantalon.

— Supplie-moi.

— S'il te plaît, Patron, laisse-moi partir.

— Pas avant que tu jouisses.

— Mais je ne veux pas jouir, se plaignit-elle.

Bon sang, il adorait ce jeu.

— Non ?

— Non, répondit-elle, puis elle poussa un petit cri quand il glissa deux doigts en elle.

— Tu n'aimes pas ça ?

— Non.

— Non, quoi ?

— Non, Patron.

Un gémissement s'échappa des lèvres de Gryff tandis qu'elle se contractait autour de ses doigts. Il appuya sur son clito avec son pouce et décrivit des cercles jusqu'à ce qu'elle se tortille sur ses genoux, puis plaque ses hanches contre les siennes.

Il ne tiendrait pas longtemps comme ceci. Se penchant, il enfonça ses dents dans sa fesse et elle hurla, serrant fort ses doigts. Il sentit une vague de chaleur avant que son corps convulse autour de ses doigts, criant une fois de plus.

— Oh, mon Dieu, elle a joui ? Gryff ! Elle a joui ? Rayne, t'es venue ?

Gryff était si dur que c'en était douloureux. Avec le beau corps de Rayne drapé sur ses genoux, flasque après l'orgasme, il avait peur de bouger. Il avait littéralement peur de respirer. Mais ils étaient loin d'avoir terminé. Pas du tout. Il avait besoin de s'enfoncer profondément en elle pour effacer le souvenir de Trey qui faisait la même chose. Il n'avait pas non plus fini de torturer Trey.

Il devrait avoir honte du plaisir pervers qu'il éprouvait à le tourmenter. Mais ce n'était pas le cas.

— Lève-toi, ordonna-t-il à Rayne en l'aidant à se mettre debout.

Son visage était rouge, ses cheveux blond-roux formaient une crinière chaotique, et sa lèvre inférieure était rouge et gonflée comme si elle l'avait mordue. Oh ! Mais lui avait bien envie de la lui mordre.

— Viens ici, murmura-t-il en attrapant ses poignets et la tirant à lui.

Il captura ses lèvres avec les siennes, léchant sa lèvre inférieure, l'apaisant avec sa langue avant de la plonger dans la bouche de Rayne pour l'explorer.

— Qu'est-ce que tu fais maintenant ? cria Trey dans le téléphone.

Il lui arracha le soutien-gorge des mains et lui pinça les deux tétons, les tordant entre les bouts de ses doigts. Elle gémit dans sa bouche. Puis, elle lui mordit la lèvre inférieure. Sous l'effet de la surprise et de la douleur, il s'écarta d'elle.

— Je ne vais pas te faciliter la tâche, dit-elle, les yeux mi-clos, regardant dans le vague.

Sa respiration était superficielle.

— Tu ferais mieux de ne rien faire, rétorqua-t-il avec un sourire.

Il s'essuya la lèvre et remarqua une pointe de rouge sur ses doigts.

Détachant sa ceinture, puis son pantalon, il sortit sa bite de son boxer. Il se caressa une fois, puis se leva.

— Je vais te montrer qui est le patron.

— Bon sang, gémit Trey au téléphone. Je suis tellement dur. C'est trop injuste. Tellement injuste.

— Je te baiserai jusqu'à ce que tu me supplies d'arrêter.

— Ça n'arrivera pas, dit-elle en reculant lentement.

— Quelle partie ? La baise ou le fait de me supplier d'arrêter ?

— Les deux.

Gryff se précipita sur elle, la plaquant contre le mur. Elle eut le souffle coupé. Il la cloua contre la paroi, attrapa l'arrière de ses cuisses et monta ses jambes pour les placer autour de sa taille.

Elle laissa échapper un petit rire jusqu'à ce qu'il s'enfonce au fond d'elle du premier coup. Puis, elle cria, se cambra et ferma les yeux. Il la baisa contre le mur, la pilonnant fougueusement, profondément et sans relâche. Il ne serait pas surpris de devoir faire réparer la cloison de placo après les chocs.

— Qu'est-ce que vous faites ? Qu'est-ce qui se passe ? dit la voix impatiente de Trey.

Chaque fois qu'il touchait le fond, des petits gémissements de plaisir s'échappaient des lèvres de Rayne.

— C'est trop pour toi, Rayne ? grogna-t-il.

— Non. Donne-m'en plus.

— Tu ne peux pas en prendre plus.

— Putain, j'en veux plus. Vas-y.

Il enfonça alors ses doigts dans la chair de son cul, le

poids de l'avocate soutenu par la force de Gryff et le mur. Il sombra lentement et profondément, sentant ses entrailles l'étreindre, mouiller encore plus au fur et à mesure. Se contracter, se détendre.

Il allait perdre la tête. Les bras de Rayne s'enroulèrent autour de son cou, une main attirant sa tête vers elle. Il l'embrassa profondément, brutalement. Il conquit sa bouche jusqu'à ce qu'ils eussent trop de mal à respirer pour garder leurs lèvres scellées. Il se dégagea suffisamment pour plaquer son front contre le sien, le souffle court, le cœur battant la chamade. Ses couilles se contractèrent, sa bite devint aussi dure que l'acier. Il était proche de l'explosion.

— Dis-moi quand tu vas jouir.

— Je vais jouir, hurla Trey.

— Pas toi, trou du cul, cria Gryff.

Il baissa ensuite la tête, aspira un mamelon entre ses lèvres et en égratigna le bout avec ses dents. Elle poussa un juron alors que ses hanches dansaient contre lui.

Il était si près d'exploser et voulait se soulager en elle... comme hier. Mais il devait attendre. Il devait se retenir. Juste un peu plus longtemps. Il pouvait réussir.

Il glissa une main entre eux et titilla son clito, puis le frotta furieusement jusqu'à ce qu'elle émette un son qui le força presque à se décharger. Ses hanches se ruèrent contre lui, l'enfonçant plus profondément en elle.

Sa chaleur humide l'enveloppait, puis il la sentit se serrer, onduler, son point G se durcir. Il sut alors qu'il était tiré d'affaire. Elle atteignait l'orgasme.

Dieu merci, putain.

— Dis-le-moi.

— Non.

Il avait envie de rire, mais il n'y arriva pas.

— Dis-le-moi.

— Non.

Maintenant, il avait envie de crier. Elle le combattrait jusqu'au bout.

— Dis-le-moi, insista-t-il en la pilonnant encore plus fort.

Si violemment qu'il fut surpris de ne pas traverser le mur et se retrouver dans la pièce voisine qui, heureusement, était une réserve, et non le bureau d'un autre collaborateur. Parce que ça aurait été gênant.

Lorsqu'elle ne lui répondit pas cette fois, il sut qu'il la tenait. Elle y était. Puis, elle explosa autour de lui, incapable de contenir son cri, incapable de cacher la réaction de son corps.

Et *enfin... Enfin*, il se laissa aller. Il se soulagea en elle, la possédant une fois de plus.

Malgré les tremblements de ses bras et ses jambes, il continua à la plaquer contre le mur. Il ne voulait pas la quitter, ne souhaitait pas se séparer. Il désirait qu'ils restent unis un instant de plus. Aussi longtemps que son corps le lui permettrait.

Ce qui, malheureusement, ne fut pas assez long. Quand sa queue décida que cela suffisait, il s'extirpa de sa chatte. Alors qu'il relâchait à contrecœur la prise qu'il avait sur ses fesses, les pieds de Rayne touchèrent enfin le sol. Il la rattrapa lorsqu'elle vacilla contre lui et déposa un baiser sur son front, puis sur ses lèvres, avant de saisir son menton entre ses doigts et de la regarder d'un air sérieux.

— Je suis désolé, ce n'est pas une compétition, murmura-t-il.

— Si je ne voulais pas que tu me baises, je dirais non, répondit-elle en inclinant légèrement la tête et le scrutant.

— Mais, après coup, j'ai l'impression de te manquer de respect en te prenant contre le mur ou penchée sur ma chaise de bureau.

— Est-ce que j'ai l'air offensée ? Ou est-ce que j'ai l'air satisfaite ?

Il l'étudia, puis passa le dos d'un doigt sur sa joue rougie.

— Tu sembles avoir été bien baisée.

— Et ce n'est pas une mauvaise chose.

— Non, mais la prochaine fois, je souhaiterais qu'on prenne notre temps et qu'on profite l'un de l'autre.

— J'ai bien aimé aujourd'hui.

— Tu ne veux pas faire l'amour dans un lit ?

— Ça me plairait aussi. Sur le sol, sur le lit, sur tes genoux, dans la douche. Quelle que soit la façon dont on le fera, Gryff, je ne dirai pas non. À moins que t'aimes quand je me rebelle.

Il sourit. Elle était vraiment différente des autres femmes.

— J'aime que tu sois enthousiaste. J'aime quand tu me résistes. J'accepte tout ce que tu veux me donner, Rayne.

— Moi aussi, lâcha la voix lasse de Trey.

Gryff était sûr qu'il s'était soulagé pendant qu'ils faisaient de même.

— J'avais presque oublié que t'étais là, jusqu'à ce que t'ouvres ta grande bouche.

— Tu ne m'oublieras jamais, Gryff, admets-le. Surtout ma grande bouche.

— Va te faire foutre, Trey, grogna Gryff.

Il se dirigea vers le bureau pour ramasser le combiné et l'écraser sur le socle.

Rayne étouffa son rire.

— Ce n'était pas gentil.

— Je suis sûr qu'il a pris son pied.

— C'était pas le but en le mettant sur haut-parleur ? Ou c'était juste pour le narguer ?

— Essentiellement la deuxième option.

— Au moins, t'es honnête, dit-elle en remontant sa jupe et se tournant pour qu'il puisse l'attacher pour elle.

— C'est vrai.

Bizarrement, dans le feu de l'action, il n'avait eu aucun problème avec cette petite fermeture éclair, mais maintenant ? Ses gros doigts eurent le plus grand mal à saisir la minuscule bandelette de la fermeture éclair. Finalement, il réussit à la fermer, puis attrapa l'avocate avant qu'elle puisse s'éloigner. Il lui releva les cheveux et embrassa sa nuque. Sa peau lisse et tendre eut un goût légèrement salé lorsque le bout de sa langue s'y aventura.

— Est-ce que je dois finir de m'habiller ou on se lance dans une deuxième partie ?

Avec un soupir, il la relâcha et jeta un coup d'œil à sa bite molle, qui pendait toujours hors de son pantalon. Il la rangea d'un geste rapide et remonta son caleçon.

— Non. Je dois retourner travailler sur l'affaire de Peter Martin.

Elle hocha la tête et lorsqu'elle pivota pour remettre son soutien-gorge, elle avait un air quelque peu déçu.

— Est-ce qu'on peut recommencer bientôt ? Et pas au bureau ?

— Quand t'as prévu de coucher avec Trey ?

Il ne manqua pas de remarquer son changement d'expression, mais elle s'empressa de la dissimuler.

— Je n'ai pas prévu de le retrouver pour l'instant.

— Pourquoi ?

Elle haussa les épaules, puis ramassa sa blouse ravagée sur le sol. Elle la regarda un instant, puis se dirigea vers l'armoire de son bureau.

— Parce que t'as interrompu notre conversation, répondit-elle en lui tournant le dos et prenant un chemisier de rechange sur un cintre.

Elle l'enfila et commença à le fermer.

Il voulait voir son visage.

— Rayne...

— Patron ? chuchota-t-elle, refusant toujours de se tourner vers lui.

— T'allais prévoir un truc avec lui ?

Ses épaules se soulevèrent légèrement et elle se retourna enfin, son chemisier boutonné. Il réalisa qu'elle n'avait plus de rouge à lèvres depuis leur baiser et que le rose de ses joues n'était pas dû à son maquillage. Son aspect naturel lui coupa le souffle. Si elle se réveillait à côté de lui, c'est à ça qu'elle ressemblerait le matin. Les cheveux ébouriffés, le visage sans maquillage. Ses yeux verts charbonneux l'observant.

Son cœur se serra, puis reprit un rythme cadencé. Il n'avait jamais voulu d'engagement de la part d'une femme. Il n'avait jamais voulu s'engager non plus.

Jusqu'à présent.

Il la désirait.

Elle le désirait. Mais pas seulement lui. Trey aussi.

Il fallait qu'il accepte ce fait ou qu'il se batte pour elle.

— Laisse-moi t'inviter à dîner vendredi soir.

— Tu veux dire un vrai rendez-vous ?

— Oui. Juste toi et moi. Je viendrai te chercher et je t'emmènerai dans l'un des meilleurs restaurants de la ville.

— C'est impossible d'avoir une réservation si tard dans la semaine, dit-elle en haussant les sourcils.

Elle avait raison. Mais cela ne le découragea pas.

— Laisse-moi m'occuper de ça.

Ses yeux se posèrent sur le V de son chemisier. Celui-ci ne la couvrait pas mieux que celui qu'il avait déchiré. Il ne put s'empêcher de passer un doigt sur les buttes de chair lisse. Puis il serra les mains et s'éloigna en direction de la porte.

— Je vais établir un code vestimentaire.

— Tu ferais mieux de ne pas le faire.

Gryff ouvrit la porte et gloussa en la refermant derrière lui. Il s'appuya contre pendant une seconde et expira. Puis, il redressa sa colonne vertébrale et remit sa tête au travail.

— Tout va bien ? lui demanda Dani quand il passa devant son bureau. On dirait que la *réunion* a été un peu houleuse.

Gryff garda une expression impassible.

— On n'était pas d'accord sur la marche à suivre pour le dossier Holloway, c'est tout.

— Eh bien, j'espère que vous avez tout réglé, dit-elle avec un sourire en coin.

— C'est le cas, lui assura-t-il, avant de s'engouffrer dans son bureau, dont la porte resta fermée toute l'après-midi.

Chapitre Sept

Serrant fermement le bouquet de lys Calla, Gryff sonna à sa porte. Il était vraiment nerveux. Nerveux. Lui !

Il avait l'impression d'être un adolescent venant chercher sa cavalière pour le bal de fin d'année. D'un coup d'œil rapide, il évalua sa tenue pour s'assurer que tout était en place. Repassé, apparié et bien mis, il avait fière allure. Du moins, c'était ce que lui avait dit son miroir.

Il avait essayé d'adopter un look plus décontracté ce soir, en portant une chemise aubergine qui soulignait le ton foncé de sa peau, sans cravate ni veste. Il avait même laissé quelques boutons du haut défaits. Un pantalon noir, des chaussures fraîchement cirées, il avait aussi mis une boucle d'oreille en diamant à son lobe gauche. Un accessoire qu'il ne portait jamais au travail. Les trous dans ses oreilles ne s'étaient jamais refermés depuis qu'il les avait fait percer quand il était jeune. Parfois, lorsqu'il voulait faire ressortir son côté « sauvage », il déterrait son clou d'un demi-carat. Un seul, jamais les deux.

Lorsque la porte s'ouvrit, il fut aveuglé un instant. Pas à

cause de la lumière du vestibule d'entrée, non. Mais à cause de la beauté de la femme qui se trouvait devant lui. Ses cheveux tombaient délicatement sur ses épaules nues, donnant l'impression d'être un peu plus domptés que d'habitude, ses yeux verts semblaient charbonneux, ses lèvres brillantes, ses joues d'un rose naturel. Elle portait une robe de soirée. Mais elle donnait plutôt l'effet... d'une nuisette. Des bretelles spaghetti supportaient un fourreau ample qui épousait ses seins, ses hanches et, supposait-il, aux globes mûrs de son cul. Il ne pouvait pas encore voir son dos, mais il se ferait un devoir d'y jeter rapidement un œil. Ses mamelons étaient apparents sous le tissu vert assorti à ses yeux. En fait, il se doutait qu'elle n'avait même pas mis de soutien-gorge. L'ourlet du bas de la robe arrivait à peine à mi-cuisse et présentait des fentes de six centimètres de chaque côté.

En réalité, ça ressemblait à quelque chose qu'elle porterait le soir au lit. Une nuisette sexy. *Qu'est-ce qui lui prenait, bon sang ?* Elle ne pouvait pas porter ce truc pour sortir dîner.

Hors de question.

Si elle était sa femme, elle ne quitterait jamais la maison comme ça. Dans la maison ? Oui. Elle pourrait mettre ce genre de tenue toute la journée. Du moins jusqu'à ce qu'il la lui arrache avant de la jeter sur le lit.

— Tu restes là ? Ou tu entres ?

Un air amusé illuminait ses yeux. Il réalisa qu'il l'avait dévisagée comme une âme en peine. Sa bouche s'était asséchée, et il avait désespérément besoin d'un verre... Un verre rempli d'alcool.

Lorsqu'elle recula pour le laisser franchir le seuil, il réalisa que c'était la première fois qu'il la voyait sans talons. En fait, sans chaussures du tout. Elle paraissait tellement plus petite sans.

Elle referma la porte derrière lui et le guida dans le couloir.

Ses yeux fixèrent les fines bretelles qui s'entrecroisaient sur l'étendue lisse de son dos nu. Par contre, ce cul... Il n'y avait rien de petit sur ce point.

Il ne vit pas grand-chose de son appartement avant qu'ils se retrouvent dans la cuisine, à l'arrière de la maison. Elle était ouverte et moderne et...

C'était quoi ce bordel ?

— Notre réservation est à sept heures.

Elle se retourna pour lui faire face et lui arracha les fleurs des mains.

— Annule-la, dit-elle, tout en fouillant dans un meuble voisin pour trouver un vase, puis elle le remplit d'eau à l'évier.

Elle déchira le papier à la base des fleurs et les plongea dans l'eau avant de pivoter à nouveau vers lui. Il était figé comme un imbécile.

Il avait fait des pieds et des mains pour obtenir cette réservation, et maintenant elle voulait qu'il annule ?

Ce fut à ce *moment-là* qu'il remarqua la délicieuse odeur dans l'air et les casseroles sur le feu.

— Tu cuisines ?

Elle déposa les fleurs au centre de la table de la cuisine et se tourna vers lui, les mains sur les hanches. Ce qui lui fit apprécier sa taille étroite prise en sandwich entre des courbes généreuses. Soudain, il ne fut plus aussi contrarié par la réservation manquée.

— Pourquoi t'es si surpris ?

Bonne question.

— Je... euh...

— Je suis polyvalente, ajouta-t-elle avec un sourire.

Il ne contesterait pas *cet* argument.

— Je dois dire qu'on a eu un accident de voiture, sinon je

ne pourrai plus jamais réserver là-bas. J'ai soudoyé le maître d'hôtel.

— Où t'as réservé ?

— À la Fourchette D'Or.

— Oh.

Elle se dirigea rapidement vers la cuisinière et jeta un coup d'œil dans l'une des casseroles. Elle y plongea une cuillère en bois, et Gryff observa, fasciné, sa langue sortir pour goûter l'aliment chanceux accroché à l'ustensile. Quelque chose remua dans son pantalon.

— Désolée, ma cuisine n'est pas du tout comparable à celle des chefs de La Fourchette. Je ne veux pas te décevoir...

— Est-ce que ça va me tuer ?

Elle le regarda par-dessus son épaule, surprise.

— Quoi ? Non.

Puis elle rigola. Un de ces rires rauques et foutrement sexy qui le faisait déglutir.

— J'espère bien que non. Je n'ai empoisonné personne avec ma cuisine.

Sa voix était devenue encore plus basse.

— Mais il y a une première fois à tout.

À cet instant, elle le tuait déjà.

La voyant debout dans la cuisine, il repoussa l'idée machiste qu'elle était sexy, devant le fourneau, vêtue de ce... truc, pieds nus et sans soutien-gorge, à lui concocter un repas. Il ne se souvenait pas de la dernière fois qu'une femme s'était donné la peine de lui préparer un dîner. Enfin, à part sa mère.

La plupart des femmes qu'il fréquentait voulaient qu'il les invite au restaurant. Mais cette femme semblait être le gros lot. Intelligente, brillante, absolument magnifique. Elle pouvait faire bien plus que décrocher un téléphone pour commander un repas à emporter.

Un désir osé

Affronter Trey pour elle paraissait de plus en plus inté-ressant. Ce qui, encore une fois, semblait un peu machiste et juvénile. Mais bon sang...

Au niveau de la cuisinière, il se mit derrière elle et passa ses bras autour de sa taille, l'attirant contre son torse. Il posa son menton sur son épaule.

— Qu'est-ce que tu prépares ?

— Tu peux deviner ? demanda-t-elle en glissant une main dans la nuque de Gryff et renversant sa tête en arrière pour l'appuyer contre l'épaule de son patron.

Il ne put s'empêcher de remonter ses mains le long de son ventre jusqu'à ce qu'elles atteignent ses seins. Il se blottit dans son cou, puis y suça doucement sa peau. Lorsqu'elle fris-sonna, ses mamelons se durcirent sous ses doigts. Il frotta le tissu soyeux qui le recouvrait avec ses pouces. Comme il s'y attendait. Pas de soutien-gorge. Maintenant qu'ils restaient chez elle, il appréciait ce point. Même s'il risquait d'être distrait pendant le dîner.

— Je suis affamé, murmura-t-il à son oreille. J'ai hâte de manger.

Mais il ne parlait pas de la nourriture.

Il sentit plus la vibration de son gloussement qu'il ne l'en-tendit, et il sourit dans ses cheveux.

— Tu n'as pas encore deviné ce que je prépare.

Honnêtement, s'il s'écoutait, ils sauteraient le dîner et se passeraient volontiers de nourriture. Elle pouvait très bien subvenir à ses besoins.

Mais pour lui faire plaisir, il parcourut la cuisinière et les comptoirs voisins des yeux.

— Je sens une odeur d'ail et de crevettes.

— J'espère que ça ne te dérange pas. J'adore l'ail.

— Moi aussi. Du moment qu'on a tous les deux le goût d'ail, aucun de nous ne peut être outré, n'est-ce pas ?

— C'est vrai. Je suis ravie qu'on pense de la même façon.

Ses yeux se posèrent sur la machine à pâtes en acier inoxydable qui se trouvait à proximité. Elle faisait des pâtes maison. *Bon sang !*

— Soulève ce couvercle. Je n'arrive pas à bouger mes mains pour l'instant, dit-il, ses doigts continuant à masser les seins de la jeune femme à travers le tissu.

Il lui était impossible de considérer la robe comme autre chose qu'une nuisette. Il s'en rendait compte maintenant. Parce que, une fois de plus, il se disait qu'il ne la laisserait certainement pas sortir en public avec cette robe.

Il grimaça. Il allait sûrement se mettre à grogner comme l'homme des cavernes qu'il était.

Merde.

Elle enleva sa main de sa nuque et souleva un couvercle. Il se pencha légèrement en avant, l'entraînant avec lui. Puis, elle leva un deuxième couvercle.

Sa mère n'avait pas élevé des imbéciles. Il n'allait certainement pas laisser Trey la lui dérober. Jamais.

— Pâtes maison. Une sauce blanche qui ressemble à la sauce Alfredo. Des légumes cuits à la vapeur. Oui. Je suis impressionné. T'as de nombreux talents. Je te l'accorde.

Son érection pressa la fente de ces fesses voluptueuses. Il fit de son mieux pour ne pas s'y enfoncer. Il ne souhaitait pas prendre le risque qu'elle se brûle sur la cuisinière.

— Est-ce qu'on a le temps pour que tu te poses rapidement sur mes genoux avant que le dîner soit prêt ?

Elle rit.

— Seulement si tu veux une sauce Alfredo brûlée, des pâtes molles et des crevettes caoutchouteuses.

— C'est grave si je dis que je suis prêt à prendre le risque ?

— Oui, Patron. Ça l'est.

— Oh. Putain, gémit Gryff. Ne m'appelle pas comme ça maintenant.

— D'accord, Patron, répondit-elle avec humour.

Il recula rapidement avant que le dîner ne prenne feu... et lui aussi. Il alla à l'autre bout de la cuisine pour se calmer.

Ce qui serait impossible s'il continuait à la toucher, ou même à la regarder.

À cet instant, sa bite était si dure qu'il en avait mal. Il devrait peut-être trouver un prétexte pour aller se soulager. Juste un rapide...

Non. Non. Non.

Il avait plus de contrôle que ça. Quel genre d'homme trouvait un prétexte pour se branler aux toilettes ? Quelqu'un qui n'avait pas de contrôle. Ce n'était pas lui. Il s'était battu longtemps et durement pour reprendre le contrôle de sa vie, pour se frayer un chemin jusqu'au sommet. Se comporter comme un enfoiré sans aucun contrôle ne le changeait pas de la personne qu'il avait failli devenir. Il ne valait pas mieux que Trey. Une merde arrogante qui faisait ce qu'elle voulait sans se soucier des conséquences.

Il n'était plus comme ça. Il ne redeviendrait plus jamais cette personne. Il avait terrassé ce dragon une fois.

Mais bon sang ! Sa bite n'en faisait qu'à sa tête.

— Ça va ? demanda-t-elle.

— Juste une petite crampe.

— Je ne suis pas certaine qu'on puisse le considérer comme un muscle.

Il revint vers elle, lui arracha la cuillère en bois des mains, enfonça les siennes dans ses cheveux et lui prit la bouche pour la posséder.

Elle gémit, saisit son biceps, ouvrit ses lèvres face à son invasion, lui offrant un contrôle total.

Cela n'arrangeait en rien sa situation. Pas. Du. Tout.

— J'apprécie l'effort que t'as fait pour préparer ce repas, dit-il en s'écartant un peu. Crois-moi, c'est vrai. En fait, j'en suis très honoré. Mais quand pourra-t-on manger et en finir ?

Elle se mordit la lèvre inférieure, ses yeux regardant dans le vide, même s'ils étaient posés sur sa bouche.

— Continue comme ça et la sauce brûlera au fond de la casserole, l'avertit-il en la relâchant et reculant.

Encore une fois.

— Tu peux verser le vin ?

Oh que oui ! C'était ce dont il avait besoin. De l'alcool. Quelque chose pour atténuer la tension. Il ferma les yeux quand une image de lui qui aspirait le vin rouge dans le nombril de Rayne apparut dans sa tête.

Putain de merde. Il perdait la boule.

— Pourquoi t'as mis cette tenue ? Pourquoi tu n'as pas mis un putain de survêtement ?

— Peut-être parce que je n'en ai pas ?

Il grogna, en souffrance, et parcourut la cuisine du regard, à la recherche du vin. Quelque chose, n'importe quoi, pour se changer les idées. Ne serait-ce qu'un instant...

— Le vin est sur la table, indiqua-t-elle. Les verres aussi sont déjà sur la table.

Évidemment, pensa-t-il, l'esprit embrumé. Elle avait déjà dressé la table avant qu'il arrive.

Mais attendez...

— Pourquoi il y a trois couverts ? demanda-t-il, figé, sans se retourner.

Oh, putain, non.

Putain. Non.

Pas étonnant qu'elle ait voulu qu'il annule la réservation.

— Dis-moi que tu ne sais pas compter, lâcha-t-il en fixant la troisième assiette.

— Je sais compter.

Il ouvrit la bouche et pivota, mais avant qu'il puisse sortir quoi que ce soit, la sonnette retentit. Sa colonne vertébrale se raidit.

Oh, putain, non.

— Tu peux aller ouvrir ?

— Rayne... souffla-t-il. Tu n'as vraiment pas envie que je m'en occupe. Crois-moi.

Ses mains se serrèrent.

Ce n'était pas du tout une bonne idée.

Il s'avéra que personne ne fut nécessaire pour le faire entrer. Trey étant Trey fit comme chez lui. Il vint directement dans la cuisine...

Comme s'il était déjà venu et connaissait l'agencement de l'appartement. Quand il pénétra dans la cuisine, il fallut à Gryff toute sa force pour ne pas le mettre à terre.

— T'es déjà venu ici ?

Trey s'arrêta juste dans l'embrasure de la porte. Ses yeux trouvèrent les siens et son expression fut rapidement dissimulée.

— Quel genre d'accueil c'est ?

— C'était ça ou mon poing.

— Gryff...

— Non, le coupa Gryff. Réponds à la question.

Lorsque les yeux de Trey se portèrent sur Rayne, il eut la réponse.

— Alors, c'est normal que toi, tu puisses la baiser quand tu veux. Mais moi ? Non. Ça ne te plaît pas. Eh ben, ce n'est pas gagné, Gryff. Ce n'est pas à toi de décider. C'est à Rayne.

— Ça suffit tous les deux ! hurla Rayne en brandissant la cuillère en bois. Asseyez-vous à la table et agissez de manière civilisée, bon sang. Je ne suis pas un morceau de viande. Ne me traitez pas comme tel. Maintenant... Asseyez-vous, putain !

Elle pointa la cuillère vers un bout de la table.

— Toi, là.

Puis elle braqua la cuillère vers l'autre extrémité.

— Toi, là. Si l'un de vous s'approche de l'autre, vous aurez affaire à la cuillère. Vous m'entendez ?

Gryff sombra sur la chaise sur laquelle il avait été chassé, Trey fit de même. Les yeux de l'autre homme se plissèrent alors qu'il le fixait de l'autre côté de la table.

Gryff lui rendit son regard noir, évaluant la distance.

— N'y pense même pas, l'avertit-elle depuis la cuisinière. Je jure que si l'un de vous fait un truc stupide, aucun de vous ne s'enverra en l'air. Je n'ai pas mis cette tenue et préparé le dîner pour rien.

Trey sourit, Gryff se détendit. Enfin, en grande partie. Il bandait toujours autant. Sans se soucier de qui le voyait faire, il ajusta sa verge dans une position plus confortable.

— Un problème ? demanda Trey, son sourire en coin se transformant en rictus.

— Toi.

— C'est à cause de moi que t'es dans cet état ? Je suis flatté.

— T'as déjà eu une bite aussi grosse dans ton cul ?

— Plus grosse.

Rayne frappa quelque chose sur le comptoir et ils sursautèrent tous les deux.

— J'ai travaillé dur pour ce dîner. Ne le gâchez pas.

Gryff détacha finalement son regard de l'homme en face de lui pour voir le visage contrarié de Rayne.

Mince.

Il avait été impatient d'avoir ce rendez-vous avec elle. Leur premier rencart. Maintenant, il ruinait tout. Non. Correction. Trey gâchait tout.

— Va te faire foutre, Trey, dit-il tout bas.

— J'ai hâte, répondit Trey.

— Est-ce que quelqu'un peut aider…

Avant qu'elle n'ait pu terminer sa demande, ils s'étaient tous les deux levés de leur siège et se précipitaient pour l'aider.

— Stop ! cria-t-elle.

Ils s'arrêtèrent en dérapant, à quelques centimètres l'un de l'autre.

— Civilisés, s'il vous plaît. Comme des adultes, pas comme deux chiens qui se battent pour un os.

Elle leur tendit un grand saladier.

— Trey, prends ça. Gryff, emporte le pain.

Ils firent ce qu'elle leur indiquait, se regardant de travers tout du long. La nourriture arriva à table sans encombre, et il n'y eut aucune effusion de sang lorsqu'ils s'installèrent à leur place, Rayne entre eux deux.

Personne ne dit un mot pendant que les assiettes étaient servies. Jusqu'à ce que Trey avale sa première bouchée de fettucine maison à la sauce Alfredo.

— Bon sang, bébé, c'est bon ! Même si je ne suis venu que pour le dessert.

Gryff ignora la fin de sa phrase, mais reconnut que le plat de pâtes était très bon. Même les petits pains étaient frais.

Ouais, elle valait la peine de se battre avec Trey. Elle n'allait pas lui filer entre les doigts. Il ferait tout ce qu'il faudrait.

Chapitre Huit

Rayne repoussa son assiette vide et regarda un des hommes, puis l'autre.

Cela ne se passait pas comme prévu. Si elle ne prenait pas le contrôle de la situation maintenant, elle ne pensait pas qu'ils auraient une chance tous les trois.

Elle savait que Gryff était attiré par Trey, mais il était trop têtu pour l'admettre. De toute évidence, Trey désirait Gryff, mais il avait avoué à Rayne qu'il n'était pas certain que cela en vaille la peine.

Elle ne lui en voulait pas. Elle se posait la même question.

Donc, si les choses ne se passaient pas bien ce soir, elle devrait prendre du recul et réévaluer la situation. Elle devrait alors peut-être choisir l'un ou l'autre, et cette éventualité ne lui plaisait pas.

Tout aussi obstinée que les deux andouilles assises aux deux extrémités de la table, elle était déterminée à faire en sorte que tout se déroule bien.

Sinon, quelqu'un se retrouvera gravement blessé. Ou même mort.

Elle fronça les sourcils.

— Ne fronce pas les sourcils, bébé, dit Trey en lui attrapant le menton et la tournant vers lui. Le dîner était super, Gryff n'a pas encore essayé de me casser la gueule, on a descendu deux bouteilles de vin, et il est encore tôt.

— Ouais. La nuit n'est pas finie. Une bonne dérouillée peut toujours avoir lieu.

Rayne ferma les yeux pour inspirer profondément. Lorsqu'elle les rouvrit, ceux de Trey étaient tendres et bienveillants.

— Merci pour le dîner, bébé.

Elle hocha la tête, se dégageant de sa prise, et se tourna vers Gryff. Dans l'attente.

Ses pupilles sombres croisèrent les siennes et, une seconde plus tard, il les écarquilla comme s'il avait oublié ses manières.

— Oui, merci pour le dîner... *bébé*.

Elle soupira, essayant désespérément de ne pas écraser sa paume sur la table.

— Voilà ce qui va se passer... Je vais monter avec mon verre de vin. Dans ma chambre. Dans mon lit. J'attendrai là-haut. Soit encore avec cette tenue, soit nue. Pendant que je patiente, vous allez tous les deux ranger ce bordel. Triez les restes. Nettoyez les casseroles. Laissez-moi une cuisine impeccable. Pas de dispute. Pas de sang. Rien. Quand vous aurez fini *tous les deux*, vous viendrez *tous les deux* me retrouver. On réglera tout ça. J'espérais qu'on y parviendrait pendant le dîner. Mais comme personne n'a parlé, c'était impossible. Alors maintenant, on suit mes règles. Ma maison, mes règles. Mon lit, mes règles. Aucune exception. Si vous n'aimez pas, vous savez où se trouve la porte. Si vous ne voulez pas *partager* ma couche, vous savez où se trouve la porte. Si j'entends une seule dispute, une seule querelle, un seul juron, je verrouille la porte de ma chambre. C'est clair ?

— Comme du cristal, dit Trey, qui s'était déjà levé et avait emporté son assiette.

Le regard de Rayne se porta sur Gryff.

— Patron ?

— Je peux remplir ton verre ?

— Oui, s'il te plaît, répondit-elle en souriant.

Alors qu'elle montait à l'étage, elle fut incapable d'effacer ce sourire, même si elle essaya.

— Pourquoi un avocat de la défense ? demanda Trey, les mains plongées dans l'eau savonneuse alors qu'il récurait l'une des casseroles.

La sauce Alfredo était difficile à récurer. Il aurait les mains fripées.

La prochaine fois, ils se contenteraient de faire griller des steaks et des pommes de terre. Le nettoyage serait fastoche.

— Parce que je sais ce que c'est d'en avoir besoin, répondit Gryff derrière lui.

Trey ne se lassait pas de sa voix grave. Il pourrait l'écouter toute la journée. Ou de préférence, toute la nuit.

Même si ce type était putain de têtu.

— C'est vrai ? Je n'arrive même pas à t'imaginer avec une amende.

Il se demandait quelle était l'histoire derrière cette déclaration. Mais cette pensée s'évanouit rapidement lorsque Gryff posa une autre casserole près de l'évier.

— Encore ?

— La dernière, lui assura Gryff. Je voulais l'emmener

dîner dans un lieu où quelqu'un d'autre s'occupe de la vaisselle. Ce n'était pas le premier rendez-vous que j'avais imaginé.

— Premier rendez-vous ?

— Ouais. Je sais que les rencards sont probablement un concept étranger pour toi. Tu baises sans doute tes groupies dans des ruelles. Oh, attends. Derrière des bars.

— Sérieusement ? Tu veux commencer à te disputer et qu'elle te refuse l'entrée à sa chambre ?

Trey regarda par-dessus son épaule lorsqu'il n'entendit que le silence en guise de réponse. Gryff le fixait. Ne le regardant pas simplement, mais le *scrutant*, l'étudiant. Trey ignorait si c'était une bonne ou une mauvaise chose.

— Si quelqu'un se fait enfermer dehors, ce sera toi, rétorqua finalement Gryff.

— Pourquoi ? Noir un jour, noir toujours ?

— Tu ne viens pas de sortir un truc pareil, souffla Gryff en secouant la tête.

Si, il l'avait dit. C'était stupide. Il n'était pas censé déclencher une querelle. Il devait plutôt encourager Gryff à passer à l'étape suivante. Mais cet homme pouvait être frustrant.

Trey n'avait jamais eu à travailler aussi dur pour mettre quelqu'un dans son lit. Il s'était demandé plus d'une fois si cela en valait la peine.

— Comme je l'ai déjà fait remarquer, t'as déjà pris une bite aussi grosse dans ton cul ?

Trey jeta l'éponge dans la casserole et se tourna vers Gryff. Il ignorait comment lui répondre sans l'énerver. Il fallait qu'ils dépassent ce stade.

— Tu proposes de le faire ?

Gryff fit une moue et tendit le torchon à Trey.

Après s'être essuyé les mains, Trey s'adossa à l'évier et croisa les bras sur son torse.

— Tu veux me baiser le cul, Gryff ?

Celui-ci rompit le contact visuel, saisit son verre qui était à proximité, et but une gorgée de vin. Trey fut incapable de détacher son regard des épais muscles filaires qui s'agitèrent au niveau de sa gorge quand il avala.

Trey se repoussa du comptoir et se plaça derrière Gryff. Il tendit les mains devant l'homme, lui prit le verre de vin des doigts et le posa délicatement sur le plan de travail. Il passa une main sur le vaste dos de Gryff, sentant les muscles se contracter sous sa chemise.

— Gryff, dit-il, sa voix se bloquant dans sa gorge. Tu veux me baiser ?

La tête de Gryff tomba vers l'avant et Trey parcourut ses fesses d'une main. L'homme était bien bâti et s'entretenait. Trey le savait depuis qu'il l'avait vu nu dans son appartement. Depuis, il était impatient de revoir Gryff nu. Il ne pouvait s'empêcher d'imaginer toucher et goûter sa peau sombre. En entier.

— Gryff, chuchota Trey en glissant sa main sur la hanche de Gryff, puis vers l'avant, découvrant ce qui prouvait qu'il excitait l'homme. Pourquoi tu luttes contre ton désir ?

Gryff secoua légèrement la tête, toujours baissée.

— Pourquoi tu nies ce que tu veux ?

— Je ne sais pas, répondit finalement Gryff.

Ses mots étaient bruts, douloureux. Les entendre serra le cœur de Trey.

— Est-ce à cause de moi ? Parce que je ne suis pas assez bon pour toi ? Je ne suis pas digne ?

— Putain, Trey. Non.

Il releva la tête, attrapa le bras de Trey et le ramena face à lui.

— Non. C'est pas toi. C'est moi. C'est... Je n'ai pas... Je

n'ai jamais eu cette réaction pour un homme. Ça me fait un peu peur. Bon sang... Pas un peu, beaucoup.

Trey déglutit, comprenant où l'homme voulait en venir. Ce n'était pas pareil pour tout le monde quand on découvrait que l'on était attiré par quelqu'un du même sexe. Certains l'acceptaient facilement. D'autres ne l'acceptaient jamais et passaient leur vie à se priver de ce qu'ils désiraient vraiment, de ce dont ils avaient besoin pour être épanouis.

En ce moment, Gryff semblait se situer entre les deux. Trey et Rayne savaient tous les deux que l'avocat avait ce désir, sinon elle n'aurait jamais abordé la question ce soir. Gryff savait qu'il avait ce désir, sinon il serait parti. Mais il ne l'avait pas fait. *Il n'avait pas filé.* Au lieu de ça, il se trouvait dans la cuisine avec Trey et laissait un autre homme le palper. S'il n'était pas attiré par Trey, Gryff n'aurait jamais permis que ça arrive. Trey aurait été assommé, hors-jeu. Il en était persuadé.

— Maintenant que je suis proche de tes poings, je vais d'abord te demander si je peux te toucher.

Gryff cligna des yeux une fois, deux fois, expira, puis croisa son regard.

— Oui.

Les lèvres de Trey tiquèrent.

— C'était une décision difficile à prendre ?

— Ne tire pas trop sur la corde, grommela Gryff.

Trey leva les mains en signe de reddition, puis les plaqua sur les pectoraux de Gryff, qui se contractèrent sous ses paumes.

Bon sang ! Cet homme était costaud. Aucun doute là-dessus. Il pourrait venir avec lui dans le vestiaire des Bulldogs et faire pâlir certains gars.

— Je ne sais même pas quoi faire, marmonna-t-il.

Trey se rapprocha, faisant dériver ses mains sur les abdominaux de l'avocat.

— La même chose qu'avec une femme.

— Pas tout à fait, dit Gryff en secouant la tête.

— Pas loin.

Trey passa une paume sur la longueur dure de Gryff, puis plaça sa deuxième main sur la joue de Gryff. Ils faisaient la même taille, Gryff avait donc du mal à éviter les yeux de Trey lorsqu'ils étaient si près l'un de l'autre.

— Regarde-moi, murmura Trey.

Les narines de Gryff se dilatèrent, mais il finit par croiser son regard.

— Tu t'es rasé.

Trey sourit. L'homme le remarquait enfin.

— Oui.

— Tu t'es coupé les cheveux.

— Oui.

— Pourquoi ? demanda doucement Gryff.

— Pour avoir l'air un peu plus respectable.

— Pourquoi c'est important pour toi ?

— Ça ne l'est pas. Je pense que c'est important pour toi.

— Pourquoi tu te soucies de ce que je pense ?

— Parce que je veux te mettre dans mon lit.

— Tu crois qu'en te rasant et te coupant les cheveux, tu réussiras ?

— J'espère que ça nous conduira tous les deux dans le lit de Rayne ce soir.

— Tu l'as aidée à planifier tout ça ?

Trey se pencha jusqu'à ce que ses lèvres soient à un doigt de celles de Gryff.

— Oui. Tu vas continuer à parler ou je peux t'embrasser maintenant ?

— Pourquoi tu demandes ?

— Parce que j'aimerais garder mes lèvres attachées à mon visage. Elles sont util...

Gryff le coupa, s'empara de sa bouche, écarta ses lèvres avec sa langue, puis l'enfonça profondément. Trey lutta, voulant lui aussi explorer la bouche de Gryff. Il grogna, sa main trouvant les bourses chaudes et lourdes de l'avocat et les saisissant à travers son pantalon. Il les pressa en douceur, puis caressa plusieurs fois la dure longueur cachée avant que les doigts de Gryff s'entortillent dans son T-shirt. Il ne le repoussait pas. Non, il l'attirait vers lui.

Trey avait du mal à respirer, car Gryff gouvernait leur baiser. Il essaya de s'écarter légèrement, mais l'homme ne le laissa pas faire. Il le serra plus fort, faisant reculer Trey jusqu'à ce qu'il heurte le comptoir derrière lui. Gryff le coinça, ses hanches se plaquant contre lui.

Trey finit par mettre ses mains entre eux et le repousser suffisamment pour rompre le baiser, haletant.

— Bon sang, c'est de ça que je parle. Je veux ça. Tu veux dominer, je te laisserai faire. Je te désire en entier.

Chaque fois que Gryff prenait une grande inspiration, sa poitrine se soulevait. Il semblait autant manquer d'oxygène que Trey.

— Je veux te reprendre dans ma bouche, mais du coup on pourrait ne jamais réussir à monter. On ne veut vraiment pas laisser Rayne en plan.

— Non, c'est certain, dit lentement Gryff. Trey...

Il pouvait voir sur son visage le combat interne que se livrait Gryff.

— Tout se passera bien. Je te le promets. On ira doucement. On ne fera rien que tu ne veuilles pas faire. Rien que Rayne ne souhaite pas faire. Si on doit la garder entre nous ce soir, on peut. Mais écoute, je n'aurai pas la patience de le faire très longtemps. Je veux te toucher, je désire te sentir en moi.

Trey laissa de côté son envie d'être à l'intérieur de Gryff. Inutile de l'effrayer. Il fallait y aller à petits pas.

— Est-ce que t'as...

— Rayne a beaucoup de lubrifiant et de préservatifs à l'étage.

Gryff recula, permettant à Trey de se décoller du comptoir.

— Comment tu le sais ?

Merde.

— Je suis passé les déposer pour m'en assurer.

— Donc, la dernière fois que t'es venu ici, tu ne l'as pas baisée ?

— Je n'ai pas dit ça.

— *Bon sang !*

— Gryff, tu l'as baisée pendant que j'étais au téléphone.

— Ouais. Et ?

— Et ouais, lui répondit Trey. Au moins, je ne t'ai pas appelé pour que tu nous écoutes de force.

— Personne ne t'a forcé à écouter.

— Non, mais c'était excitant.

— Et t'as joui.

— En effet.

Gryff rit.

— Va te faire foutre, Trey.

Trey sourit.

— Rayne attend.

Fatiguée d'attendre, Rayne avait perdu toute patience. Après avoir entendu les voix basses à l'étage inférieur, bien qu'il n'y eût aucun signe d'agressivité, elle espérait qu'ils ne se chamaillaient pas. Plus les minutes passaient et aucun claquement de porte ne retentissait, plus son optimisme grandissait.

Puis elle perçut leurs pas lourds dans les escaliers. Deux paires. Son rythme cardiaque s'accéléra, et elle trembla d'impatience et de nervosité.

Elle portait encore la tenue qu'elle avait mise pour le dîner, voulant laisser un peu de place à leur imagination. Elle ouvrit le tiroir de la table de nuit pour s'assurer que le lubrifiant et les préservatifs que Trey avait apportés la dernière fois étaient toujours là. Ils y étaient. Ils n'avaient pas disparu depuis les vingt dernières fois qu'elle avait vérifié.

Devait-elle se sentir coupable d'avoir couché avec Trey en l'absence de Gryff ? Elle pensait que non. Il n'y avait pas de règles pour ce genre de choses. Rien n'était gravé dans le marbre. Du moins, pas encore. Si la situation évoluait comme tous les deux l'espéraient, si les choses avançaient avec un Gryff consentant, il faudrait peut-être mettre des règles en place. Mais pour l'instant, Gryff ne devrait pas être contrarié par ce que Trey et elle avaient fait quelques nuits plus tôt. Tout comme il n'avait pas eu de souci à la baiser contre le mur de son bureau en narguant Trey.

Elle avait laissé la porte de sa chambre ouverte et se demandait qui serait le premier à la franchir.

Trey. Il lui adressa un sourire complice, accompagné d'un clin d'œil. La prochaine fois, il lèverait un pouce et lui taperait dans la main.

Gryff suivait de près. Lorsqu'il contourna Trey, il la cloua du regard.

— Tu l'as gardée.

— Oui. J'ai cru que tu voudrais me l'enlever.

— Oh, attends. C'est à lui de le faire ? demanda Trey en

s'approchant du lit, glissant son T-shirt par-dessus sa tête et le jetant de côté.

Rayne eut le souffle coupé et perdit un instant le fil de ses pensées. Trey, bien que très musclé, était plus mince que Gryff. Son corps était spectaculaire, tel que doit l'être celui d'un athlète professionnel. Comme il avait peu de graisse, chaque muscle ondoyait sur son torse. L'autre soir, elle avait exploré tous les tatouages qui ornaient son buste. Certains avaient une signification, d'autres non. Il n'en regrettait aucun d'entre eux.

Le logo des Boston Bulldogs sur son pectoral droit était celui qui avait attiré son attention en premier, juste à côté de son cœur. Elle lui avait demandé ce qu'il ferait s'il ne réussissait pas à se faire innocenter et qu'il était définitivement exclu de l'équipe.

— J'ai confiance en Gryff et toi, avait-il répondu simplement. Gray a confiance en vous deux. Vous allez me disculper. Je serai bientôt de retour sur le terrain.

Elle était heureuse qu'il ait une telle confiance. Elle pensait qu'elle parviendrait à faire retirer leur plainte, mais le juge qui avait été désigné était sévère. Elle n'avait pas hâte de se retrouver face à lui. Ou d'aider l'un des autres employés à l'affronter, puisque Gryff ne voulait pas qu'un d'eux deux prenne publiquement la défense de Trey au tribunal. Pour des raisons évidentes.

Quand ses yeux dévièrent vers Gryff, ses joues s'empourprèrent. Il la regardait contempler Trey. Elle était certaine que l'expression de son visage ne laissait aucun doute sur ses pensées.

— Maintenant toi, lui dit-elle d'une voix rauque.

Elle se redressa contre la tête de lit alors que Gryff déboutonnait lentement sa chemise.

— Stop ! cria-t-elle soudain.

Il hésita au milieu de la rangée de boutons de sa chemise. Il la scruta avec un regard interrogateur.

— Laisse Trey le faire.

— J'aime ta façon de penser, bébé, lâcha Trey en s'approchant de Gryff, qui se tenait au centre de la pièce, les bras le long du corps.

— Ne me bloque pas la vue, l'avertit-elle.

Trey gloussa. Après avoir fini de déboutonner la chemise, il l'extirpa de la ceinture de Gryff et se mit derrière lui pour la faire glisser de ses épaules. Il la jeta sur une chaise voisine, puis tendit la main vers la taille de Gryff, saisit le bas de son maillot de corps et le fit passer par-dessus sa tête. Celui-ci atterrit quelque part près du siège.

— Ça ressemble à une œuvre d'art, n'est-ce pas ? demanda Trey à Rayne en effleurant les courbes fermes des abdominaux de Gryff avec le bout de ses doigts.

Rayne ne pouvait pas répondre. Avoir deux hommes torrides dans son appartement, dans sa chambre, et bientôt dans son lit... elle devait rêver. Elle avait l'impression que les deux hommes étaient parvenus à une sorte d'accord pendant leur discussion en bas. Gryff ne semblait pas si mal à l'aise. Du moins, pas encore.

— Enlevez vos chaussures. Pas de chaussettes. Pas de pantalons. Dépêchez-vous, exigea-t-elle.

Mais sa voix était un peu trop haletante pour être autoritaire.

Le sourire de Trey s'élargit. Les coins des yeux de Gryff se ridèrent, bien qu'il n'ait pas encore esquissé de sourire.

Il s'exécuterait.

Elle en était certaine.

Bien sûr, les différences entre les deux hommes étaient évidentes. Gryff avait la peau sombre. Trey était clair. Les cheveux de l'avocat étaient bien taillés, ceux du joueur, bien que coupés, étaient encore un peu hirsutes. Les yeux de Gryff étaient marron foncé, capables de sonder l'âme. Ceux de Trey étaient d'un bleu ciel éclatant. Gryff était sérieux. Trey... pas.

Trey jeta ses vêtements en tas. Gryff plia soigneusement les siens et les posa sur la chaise.

Le yin et le yang.

Elle était une femme chanceuse.

Les érections des deux hommes étaient longues et volumineuses. Trey se tenait un peu en retrait de Gryff. Rayne savait qu'il étudiait la peau sombre de l'avocat. Prenant son temps, il balaya ses épaules avec le dragon noir, son dos massif, les globes musclés de son cul, ses épaisses cuisses et ses mollets définis du regard. Pendant ce temps, l'attention de Gryff resta fixée sur elle.

— Qu'est-ce qu'il fait ? lui demanda Gryff, comme s'il était incapable de se retourner.

— Il profite de ta beauté, répondit-elle en lui adressant un sourire rassurant.

— C'est toi qui es belle, rétorqua-t-il.

Le cœur de Rayne se serra à ses mots.

— Chacun de nous est beau à sa façon, dit-elle.

Elle comprenait parfaitement pourquoi Trey n'avait pas fait un pas vers le lit. Elle ne pouvait pas non plus détacher son regard de Gryff. Chacun souhaitait savourer le moment.

— Tu vas rester planté là, Trey ? demanda finalement Gryff, l'air un peu mal à l'aise.

— Non, murmura-t-il. Je veux faire bien plus.

— Par où on commence ?

Enfin, Trey passa devant Gryff pour se placer à côté du lit.

— Avec Rayne.

Gryff secoua légèrement la tête, ne comprenant pas vraiment.

— Rayne est notre centre, expliqua Trey. On se concentre sur elle. On lui donne du plaisir. On la partage. Si tu veux me toucher pendant ce temps, tu me touches. Si tu en veux plus, on va plus loin. Pas besoin de me demander la permission, fais ce que tu veux de moi. Je suis sûr que Rayne pense la même chose.

— Oui, tout ce que tu souhaites, Patron. Tout ce qui te fait du bien. À moi. À Trey.

— Si je m'égare et que je fais quelque chose qui ne te convient pas, demande-moi simplement d'arrêter. Je ne veux pas prendre le risque de faire quelque chose qui te dégoûterait et t'empêcherait de retenter l'expérience.

Trey grimpa sur le lit et mit Rayne à genoux, se plaçant derrière elle. Il embrassa ses épaules, faisant glisser l'une des fines bretelles. Soulevant ses cheveux, il baisa son cou, puis suça la peau au sommet de sa colonne vertébrale. Un frisson la parcourut.

Il pressa ses lèvres contre son oreille.

— J'ai hâte d'être en toi, chuchota-t-il, puis il suça le lobe de son oreille.

Il prit ses seins au creux de ses mains, les pressant, pinçant ses tétons durs à travers l'étoffe soyeuse. Alors qu'elle fermait les yeux, les sensations la submergèrent. Sa longueur rigide se pressa dans son dos et sa chatte se contracta, à la recherche de l'un d'eux, n'importe lequel, pour l'inviter à entrer.

Gryff restait immobile au centre de la pièce, sa bite paraissant plus raide qu'elle ne l'était quelques instants auparavant. Elle tendit la main vers lui.

Une pulsation. Deux pulsations. Trois pulsations cardiaques plus tard, il s'approcha, entrelaçant ses doigts aux siens. Elle le tira, l'encourageant à les rejoindre sur le lit. Il se plaça devant elle. Avec Trey derrière, elle était vraiment prise en sandwich entre eux. La sensation était incroyable. La tête lui tournait à l'idée que ces deux hommes étaient à elle. Rien qu'à elle.

Ils étaient là pour la satisfaire, et seulement elle. Lui faire du bien. Lui donner le sentiment d'être belle et désirée.

Portant les mains au visage de Gryff, elle l'attira vers elle et embrassa doucement ses lèvres. Elle s'écarta avant qu'il puisse approfondir le baiser.

— Embrasse-moi encore, mais en bas. Fais-moi jouir avec ta bouche, Patron. Montre-moi ce que c'est que de perdre la tête. D'oublier tout, sauf ce que tu fais entre mes cuisses.

Les yeux mi-clos, Gryff eut le souffle coupé alors qu'il sondait son âme.

— S'il te plaît, Patron.

Il regarda Trey derrière elle.

— Tire-la en arrière, indiqua-t-il à Trey, le contemplant derrière Rayne.

Trey aida l'avocate à faire la manœuvre. Elle n'était donc plus à genoux, mais appuyée contre son torse, sa tête contre sa clavicule, tandis qu'il s'adossait à la tête de lit. Sa bite semblait dure dans son dos.

— Est-ce qu'on lui enlève sa robe ? demanda Trey.

— Non. Laisse-lui pour l'instant. Elle ne porte pas de culotte.

Non, elle n'en avait aucune. Toute la soirée, elle n'en avait pas eu. Maintenant qu'il était installé entre ses jambes et qu'il avait remonté le tissu soyeux sur ses cuisses, c'était évident.

Elle se sentait humide, collante, chaude. Prête à accueillir sa bouche. Elle n'en pouvait plus d'attendre qu'il la touche. Au contact de Gryff, elle se tortilla contre le corps de Trey.

Celui-ci approcha à nouveau les lèvres de son oreille.

— Chut, chérie. Il va te faire jouir très bientôt. Je vais l'aider. Je veux te voir jouir. Je veux t'entendre venir. Je veux que tu cries nos noms. Je veux que tu nous supplies de te baiser.

— Oui, murmura-t-elle.

Lorsque Gryff glissa deux doigts entre ses plis, les séparant, elle poussa un petit cri. Puis sa langue la caressa, taquina son clito. Ses longs doigts s'enfoncèrent en profondeur, ses lèvres sucèrent son bouton sensible. Regarder sa tête enfouie entre ses cuisses la fit presque craquer.

Trey prit ses seins sous le tissu ample de sa robe et trouva ses mamelons douloureux. Il les pinça entre son pouce et son index, les tordant doucement dans tous les sens.

— Plus fort, finit-elle par crier.

Il mit sa joue dans le creux du cou de l'avocate, chuchotant des mots qui, à eux seuls, pouvaient la pousser à bout. Avec les mains du joueur sur son corps, la chaleur qu'il dégageait dans son dos, la bouche de Gryff sur sa chatte humide, ce fut suffisant pour que son cou se plie, pour que ses yeux se ferment et que ses hanches s'élancent contre la main et la bouche de son patron.

— Je viens.

Elle n'était pas sûre qu'ils l'avaient entendue. Ses mots n'étaient plus qu'un souffle rauque.

— C'est ça, bébé. Je parie que t'es super bonne, murmura Trey contre son oreille. Chaude et mouillée. Je vais peut-être devoir te goûter ensuite. Ce n'était que ton premier orgasme. Il y en aura beaucoup d'autres ce soir. Je te le promets.

S'ils étaient tous aussi intenses que celui qu'elle venait d'avoir, elle ne tiendrait peut-être pas la nuit.

Lorsque Gryff releva la tête pour les regarder, ses lèvres brillaient de l'excitation de Rayne.

— Amène-toi, dit Trey. Je veux vous goûter tous les deux.

Étonnamment, Gryff s'exécuta, se mit à genoux et se pencha, serrant Rayne entre eux alors qu'ils s'embrassaient par-dessus son épaule. Elle gémit devant l'intimité du geste.

Lorsqu'ils se propulsèrent tous les deux contre elle en même temps, elle perdit la tête. L'idée que Trey la prenne par-derrière et Gryff par devant la fit délirer. C'était quelque chose qu'elle voulait absolument essayer. Mais pas ce soir.

Comme Trey l'avait dit, des petits pas.

Dès que Gryff rompit le baiser, il s'empara de la bouche de Rayne alors que Trey enfonçait doucement ses dents dans son épaule. Le dos de l'avocate se cambra et ses tétons creusèrent le buste de Gryff. En passant une dernière fois sa langue sur ses lèvres, Gryff se dégagea.

— Enlève-lui cette nuisette, ordonna-t-il à Trey.

— Ce n'est pas une nuisette, murmura-t-elle, l'esprit embrumé par ce qui allait suivre.

— À partir de maintenant, si. Tu ne la porteras pas en dehors de la maison.

Elle cligna des yeux, réalisant qu'il ne plaisantait pas. Il était sérieux, et normalement, elle aurait contesté. Mais sa demande l'excitait encore plus.

— Oui, Patron, répondit-elle.

— Désolé, bébé. Mais je suis d'accord avec le patron. Personne d'autre que nous ne devrait te voir dans cet accoutrement, déclara Trey en lui levant les bras et lui passant le fourreau de satin vert par-dessus la tête. À quatre pattes. Face au patron. C'est l'heure du dessert.

Gryff l'embrassa doucement avant de l'aider à se mettre dans la position désirée par Trey, ce qui la plaçait à l'endroit idéal pour avaler Gryff dans sa bouche. Elle le fit, enroulant ses lèvres autour de lui, l'aspirant aussi profondément que possible. Ses doigts ratissèrent ses cheveux, puis trouvèrent une prise. Elle gémit autour de son sexe lorsque la langue de Trey caressa sa chatte et que ses doigts taquinèrent son clitoris. Il se blottit contre elle et la mordilla, ce qui l'empêcha de se concentrer sur Gryff. Mais elle ne l'entendit pas se plaindre. Elle laissa les doigts de son patron guider sa tête d'avant en arrière, le long de sa longueur. Si ses mains ne l'aidaient pas à soutenir son poids, elle en aurait enroulé une à la base de sa verge, l'autre prenant ses bourses au creux de sa paume. Alors elle titilla plutôt la zone où sa bite rencontrait ses couilles avec sa langue. Les hanches de Gryff ruèrent. Il devait aimer ça. Elle rangea cette petite information dans sa mémoire pour la mettre en pratique plus tard.

Quand Trey inséra deux doigts en elle, elle oublia rapidement les goûts de Gryff. Elle entendit l'ouverture du bouchon du lubrifiant et sentit le gel frais couler sur son anus. Il avait fait la même chose l'autre soir. Il l'avait taquinée et étirée jusqu'à ce qu'elle le supplie de glisser un doigt, puis deux, dans son canal étroit. Elle adorait les jeux anaux. Trey n'avait pas été le premier à explorer cet endroit. Aussi, lorsqu'il commença à la titiller à nouveau, elle gémit autour de la bite de Gryff. Ses yeux se révulsèrent quand Trey introduisit un doigt dans son anneau serré. Il s'occupa lentement d'elle, deux doigts dans sa chatte, un dans son cul, jusqu'à ce qu'elle atteigne l'orgasme, durcissant sa mâchoire pour qu'elle ne morde pas Gryff.

Avant la fin des vagues de l'orgasme, Trey remplaça ses doigts par sa bouche, passant une langue sur ses plis luisants, goûtant son excitation, son orgasme, tout en continuant l'action sur son postérieur.

Elle n'avait jamais ressenti quelque chose d'aussi merveilleux.

— Te regarder faire ça pendant que je suis dans sa bouche n'aide pas mon endurance, râla Gryff en s'adressant à Trey.

Un désir osé

Trey se mit à genoux et remonta entre les cuisses de Rayne. Avant que l'avocate ou Gryff se rende compte de ce qu'il faisait, il s'enfonça profondément en elle. Une main agrippait sa hanche, l'autre continuait à s'affairer sur son cul.

Rayne laissa Gryff se détacher de sa bouche et appuya son front sur ses cuisses. Elle leva plus haut ses fesses, gémissant contre la peau de son patron.

— Sans préservatif, grommela Gryff, le corps raide.

— Patron, touche-moi, cria Rayne, essayant de détourner son attention de l'homme qui la baisait par-derrière. Touche-moi.

Les yeux sombres de Gryff se posèrent sur les siens. Il était difficile de ne pas remarquer son expression sévère, son froncement de sourcils.

— Tu n'en as jamais utilisé, lui rappela-t-elle, ce qui ne fit qu'accentuer sa moue. Vraiment ? Là, tout de suite ? grommela-t-elle avec impatience.

Trey et elle en avaient discuté l'autre soir. En revanche, Gryff n'avait jamais abordé la question, et maintenant il voulait se frapper la poitrine comme un gorille hypocrite. Elle n'avait pas l'intention de se laisser faire. Surtout en cet instant. Surtout quand son petit numéro territorial refroidissait Trey.

— On en a parlé, dit Rayne.

— Mais pas avec moi, répondit Gryff.

— Non. Mais toi et moi, on n'a évoqué le sujet ni la première ni la deuxième fois. Ni avant ni après. Ne l'oublie pas.

La mâchoire de Gryff se crispa un instant, mais elle put voir son visage changer alors qu'il s'adoucissait.

Trey s'était arrêté, ce qui ne réjouissait pas Rayne.

— On va analyser des conneries maintenant ? Ou on baise ? demanda-t-il, un peu agacé.

— On baise, répondit Rayne en jetant un coup d'œil à Gryff.

Puis elle sourit à Trey par-dessus son épaule.

— Continue.

Il gloussa, puis lui donna une claque sur les fesses, ce qui la fit sursauter.

— J'ai besoin de retrouver le rythme, bébé.

Par espièglerie, elle remua sa croupe contre lui.

— Redonne-moi une fessée. J'aime ça.

— Je sais que t'adores ça, bébé. Je sais que t'aimes la morsure de ma paume sur ton cul. Surtout quand mes doigts sont au fond de tes fesses.

— Bordel de merde, murmura Gryff.

— Gryff, suis le mouvement ou sors, dit Rayne, en lui jetant un regard noir.

— Ouais, Patron, tu me ramollis, se plaignit Trey. J'étais pas loin de tirer mon coup.

— *Bon sang !*

— Patron, l'avertit Rayne. S'il te plaît. *S'il te plaît*, ne gâche pas tout.

Les narines de Gryff se dilatèrent au-dessus de ses lèvres pincées alors qu'il scrutait le visage de Rayne. Elle ne lui cacha pas son mécontentement face à son attitude. Puis il hocha vivement la tête et fit une grimace atroce qu'elle devina être un sourire réconfortant. C'était loin d'être le cas. Elle leva les yeux au ciel.

Il lui hissa le menton et croisa son regard.

— Désolé, chuchota-t-il. Ce n'est pas facile pour moi.

— Je comprends, mais ne... *Oh, putain* ! cria-t-elle quand la main de Trey lui frappa à nouveau les fesses, cette fois plus fort.

Puis, elle entendit un petit rire derrière elle. Les yeux de

Gryff se portèrent sur Trey, puis revinrent rapidement à elle. Elle vit qu'il essayait de garder une expression neutre.

— T'aimes ça ? lui demanda-t-il.

Sa voix semblait un peu plus étranglée que l'instant d'avant.

Il devait aussi apprécier.

— Oui, répondit-elle d'une voix sifflante quand Trey lui donna une nouvelle claque, cette fois sur l'autre fesse.

Elle regarda par-dessus son épaule.

— Baise-moi en le faisant.

— Oui, madame, dit Trey en lui faisant un sourire.

Il se remit à bouger, ses doigts et sa bite, la pénétrant au même rythme. Elle ne put s'empêcher de fermer les yeux un instant, tant les sensations l'accablaient. Elle les rouvrit lorsqu'elle réalisa qu'elle devait s'assurer que Gryff se sentait inclus. Elle ne voulait en aucun cas l'exclure, même un peu.

— Fais quelque chose ! cria-t-elle à Gryff, un peu trop fort.

Les yeux de son patron s'écarquillèrent.

— Pour l'arrêter ?

— Non ! Pour participer.

Son rire faillit expulser Trey. Puis, finalement, Gryff sourit. Son corps se détendit légèrement, et il passa ses mains dans les cheveux de Rayne, en prit deux poignées, et lui souleva la tête sans trop de ménagement.

— C'est ça, Patron, souffla-t-elle presque, avant qu'il s'empare de sa bouche, la balayant plusieurs fois avec sa langue jusqu'à ce qu'elle recule pour répondre aux poussées de Trey. Elle gémit dans la bouche de Gryff.

— Je vais exploser, putain, mugit Trey. Vous regarder vous embrasser... *Ah, putain.*

Avec une dernière gifle sur le derrière de Rayne, il s'enfonça profondément, puis retira sa bite et ses doigts tandis que son sperme giclait sur les fesses de l'avocate en de longs fils chauds. Avec un gémissement, il pressa son front humide contre le dos de Rayne alors qu'il se penchait sur elle pour reprendre son souffle.

— Putain, grommela-t-il.

— Va chercher un gant de toilette et nettoie ton bordel, râla Gryff, une seconde plus tard. C'est mon tour.

Avec un grognement, Trey glissa du lit et se dirigea vers la salle de bain principale.

Rayne remarqua qu'elle n'était pas la seule à contempler le cul du quarterback qui s'éloignait.

— J'ai hâte de vous voir ensemble, murmura Rayne.

— Eh bien, répondit Gryff en reportant son regard sur elle. N'y compte pas trop.

— Si tu le dis, dit Rayne en lui adressant un sourire en coin.

— Je suis sérieux.

— Hum hum.

Il fit une moue et elle se retint pour ne pas rire.

— Je sais que tu veux en croquer un morceau. Tu peux résister autant que tu le souhaites, mais tes yeux te trahissent.

Elle inclina la tête vers son entrejambe.

— Pas seulement tes yeux.

Il saisit la racine de sa bite et la serra.

— Comment tu sais que ce n'est pas que toi ?

Le sourire de Rayne s'élargit.

— Bien sûr.

Trey revint avec un gant de toilette humide et essuya doucement les traces de son éjaculation sur la peau de Rayne. Puis, il lui donna une autre petite tape sur la croupe.

— Le rose te va bien, bébé, dit-il en pointant du doigt la couleur de son cul. Miam. J'adore une femme qui aime les bonnes fessées. Et toi, monsieur Patron ?

— Bien sûr, répéta Gryff en écho à Rayne.

— Sur le dos, ordonna Trey en penchant la tête.

Rayne se décala pour s'allonger sur le dos, mais Trey l'arrêta.

— Non, pas toi. Toi, dit Trey à Gryff. Sur le dos, Patron. J'ai une idée.

Lorsque Gryff haussa un sourcil en direction de Trey, Rayne lui tapota la joue.

— Allez-y, Patron, l'encouragea Rayne. Laisse-le nous diriger. Il sait ce qu'il fait.

Puisqu'il lui avait dit qu'il avait déjà eu quelques plans à trois, et pas seulement des relations à trois, mais plus, elle lui faisait confiance. Il savait ce qu'il faisait. Elle espérait ne pas se tromper.

En grommelant, Gryff allongea sa large carcasse sur le lit, plaça un oreiller sous sa tête et attendit.

— Bon sang ! murmura Trey en s'agenouillant entre les mollets de Gryff et scrutant l'homme étendu devant lui. J'ai vraiment envie de grimper. Mais... Oh, putain... Bébé, monte et mets-toi face à moi.

Après un dernier coup d'œil à Gryff, Rayne s'installa à califourchon sur sa taille, lui tournant le dos. Les mains de Gryff se portèrent sur les hanches de son employée pour la stabiliser, car son corps à lui était large. Elle enroula une main autour de sa bite dure comme une pierre et se pencha pour lécher rapidement le précum qui avait perlé au niveau du gland. Ses hanches s'agitèrent légèrement sous elle, et Rayne l'entendit souffler derrière elle.

— Quand t'es prête, bébé, l'encouragea Trey, lui présentant son bras pour l'aider à monter sur la partie la plus large des hanches de Gryff.

Ses deux genoux n'atteignaient plus le matelas et ses jambes étaient tellement écartées que Rayne sentait un tiraillement à l'intérieur de ses cuisses.

Plaçant la bite de Gryff entre ses plis lisses, elle le taquina un peu, frotta la couronne de la verge pour profiter de son lubrifiant naturel. Elle jeta un coup d'œil par-dessus son épaule et vit que les pupilles de Gryff étaient noirs, ses lèvres plaquées l'une contre l'autre comme s'il s'efforçait de ne pas la pilonner.

Avec un petit sourire et l'aide de Trey, elle se leva et s'abaissa lentement jusqu'à ce que Gryff s'enfonce jusqu'aux couilles. Soupirant et fermant les yeux un instant, elle savoura l'étirement et la sensation de plénitude. Les doigts de Gryff creusèrent plus profondément la chair de ses hanches.

Il fit un bruit qui donna la chair de poule à Rayne.

— Si tu ne fais pas vite un truc, tu vas te retrouver sur le dos, l'avertit-il.

— Patience, Patron, chuchota Trey en jetant un coup d'œil à Gryff par-dessus l'épaule de l'avocate.

Puis il l'embrassa, explorant sa bouche, bougeant ses lèvres sur les siennes jusqu'à ce qu'elle gémisse. Trey attrapa ses seins et les serra l'un contre l'autre, rompant finalement leur baiser pour baisser la tête afin d'effleurer chaque mamelon avec sa langue, cueillir chaque pointe dure entre ses lèvres.

— Mets tes mains sur mes épaules, dit-il, les yeux brillants. Utilise-moi pour t'équilibrer.

Elle fit ce qu'il lui proposait et fut surprise de voir à quel point ses mains paraissaient minuscules sur ses larges épaules tatouées. Avec son mètre soixante-dix, elle n'était pas petite, mais elle n'était pas grande non plus. Malgré tout, le contraste soulignait à quel point les deux hommes étaient immenses, et pas seulement en taille.

Trey se pencha, se blottissant dans son cou, alors que

Rayne l'utilisait pour se soulever et s'abaisser lentement sur Gryff.

— Putain, gémit Gryff. Plus vite.

— Non, murmura Trey contre la gorge de Rayne. Vas-y doucement. Fais en sorte que ça dure.

— Ce n'est pas ça qui va me faire tenir. Tu me tortures, dit Gryff propulsant ses hanches.

— Avoir ta bite enveloppée par sa chatte chaude et humide n'est pas de la torture, monsieur Patron. Pas du tout.

— Ça l'est quand t'essaies de ne pas gicler en trente secondes.

Trey s'esclaffa.

— Attends qu'elle jouisse et que ses muscles tendus pressent ton sexe si fort que ça te remonte au cerveau.

— Tais-toi, Trey. Tu ne m'aides pas, grommela Gryff.

Trey gloussa à nouveau et posa ses lèvres sur l'épaule de Rayne. Elle devina qu'il observait le visage de Gryff pendant qu'elle le chevauchait. Lorsque Trey enfonça doucement ses dents dans sa chair, elle s'arrêta en plein mouvement et sursauta.

— Ah, t'aimes ça, bébé ?

Elle inspira, le souffle court.

— Recommence.

Il s'exécuta, un peu plus fort cette fois. Elle écrasa son bassin contre Gryff qui ravala un juron.

— Encore, dit Rayne, ses paupières papillonnant lorsque Trey se rapprocha de son cou et y planta ses dents. Oh, mon Dieu ! gémit-elle.

— Ah, putain, bébé. Les fessées *et* les morsures. T'es la fille de mes rêves, murmura-t-il en baissant la tête vers ses seins et les mordillant aussi.

La poitrine de Rayne se souleva, et elle balança ses hanches pour tenter d'attirer Gryff plus profondément. Mais c'était impossible, il ne pouvait pas aller plus loin. Elle lâcha l'épaule de Trey et découvrit que son clito était super sensible quand elle le toucha avec la main qu'elle venait de libérer.

— Encore, réclama-t-elle en encerclant son clitoris et le pressant avant de crier. Encore, Trey !

Il s'exécuta en enfonçant une nouvelle fois ses dents plus profondément dans le téton de Rayne, puis parcourant le relief avec sa langue.

— Je t'emmerde, Trey. Va te faire foutre. Chaque fois que tu la mords... Oh putain. Oh putain. Je peux pas...

— Attends, bébé, dit Trey.

Rayne savait qu'il ne s'adressait pas à elle. Il avait appelé Gryff bébé, même s'il ne s'en était pas rendu compte.

La bite de son patron se durcit encore plus en elle. L'organe palpitait. Il allait venir.

— Je veux jouir en même temps, supplia-t-elle Trey. Oh, mon Dieu. Aide-moi à venir en même temps.

Sans un mot, Trey recula pour s'allonger sur le ventre, entre les jambes de Gryff, son visage à l'endroit où leurs corps se rejoignaient. Il avança suffisamment pour mettre sa bouche sur son clito alors qu'elle était toujours remplie par Gryff.

Elle cria, cambrant son dos, ses hanches s'immobilisant.

— Qu'est-ce que... commença Gryff, mais ses mots s'envolèrent. Oh putain, qu'est-ce que...

Rayne baissa les yeux et vit la tête de Trey entre ses cuisses et celles de Gryff. Alors qu'il s'affairait sur son clito avec sa bouche, elle pensa que c'était *la* chose la plus merveilleuse qu'elle ait jamais ressentie. Avoir la bouche de Trey sur elle pendant que Gryff était aussi profond que possible...

Ses orteils se recourbèrent alors qu'elle sentait la naissance d'un orgasme. Puis Trey baissa la tête et aspira dans sa bouche les bourses de Gryff.

— Qu'est-ce... que... putain, gémit Gryff à bout de souffle.

Rayne enfonça ses mains dans les cheveux de Trey tandis qu'il faisait entrer et sortir les couilles de Gryff de sa bouche, les léchant, les suçant. L'un de ses longs doigts pressa son clitoris. Il n'oubliait pas de s'occuper d'elle. Pas un seul instant.

C'était un amant si généreux. Elle avait tellement de chance.

Sa dernière pensée disparut quand son corps ondula autour du manche de Gryff, le serrant. Gryff gicla violemment en elle, son corps s'inclinant, la soulevant et l'éloignant de la bouche de Trey. Le cœur de Rayne battait la chamade, son corps frémissait. Pendant un instant, elle eut le souffle coupé, alors que les derniers soubresauts de son orgasme s'estompaient. En quelques secondes, elle se liquéfia. Trey se rassit sur ses talons et la prit dans ses bras.

— C'est ça, bébé, murmura-t-il contre sa tempe, écartant ses cheveux de son visage. C'était magnifique. Il te faudrait un grand miroir ici pour que tu puisses voir ton visage en jouissant quand il est au fond de toi.

Elle essaya de secouer la tête, mais c'était impossible. Elle posa donc sa joue sur l'épaule de Trey et reprit son souffle.

Elle se dit qu'elle bougerait une fois que Gryff se serait ramolli. Mais ce ne fut pas le cas. Pas tout de suite. Au moins, ses doigts n'agrippaient plus ses hanches. Au lieu de cela, il lui caressait doucement le dos en de longs gestes apaisants. Si elle avait été un chaton, elle aurait ronronné.

— Ça va ? demanda-t-elle à Gryff, désireuse de voir son visage, mais encore trop épuisée pour bouger.

— Très bien, répondit-il, lui-même un peu essoufflé.

— T'as besoin d'aide ? s'enquit Trey auprès de l'avocate.

— Oui, s'il te plaît.

Il passa un bras autour d'elle pour la soulever des hanches

de Gryff. Avant de la laisser s'écrouler sur le lit, il la prit dans ses bras et l'embrassa fougueusement. Puis il la guida à côté de Gryff.

— Ça va mieux ?

— Oui, merci. Je ne suis pas impuissante. Juste encore en extase.

— Je vois ça, dit Trey, une expression amusée sur le visage. D'abord moi, puis le grand gaillard. Je suis sûr qu'on t'a bien épuisée.

— Mais c'est une bonne fatigue.

Même si elle disposait d'un grand lit, lorsque Trey se blottit contre elle, la place vint à manquer. Trey s'allongea sur son flanc, observant Gryff et elle avec un sourire satisfait.

— T'as aimé ? demanda-t-il à Gryff.

Elle se demandait s'il répondrait honnêtement. Gryff tourna la tête vers eux, croisa d'abord les yeux de Rayne, une lueur qu'elle ne reconnut pas, puis le regard interrogateur de Trey.

— C'était vraiment dément.

Trey fit un grand sourire à Gryff, ce qui illumina son visage, puis se pencha pour embrasser Rayne sur le nez tout en lui caressant le bras.

— Il a trouvé que c'était dément.

Rayne soupira de soulagement.

— Je suis d'accord. C'est ma nouvelle position préférée. Il va falloir qu'on lui trouve un nom.

— Comme l'Andromaque inversée.

Gryff ricana. Rayne ne put s'empêcher d'être folle de joie que Gryff commence à accepter l'attention de Trey. Sans oublier qu'il admettait qu'il avait aimé ce qu'ils avaient fait.

Il y avait encore de l'espoir.

— Mais c'est à moi de faire le cow-boy ensuite.

— Pas ce soir, dit doucement Rayne avec un regard dissuasif à l'attention de Trey.

Il ne devrait pas trop pousser Gryff ce soir.

— Non, pas ce soir, accorda Trey, mais il soupira, l'air un peu déçu. Quand tu seras prêt, monsieur Patron.

— Et si je ne suis jamais prêt ?

Rayne chercha à tâtons la main de Gryff et la serra. Il entrelaça leurs doigts et les porta à ses lèvres pour embrasser le dos de ses doigts, puis les posa sur son torse.

Trey devait être dans le même état d'esprit qu'elle. Car aucun d'eux ne lui répondit. Ni l'un ni l'autre ne voulait anticiper les choses. Ni réfléchir si négativement. Rayne pensait que Gryff finirait par accepter ouvertement ses désirs, mais que cela prendrait un peu de temps.

Du temps, ils en avaient... à moins que Trey se retrouve en prison pendant quelques mois.

Ce qui pouvait très bien arriver. Elle fronça les sourcils.

— Ne fronce pas les sourcils, bébé. J'accepterai sa décision.

Trey croyait à tort que son froncement de sourcils faisait écho à la question de Gryff. Elle le laisserait le penser. À ce moment précis, c'était inutile de soulever le sujet des poursuites contre Trey. Elle voulait profiter du fait d'être prise en sandwich entre les deux hommes. La journée leur offrait suffisamment de temps pour se préoccuper des questions juridiques plus tard.

Gryff roula sur son flanc pour se mettre face à Trey.

— Je n'ai pas dit oui. Je n'ai pas dit non.

— Pas besoin de faire quoi que ce soit maintenant, lui assura Rayne. On peut changer de sujet ?

— Oui, changeons de sujet. Pourquoi tu t'es fait tatouer ? demanda Trey à Gryff. Je n'ai jamais vu quelqu'un avec une seule pièce si grosse. D'habitude, les gens commencent par des petits.

Gryff hésita si longtemps que Rayne pensa qu'il ne répondrait pas.

— J'étais jeune et stupide.

Trey secoua la tête, puis l'appuya sur sa main. À présent, il faisait paresseusement dériver sa main sur la gorge de Rayne, puis sur ses seins, jusqu'à son pubis, et remontait.

— Tu ne l'as pas fait quand t'étais jeune et stupide.

Lorsque Rayne l'avait vu pour la première fois et lui avait posé la question, elle avait pensé la même chose. Le tatouage était trop grand. Trop cher. L'œuvre semblait être de qualité.

— Non, je me le suis fait faire parce que *j'ai été* jeune et stupide.

Soudain, Trey se pencha plus près, comme s'il ne voulait pas rater cette histoire.

— Jeune ? Stupide ? C'est impossible. Je ne peux pas t'imaginer ainsi... Toi, le grand Gryffin Ward.

— Ça arrive, dit Gryff en fronçant les sourcils.

— Bien sûr. Parfois, on peut être stupide sans être jeune.

— Tu veux dire comme toi.

Rayne ne manqua pas la lueur dans les yeux de Trey. De la peine, peut-être.

— Oui, comme moi, répondit finalement Trey à voix basse. Je sais que je ne t'arrive pas à la cheville sur ce point-là, Gryff. J'en suis même loin. Oui, je gagne ma vie parce que je lance très bien un ballon. Mais je ne suis pas assez bon pour toi. Je te fais honte, n'est-ce pas ? Tu te souviens quand j'ai dit que je serais la tache sur ta réputation immaculée ?

Silencieuse, Rayne resta allongée, son cœur se serrant pour Trey, pour la peine dans sa voix. Il croyait vraiment que Gryff ne l'acceptait pas, non seulement parce que Trey était un homme, mais aussi parce qu'il avait un passé.

À ce sujet, Rayne souhaitait poser des questions à Gryff. Mais pas maintenant. Il valait mieux laisser les choses se dérouler entre eux, sans son intervention. Au moins, ils avaient dépassé le stade où Gryff avait envie de mettre une raclée à Trey. Ce dernier voulait que Gryff l'accepte comme un égal. Comme un amant.

Gryff avait encore du mal à le faire.

— Elle n'a pas toujours été immaculée, Trey, admit doucement Gryff.

Chapitre Neuf

Rayne contempla Gryff d'un air surpris, mais il évita son regard et se rallongea sur le dos pour fixer le plafond.

Il ne voulait pas aborder ce sujet. Pas avec Rayne. Pas avec Trey. Pas avec Gray. Avec personne.

Il ne pouvait pas ignorer son passé, mais il avait travaillé dur pour arriver où il en était. Pour avoir autant de succès.

Il n'y avait rien de mal à être jeune et stupide. Jusqu'à un certain point. Mais il avait dépassé ce stade et avait fait des choix risqués, susceptibles de changer sa vie.

Il n'avait pas forcément envie d'oublier cette période. D'où le tatouage. Mais il ne voulait pas s'ouvrir, et que les autres le jugent.

Pourtant, il avait jugé Trey.

Plus d'une fois.

Putain.

Gray avait raison de dire que Gryff n'avait pas le droit de le juger.

— Je suis désolé.

Trey passa le bras par-dessus Rayne et serra ses doigts autour du biceps de Gryff.

— Pour quoi ?

— Pour t'avoir injustement jugé. Je n'ai pas le droit de le faire.

Rayne s'installa sur son flanc pour se presser contre lui et Trey se mit en cuillère dans son dos. Elle passa le bout de ses doigts sur le front plissé de Gryff, essayant de le lisser.

Aucune relation n'était définie entre eux, qu'elle soit conventionnelle ou non. Il n'avait pas besoin de vider son sac. C'était inutile de leur révéler ses secrets les plus sombres.

L'ignorance leur allait bien.

Mais pour une raison ou une autre, il avait envie de le leur dire, de se soulager. De se débarrasser du dragon sur ses épaules. Pour qu'ils comprennent d'où il venait, pourquoi il était celui qu'il était aujourd'hui.

Il ne savait pas pourquoi il avait besoin de se libérer de ce fardeau. Il devait le faire, tout simplement.

C'était peut-être l'intimité qu'ils partageaient présentement. C'était peut-être l'attraction qu'il avait ressentie ce soir, après qu'ils soient tous mis à nus. Physiquement et émotionnellement.

Quoi qu'il en soit, quelque chose le tiraillait, et ce n'était pas uniquement sexuel. Ce n'était pas seulement le soulagement physique.

Il tourna la tête et scruta les deux personnes qui, à leur tour, le contemplèrent en silence.

Sa poitrine se serra, et il eut soudain très, très peur.

Qu'arrivait-il à sa vie ? Comment s'était-il retrouvé au lit avec non seulement une de ses employées, mais aussi un homme, qui s'avérait aussi être un client ?

Il cligna des yeux.

— Ne t'avise pas de te fermer maintenant, dit Rayne avec

les yeux tristes. Patron... Gryff. S'il te plaît. Ne nous exclue pas.

Il ferma les yeux, aspirant l'air par ses narines. Soudain, son cœur s'emballa, et son cerveau partit en vrille.

C'était impossible qu'il ait une crise de panique. Il était plus fort mentalement.

Ses poumons lui donnèrent l'impression de le compresser. Il fut incapable de reprendre son souffle. Il tendit désespérément la main vers eux...

Quand leurs mains lui répondirent, lorsqu'elles entrèrent en contact avec sa peau, sa poitrine recommença à se soulever et à s'abaisser sans encombre. Sa vision se dégagea. Ses pensées se calmèrent.

— *Bon sang !* murmura-t-il en clignant des yeux.

Rayne passa le dos d'un doigt sur sa joue. Trey pressa sa main. Ni l'un ni l'autre ne dit un mot. Il ne parvenait pas à tourner les yeux vers eux, incapable de regarder l'inquiétude sur leurs visages. Il devait tout déballer avant de ne plus pouvoir le faire.

— Je viens d'un foyer formidable. Avec des parents aimants et brillants. Mes frères et sœurs... J'avais tout. Les étoiles étaient alignées. Tout ce que j'avais à faire, c'était d'obtenir mon diplôme. Une place dans une bonne université m'était assurée aux frais de mes parents. Je n'avais pas besoin d'une bourse pour m'aider à faire des études. Mon parcours était tout tracé. Je vénérais mon frère. J'adorais mes sœurs. Mais je suis devenu insouciant. La vie me paraissait ennuyeuse, prévisible. Aucune difficulté. Mon frère jouait au football, mais contrairement à lui, je ne désirais pas faire de sport. Je ne voulais rien faire d'autre que traîner avec mes amis. Jouer à des jeux vidéo. Faire la fête.

Il prit une grande inspiration et ferma les yeux aux souvenirs qui remontaient.

— Un genre de soirée mène à un autre. Et soudain, les gens autour de toi commencent à changer. Des gens se détachent, d'autres se rapprochent. Peut-être pas les bonnes personnes. Pas vraiment les amis qui t'auraient ramené chez toi avant le couvre-feu ou qui se seraient occupés de toi. Non. Au lieu de ça, ce sont des personnes qui t'encouragent à faire la fête plus longtemps, plus sauvagement. À sécher les cours. À envoyer balader tes parents. À tout envoyer promener, sauf la quête de l'euphorie. Et soudain, ta vie est centrée sur cette défonce, jusqu'à ce que cette excitation s'estompe. Ensuite, tu recherches un plus grand frisson. L'ivresse ultime. J'ai commencé à poursuivre ce dragon hors de portée.

— Gryff... chuchota Rayne.

Gryff leva une main pour la stopper. Il avait besoin de vider son sac.

— J'ai pourchassé ce dragon jusqu'à ce qu'il m'attrape. Qu'il me fasse couler. Ensuite, j'ai fait un truc vraiment stupide parce que mon argent de poche plus que généreux ne suffisait plus. Je me suis fait prendre. J'ai cru que ma vie était finie, mais j'ai eu de la chance. Mes parents m'ont soutenu et ont payé un bon avocat. J'ai eu une deuxième chance. J'ai saisi cette opportunité et suis allé jusqu'au bout, sans jamais regarder en arrière.

Si son père ne lui avait pas trouvé un bon avocat, il aurait été condamné et se serait perdu dans le système. S'il avait dépendu du système, il ne s'en serait peut-être jamais échappé et n'aurait jamais rien fait de sa vie. C'était pour cette raison qu'il avait décidé d'aider les autres, d'essayer d'éviter aux innocents ou aux personnes qui avaient commis une erreur stupide, de finir dans un système sans fin. Leur donner une seconde chance, comme lui. Il serait à jamais redevable à cet avocat. Je ne pourchasse plus le dragon. J'ai vaincu ce salaud. Je le porte sur mes épaules comme preuve et comme rappel. C'est pour ça que je suis intransigeant avec moi-même.

Il roula sur son flanc et leur fit face à tous les deux.

— C'est pourquoi je suis dur avec toi, Trey.

Trey écoutait, le menton appuyé sur le bras de Rayne et la cuisse drapée sur la sienne. Lorsque Gryff croisa son regard, Trey passa son bras autour du cou de l'avocat, l'attirant plus près de lui pour lui donner un rapide baiser sur les lèvres, puis il le relâcha.

— Je veux être cet avocat qui t'offrira une seconde chance. T'as un don. Ne le gâche pas.

— C'est pourquoi j'ai besoin de vous deux.

— On va te sortir de là, assura Gryff en secouant la tête. Ensuite, c'est à toi de continuer sur la bonne voie, de ne pas aller en prison, d'arrêter les bagarres dans les bars, dans les vestiaires, dans les ruelles. Si tu souhaites être avec moi, avec *nous*, il ne faut pas que tu déconnes. Je ne pourrai pas croiser les bras et te regarder te planter. Je ne le ferai *pas*. Souviens-toi de ça.

— Compris, monsieur Patron. Je veux que vous assuriez tous les deux mes arrières et je veux vous garder tous les deux dans mon lit. Je promets de bien me comporter.

— Je jure d'essayer d'être plus flexible quand on parle d'être ensemble tous les trois.

— Tu veux dire, quand on fait des cochonneries ? Quand on s'envoie en l'air ? Quand on agite le cocotier ? Quand on...

Gryff lui donna un coup de poing dans le bras.

— Aïe ! se plaignit Trey en se frottant le bras, mais il fit un grand sourire à Gryff et se mit à rire.

— Vous deux, souffla Rayne en secouant la tête et fixant Gryff. Merci d'avoir partagé ça avec nous, Patron.

— Non, murmura Gryff, le poids s'allégeant sur sa poitrine. Merci de nous avoir permis de te partager.

Chapitre Dix

DE LA MAISON de Rayne à la sienne en un clin d'œil. Les nuits défilèrent. Les jours traînèrent.

Au cours des deux dernières semaines, Gryff n'était pas resté tard au bureau.

Pas une seule fois.

Rayne non plus.

La lumière du jour était consacrée aux autres. La nuit était pour eux. Seulement pour eux.

Tous les jours, Rayne avait discuté avec Grant Lane, le collaborateur que Gryff avait mandaté pour « présider » le dossier de Trey.

Grant était très bon. Mais pas au niveau de Gryff. Et certainement pas à la hauteur de Rayne.

Mais elle avait d'innombrables réunions dans le bureau de Grant. Elle l'aidait avec le procureur, rassemblait les faits, cherchait des témoins. Tout pour que les charges contre Trey soient abandonnées. Ils avaient même dépêché le détective privé du cabinet, Elliott, qui s'avérait être l'un des meilleurs de sa profession.

Gryff ne prenait que les meilleurs dans son entreprise. C'était pour cette raison qu'il était au sommet. Aucun de ses collaborateurs et lui ne paraissait. Les boulets n'avaient pas leur place et il n'avait pas la patience non plus de traiter avec eux.

Gryff ne facturait pas à Trey toutes les heures de travail d'Eli, bien qu'il ne le lui ait pas dit.

Ils devaient éviter le procès. Si le procureur n'acceptait pas de démettre les charges, ils devraient donc tenter de conclure un accord. Cette option faisait rechigner Trey. Gray s'était également prononcé dans le même sens. Il ne voulait pas d'accord non plus. Il souhaitait que Trey soit complètement innocenté.

Mais pour ça, il fallait que Trey échappe aux griffes du juge Thompkins, coûte que coûte.

Au cours des deux dernières semaines, ils ne s'étaient jamais montrés en public. Trey était trop reconnaissable, et parfois, les médias le guettaient. Surtout les journaux à scandale.

Ils fuyaient son appartement et finissaient la plupart du temps chez Rayne ou Gryff. Trey avait même loué une simple Honda pour aller et revenir de chez l'un ou chez l'autre. Il portait une vieille casquette de base-ball miteuse, des lunettes de soleil, et souvent un sweat à capuche pour éviter d'attirer l'attention.

Mais malgré cela, ils n'avaient pas passé une nuit sans être ensemble tous les trois.

Gryff n'était pas stupide. Il savait que Trey le « préparait » à devenir son amant en tous points.

Aussi agréables qu'eussent été les deux dernières semaines, les soirées tardives avaient laissé des traces sur Rayne et lui. Le matin, ils arrivaient au travail, épuisés, engloutissant tasse de café sur tasse de café. Ils ne pouvaient pas continuer comme ça.

Trey ? Pas vraiment. Exclu de l'équipe, il ne devait se présenter nulle part. Il pouvait faire la grasse matinée, se faire masser, se prélasser dans son appartement et faire de la musculation en plein milieu de l'après-midi. Suivi d'une sieste.

Une putain de sieste.

Même Rayne avait levé les yeux au ciel à cet aveu.

Durant ces deux semaines, des règles s'étaient lentement créées. Pas officiellement. Mais elles étaient *sous-entendues*.

En raison de l'absence de préservatifs, Gryff avait insisté pour qu'ils fassent tous un test de dépistage, puis continuent à le faire régulièrement, quelle que soit la durée de l'expérience. Personne n'avait rechigné.

La règle suivante sur laquelle Rayne avait insisté...

Elle prendrait qui elle voulait, quand elle le voulait et où elle voulait.

Aucune jalousie n'était permise.

Cette règle n'enchantait pas Grey, alors que Trey s'en moquait éperdument.

Mais, avait ajouté Trey, s'il désirait être seul avec Gryff, elle ne pouvait pas râler. Gryff trouva moyennement amusant qu'elle accepte, bien qu'à contrecœur. Elle avait quand même insisté sur le fait que c'était excitant de les voir tous les deux.

Cependant, à part les baisers, les caresses et les pipes, rien n'avait avancé entre Gryff et Trey.

Quand Trey avait dit qu'il irait doucement, il avait été sincère. Même si Gryff appréciait le sentiment, il était prêt à avancer.

Il désirait Trey, il en était maintenant conscient. Voir la nudité de l'homme depuis presque quatorze nuits lui avait ouvert l'appétit. Sans oublier que le sportif était très doué avec sa bouche.

Ce soir, ils se retrouvaient chez Gryff. Comme c'était vendredi, il leur avait demandé d'amener leurs affaires pour passer la nuit sur place. Ce qu'ils n'avaient jamais fait auparavant. À la fin de chaque soirée, même s'il était tard, ils partaient chacun de leur côté.

Cette fois, ça allait changer.

— Je pensais que tu ne le proposerais jamais, avait commenté Trey avec un air malin.

— Bien compris, Patron, avait répondu Rayne quand il le lui avait annoncé ce matin.

En rejetant ses cheveux et lui faisant un sourire complice, elle était sortie de son bureau dans une de ces jupes qui lui moulaient les fesses. Elle l'avait laissé avec une érection qui l'avait bloqué sur sa chaise pendant dix bonnes minutes.

Le portable de Gryff vrombit sur son bureau. Un coup d'œil à l'écran allumé révéla un message de Trey.

Quand tu m'as dit de prendre mes affaires, tu parlais de jouets et d'une cuve de lubrifiant ?

Avant que Gryff ne puisse lui répondre, un autre message lui parvint. *T'as des préservatifs ?*

Gryff fixa son téléphone. Aucun d'eux n'utilisait de préservatif avec Rayne. Il ne voyait qu'une seule raison d'avoir besoin de protection. Trey supposait qu'ils passeraient au niveau supérieur.

Gryff mit ses doigts en cloche devant son visage et expira.

Son téléphone vibra à nouveau. *Tu n'imagines pas à quel point je suis pressé d'être ce soir.* Puis : *Vous pouvez quitter le bureau plus tôt ?*

S'il te plaît ?

OK, très bien. Ignore-moi. Je vais me préparer. Parce que je sais que je vais recevoir ce soir.

— Bordel de merde, murmura Gryff, un nœud se formant dans son ventre.

Il pensait être prêt... Mais il ne l'était peut-être pas.

C'était une chose de fantasmer sur Trey. C'en était une autre de passer à l'acte. Il s'était réveillé plusieurs nuits avec une vigoureuse érection après avoir rêvé ce qu'ils feraient ensemble.

C'était maintenant ou jamais. Parce que si cela n'était pas amené à se produire entre eux, Trey devait le savoir. Ce serait alors au joueur de décider s'il désirait continuer leur relation à trois selon les termes actuels. Il avait le sentiment que Rayne souhaitait qu'ils soient tous partenaires de manière égale. Ce qui signifiait qu'ils devaient tous donner... et tous recevoir.

Gryff croisa les bras sur sa chaise et ferma les yeux.

Partenaires.

Pour Gryff, être partenaires impliquait aussi un type de relation. Une *vraie* relation, comme celle que Gray entretenait avec Paige et Connor.

Ils n'avaient pas évoqué de relation à long terme. Gryff s'était simplement dit qu'une fois la nouveauté passée, ils partiraient chacun de leur côté.

Ou du moins, Trey se dirigerait vers sa prochaine conquête, et laisserait Rayne et Gryff décider de ce qu'il y avait entre eux deux.

Car, quoi qu'il se passe, Gryff ne voulait pas perdre Rayne, et ce, même si leur ménage à trois finissait par se dissoudre.

Il considérait toujours de faire d'elle une associée dans son cabinet. Et dernièrement, une partenaire de vie. À ces côtés, il aurait une femme forte et intelligente.

Putain de merde.

— Patron.

Il ouvrit brusquement les yeux. Il envisageait une relation sérieuse, voire permanente, avec la femme qui venait d'entrer dans son bureau. Si elle acceptait.

Elle ferma la porte du bureau derrière elle et s'approcha d'un air sérieux.

Merde.

— Je n'arrive pas à me concentrer.

Elle n'était pas la seule.

— T'es sûr d'être prêt ? demanda-t-elle en lui lançant un regard inquiet alors qu'elle contournait son bureau.

Il tourna sa chaise vers elle, et elle se faufila entre ses jambes, posant sa paume sur sa joue.

Son cœur battait la chamade dans sa poitrine à la caresse soucieuse de Rayne.

— Il faut que je sache. Il n'y a pas d'urgence, dit-elle en penchant la tête et le scrutant.

— Je ne vois pas l'intérêt de faire patienter Trey si je sais que je n'aurai jamais envie d'être complètement avec lui.

— J'aimerais pouvoir dire que ça ne le dérangerait pas que les choses restent comme elles sont actuellement, mais je ne pense pas que ce soit ce qu'il souhaite. Je crois qu'il finirait par être déçu.

— Je sais ce qu'il désire.

— Oui, en effet, confirma-t-elle en hochant la tête.

— Je sais ce que tu souhaites.

Elle resta silencieuse un moment.

— Oui, mais ce que je veux…

Elle secoua la tête.

— Je ne souhaite pas qu'on te pousse à faire quelque chose qui te mette mal à l'aise.

Au lieu de répondre, Gryff enroula une mèche des cheveux de Rayne autour de son doigt, puis la laissa se dérouler toute seule.

— Je ne veux pas que tu fasses quelque chose que tu regretteras.

— Personne ne me pousse à faire quoi que ce soit. Si je le fais, c'est parce que j'en ai envie, lui assura-t-il.

Elle se percha sur sa cuisse et passa ses bras autour de son cou, avant de se blottir dans son cou.

— Je n'arrête pas d'y penser. Je suis tellement mouillée.

— Ah bon ?

Gryff glissa une main sous sa jupe et caressa les bas au sommet de ses cuisses. L'humidité chaude sous ses doigts lui donna une érection instantanée. *Encore.*

— Oh, oui, je vois ça. Je suis tenté de te prendre tout de suite.

— Dani pourrait entrer.

— Oui, c'est vrai.

Rayne approcha ses lèvres tout près des siennes.

— Je ne devrais même pas être assise sur tes genoux.

— Non. Tu ne devrais pas.

— Patron, si tu continues à me toucher comme ça, tu finiras par me faire jouir. Même avec mes bas. Je suis prête à ce point.

— Ce serait dommage.

Il la caressa plus vite et plus fort. Rayne se tortilla sur ses genoux et il gémit quand le cul de son employée buta contre sa bite.

— *Patron...*

— Dis-moi de te faire jouir.

— Patron...

— Dis-le-moi.

— Oh... putain. Patron... fais-moi jouir. Fais-moi...

Elle se crispa et ses hanches ruèrent, ses cuisses bloquant sa main entre elles. Lorsqu'elle cria, il colla sa bouche à la sienne pour étouffer le son. Pourtant, lui aussi avait envie de hurler. Il était terriblement dur, et il doutait de pouvoir se soulager avant ce soir.

Étonnamment, il n'avait pas fait un carnage dans son pantalon en voyant le visage de l'avocate se déformer de plaisir alors qu'elle jouissait.

Mon Dieu ! Elle était si belle. Surtout lorsqu'elle était dans les affres de l'orgasme.

Il porta une main à son érection et se frotta. Bon sang, c'était la deuxième fois aujourd'hui qu'elle lui faisait cet effet.

Elle rompit le baiser lorsque son corps cessa de trembler et appuya son front contre le sien tandis qu'elle haletait, essayant de reprendre son souffle.

— J'ai hâte de refaire l'Andromaque inversée, murmura-t-elle d'une voix rauque.

— Ce ne sera peut-être pas pour ce soir.

— Non.

— Mais bientôt.

— Oui, dit-elle. Très bientôt.

Elle se leva et arrangea sa jupe en se dirigeant vers la porte.

— Rayne, l'appela-t-il.

Elle s'arrêta et le regarda par-dessus son épaule.

Il voulut lui dire à quel point elle comptait pour lui. Mais il était trop tôt. Les choses étaient encore incertaines.

Ce n'était peut-être pas le moment.

— Patron ? demanda-t-elle en haussant un sourcil.

Il secoua la tête.

— Rien. Je te verrai ce soir. Ferme la porte derrière toi, s'il te plaît.

— Oui, Patron, répondit-elle en lui faisant un clin d'œil et un sourire avant de sortir.

Il la désirait. Il la posséderait. Qu'il s'agisse d'un plan à trois ou juste eux deux, elle était à lui.

LA POITRINE de Rayne se serra et elle tordit ses mains alors que Gryff faisait les cent pas dans le salon. Sa nervosité lui donnait des sueurs froides.

— T'es sûr que tu ne veux pas un verre ? lui demanda-t-elle en indiquant le whisky-coca intouché qui se trouvait sur une table voisine.

— Non.

Zut ! S'il ne le buvait pas, elle le ferait. Elle s'empara du verre et en prit une bonne gorgée, la chaleur de l'alcool envahissant son ventre.

— Quelle heure il est ? Je n'ai pas dit sept heures ?

— Tu portes une montre, lui rappela-t-elle.

— Quoi ? Oh.

Il leva son poignet.

— Il est sept heures cinq.

— C'est Trey. Quand a-t-il été en avance pour l'une de nos... nuits ensemble ?

Elle fut surprise que Trey ne soit pas en avance pour une fois. Surtout qu'il avait eu hâte d'être ce soir et de passer à l'étape suivante.

Il s'arrêta brusquement devant elle, lui arracha le verre des mains et en but le contenu avant de le lui rendre vide.

Les coins des lèvres de l'avocate se courbèrent vers le haut.

— Tu souhaites que je t'en prépare un autre ?

— Non.

Ce qui voulait dire oui. Elle se dirigea vers le bar et lui en servit un second, un peu plus fort cette fois-ci. Elle prit une rapide gorgée, puis s'avança vers lui jusqu'à ce que la sonnette retentisse.

Tous deux s'immobilisèrent et leurs regards se croisèrent.

Les yeux de Gryff paraissaient légèrement plus grands que d'habitude.

— Tu vas ouvrir la porte ?

— Putain, murmura-t-il en attrapant la boisson fraîche qu'elle lui tendait et avalant encore une fois la moitié du verre.

— Pas grave. Je vais répondre.

Elle lui tapota le bras et se dirigea vers le vestibule, ouvrant la porte à un Trey tout excité.

— Hé, bébé ! la salua-t-il en entrant d'un pas pressé, lui donnant un gros baiser peu soigné sur les lèvres avant de reculer et de la regarder. Bon sang, t'es canon.

Rayne portait des talons aiguilles, des bas à hauteur de cuisse avec une couture à l'arrière, les préférés de Gryff, et une jupe en cuir noir qui couvrait à peine le haut des collants. Elle avait également déniché un chemisier rouge transparent et avait en dessous un débardeur noir en dentelles qui mettait en valeur son généreux décolleté.

Lorsqu'elle était arrivée chez Gryff, il l'avait retrouvée dans la cuisine, l'avait regardée, avait poussé un juron et l'avait menacée de la prendre contre le mur. Elle avait été assez satisfaite de sa réaction.

— T'aimes ? demanda-t-elle à Trey, connaissant la réponse.

— Bof.

Elle bascula la tête en arrière et rit.

— Comment il va ? murmura Trey, ce qui la dégrisa rapidement.

— Il flippe.

— Merde. C'est pas bon, chuchota-t-il.

— Non.

— Je veux qu'on réussisse, bébé.

— Je sais. Lui aussi.

— Où il est ?

— Dans le salon.

— Je suis dans le salon et je vous entends, dit Gryff.

Ils se regardèrent et dirent tous les deux « Merde », puis rirent.

— Viens, bébé. J'adore cette tenue, mais, bon sang, j'ai aussi hâte de te l'enlever.

— Je devrais peut-être vous observer ce soir, suggéra-t-elle en entrant dans le salon.

— Hors de question, répondit Gryff.

— Hé, monsieur Patron ! Salue-moi comme il se doit, dit Trey en s'approchant de Gryff et arrachant le verre de sa poigne d'acier, puis le tendant à Rayne.

— Va te faire foutre, Trey, dit doucement Gryff.

Mais il laissa l'autre homme lui passer la main derrière la tête et l'attirer vers lui.

— Ça va se faire. Je te le promets, murmura Trey contre les lèvres de Gryff avant que leurs bouches se scellent l'une sur l'autre.

Les observer s'embrasser fit non seulement vaciller Rayne, mais provoqua un afflux de chaleur et d'humidité entre ses cuisses. Elle n'avait pas mis de culotte ce soir. Plus le baiser durait et s'intensifiait, plus elle mouillait.

Non, elle ne se contenterait pas de les regarder ce soir. C'était impossible. Vraiment.

Lorsque la main de Trey se porta à la hanche de Gryff, il se propulsa contre lui et l'un d'eux gémit. Elle ignorait lequel, et elle s'en fichait. Dans un cas comme dans l'autre, cela envoya une vague d'électricité dans son corps.

Lorsque les deux hommes se séparèrent enfin, Gryff avait l'air beaucoup plus détendu. Son regard semblait un peu perdu. Trey était vraiment doué.

— T'as apporté un sac ? demanda Gryff à Trey, d'une voix rauque.

— Bien sûr. Je ne manquerais pas une occasion de me lover entre vous deux toute une nuit.

— Attends, qui a dit que tu serais au milieu ? le taquina Rayne.

— On se relaiera, répondit-il en lui faisant un clin d'œil.

— À ce stade, on ne devrait même pas parler de dormir, dit Gryff.

— Qui parlait de dormir ? rétorqua Trey, puis il se tourna vers Rayne. Bébé, tu peux m'apporter une bière ?

Elle hésita. Il ne lui avait jamais demandé de le servir auparavant. Quand il lui jeta un regard en coin, elle comprit qu'il avait besoin d'un moment seul avec Gryff. Elle acquiesça.

— Bien sûr, je reviens tout de suite. En fait, pourquoi je n'attendrais pas avec ta bière à l'étage ?

— Merci, chérie. T'es la meilleure.

Son anxiété du départ se transforma rapidement en impatience enthousiaste alors qu'elle prenait une bière dans la cuisine et allait vers la chambre principale de Gryff pour les attendre.

Chapitre Onze

Trey contempla le whisky-coca que Rayne avait remis à Gryff avant de s'absenter.

— Tu sais, Gryff, on n'en a pas parlé depuis que je t'ai interrogé sur ton tatouage il y a deux semaines. Mais...

Il passa une main sur son front, craignant la façon dont l'homme allait prendre sa question.

— Est-ce que tu devrais boire ?

Gryff haussa un sourcil.

— Sérieux ? Tout d'un coup, c'est *toi* le responsable ?

— J'ai déjà traversé un truc du genre. Je n'ai pas envie de revivre ça.

Gryff fronça les sourcils.

— De quoi tu parles ? T'étais toxico ?

— Non. Ma mère était alcoolique.

— Tu n'as jamais rien dit.

Trey avala la boule dans sa gorge.

— Non. Contrairement à toi, j'essaie d'oublier mon passé.

— C'était grave ?

— Assez. Ma sœur et moi avons pratiquement grandi

dans les bars du coin. Je ne comprendrai jamais pourquoi ils autorisaient les enfants à y entrer. Il y avait des trous dans le mur et des habitués peu recommandables. Je doute que ces bars se soucient des règles ou des règlements. Quand tu vends de la bière et des boissons bon marché, tu gagnes de l'argent sur la quantité, et non sur la qualité.

— T'as une sœur ?

— Oui. Elle est partie à seize ans. Je n'ai aucune idée de l'endroit où elle se trouve. Je n'ai pas entendu parler d'elle depuis. Je ne sais même pas si elle est en vie.

— Financièrement, tu peux te permettre de la chercher.

Oui, à ce stade de sa vie, il pouvait engager quelqu'un pour la retrouver. Mais...

— Ce n'est pas comme si j'étais difficile à trouver. Je suis le quarterback des Bulldogs, bordel de merde. Si elle souhaitait me contacter, ce serait facile pour elle. Donc, je suppose qu'elle ne veut pas être localisée.

— Et ton père ?

— Il est mort juste après la naissance de ma sœur, répondit-il en secouant la tête. C'est pour ça que ma mère a commencé à boire.

— Bon sang ! Je suis désolé. Rayne est au courant ?

— Je ne lui ai pas dit. Pourtant, votre détective privé a déterré les informations sur ma mère et les lui a données.

— Eli n'était pas censé fouiller dans ton passé, dit Gryff en fronçant les sourcils.

— Mais il l'a fait.

— Merde, lâcha Gryff en fermant les yeux.

Il était du même avis. Un peu déçu que Rayne ait découvert son histoire de cette façon. Non pas qu'il le lui aurait caché. Ni à Gryff. Mais il aurait préféré le lui dévoiler quand il était prêt. Il était un peu surpris que Rayne n'ait pas transmis l'information à son patron. Et leur amant.

— Ouais. Mais si j'en parle, c'est parce que… Toxicomane un jour, toxicomane toujours. Non ?

— Je ne suis pas comme ta mère. Je n'ai jamais été toxico. Oui, j'ai cherché la défonce, et oui, j'ai fait des conneries. Mais c'est à cause de ces conneries que je me suis fait prendre. Je me suis fait attraper assez tôt, avant d'être complètement perdu. J'étais plus guilleret qu'autre chose.

Trey ignorait de quoi il parlait.

— Un utilisateur occasionnel. Pas sur le long terme. Pas un drogué. Mais les week-ends, c'était la déchéance. Je commençais à faire la fête le vendredi soir et je n'arrêtai pas jusqu'au lundi matin, quand j'étais censé aller en cours.

— T'as eu de la chance alors.

— Oui. Je l'admets. En plus, j'avais des parents qui s'intéressaient à moi et qui l'ont remarqué. Mais avant qu'ils puissent intervenir, j'ai été arrêté pour possession de drogue et cambriolage. Heureusement, je n'étais pas entré dans la maison avec les autres gars puisque je faisais le guet. Je n'avais pas d'arme comme certains d'entre eux. Sans parler du fait que j'étais mineur et que c'était la première fois que je commettais un délit.

— Tes étoiles étaient alignées.

— Je pense que oui. Disons juste que tout ça m'a fait l'effet d'une gifle et m'a donné un coup de pied au cul. Je n'ai pas de tendance addictive, ce qui m'a aidé. Alors oui, je peux boire modérément sans problème. Ce n'est pas le cas de tout le monde.

Trey contempla l'homme devant lui. Gryff était l'une des personnes les plus honnêtes qu'il connaissait, avec son frère Gray. Ses parents avaient fait un excellent travail dans l'éducation de leurs fils en les accompagnant à devenir des hommes.

Trey supposait qu'il avait aussi un peu de chance. Même si son enfance avait été merdique, il aurait pu mal finir.

— Si l'entraîneur de football au collège ne m'avait pris sous son aile, les choses auraient pu être désastreuses pour moi. J'aurais pu pourchasser mes propres dragons.

Mais il n'aurait pas eu la chance de Gryff. Personne ne l'aurait soutenu. Surtout pas un entraîneur de football qui n'était pas de sa famille. Même lui avait ses limites.

— Pour rester dans les bonnes grâces de mon entraîneur, j'ai fait des trucs...

Des choses qui n'étaient en aucun cas légales pour un adulte envers un adolescent.

— Quel genre ? demanda Gryff en se raidissant de manière évidente.

Trey lui jeta un regard.

— Disons que personne ne se souciait que je passe le week-end, ou même les soirs d'école, chez mon entraîneur. Ma mère était juste contente de ne plus avoir à s'occuper de moi.

— *Seigneur* ! souffla Gryff en fourrant une main dans ses cheveux.

— Notre *relation* a duré tout le collège et le lycée, jusqu'à la remise des diplômes. Une fois que j'ai décroché une bourse pour l'université, je suis parti sans me retourner. Je ne suis jamais rentré à la maison pendant l'été, ni même pendant les vacances. Je ne suis plus jamais revenu chez moi.

Comme sa sœur, il avait abandonné le supposé parent qui lui restait.

Gray l'avait ensuite recruté lors de sa première année à la fac, mais lui avait dit qu'il devait d'abord obtenir son diplôme. S'il le faisait, il était assuré d'avoir une place dans l'équipe.

La première année, il était en troisième position et n'avait jamais quitté le banc. La deuxième année, il était au deuxième rang. Il remplaçait ses coéquipiers seulement en cas de besoin, ou pendant les matchs de pré-saison. La troisième année, le premier quarterback s'était blessé, et Trey l'avait remplacé pour terminer la saison avec de bonnes performances. À partir de ce moment-là, non seulement il était devenu quarterback titulaire, mais aussi un joueur vedette.

Jusqu'à ce qu'il se retrouve dans le pétrin juridique actuel.

Il regarda son avocat et amant. Tous les deux, ils avaient commencé leur parcours dans deux directions complètement différentes, et s'étaient finalement retrouvés dans le même salon. La vie était dingue.

Il lui en était reconnaissant.

Il se battait peut-être pour sa carrière, mais il était soutenu par les meilleurs. Selon lui, il avait les meilleurs dans son lit. Ce soir, il s'assurerait que Gryff irait jusqu'au bout, et qu'il ne se contente pas d'apprécier, mais qu'il en redemande.

Il n'offrirait pas la possibilité à Gryff de regretter sa décision ou de regretter d'être avec Trey. Celui-ci se jura de ne pas être la tache qui gâcherait la réputation de Gryff. Jamais.

— Je tiens à toi, monsieur Patron. Pour info, confia Trey. Je te l'ai déjà dit et je te le répéterai si nécessaire... Ne fais que ce qui te convient. Je ne veux pas attendre. Mais s'il le faut, je le ferai. Parce que je sais que ça en vaut la peine. Mais laisse-moi te dire ceci... Je te désire. Je te veux plus que n'importe quel autre homme avec qui j'ai été. Ça en dit long sur la volonté que j'ai à patienter. Sois-en conscient.

— Je sais, Trey. Mais tu n'as pas besoin d'attendre. Montons à l'étage.

Sur ce, Gryff pivota et se dirigea vers les escaliers, sans même attendre le quarterback.

Un frisson parcourut Trey de la tête aux pieds. *Putain de*

merde. L'homme était vraiment prêt. Tous ces petits pas avaient valu la peine.

Mais il ne fit pas de petits pas pour grimper les marches. Il les gravit deux par deux jusqu'à ce qu'il rattrape Gryff, manquant de le faire tomber dans son excitation.

———

Gryff s'agenouilla sur le lit pour regarder Trey et Rayne s'embrasser. Trey soutenait les seins de l'avocate dans ses paumes, jouant avec ses mamelons. Gryff contemplait le quarterback la faire gigoter et la faire gémir. Elle le suppliait de continuer.

Il était dur. Si rigide qu'il ne pouvait s'empêcher de se caresser. Même s'il admettait que cela l'excitait de les observer tous les deux, il devait encore repousser la jalousie qui tentait de s'immiscer.

Son instinct l'incitait à revendiquer cette femme, à la posséder. Aucun autre homme ne devait toucher sa femme. C'était un tempérament difficile à briser. Au cours des nuits qu'ils avaient passées ensemble, il avait remarqué qu'il se crispait, qu'il serrait les mains. Il avait dû sciemment faire l'effort de se détendre, de dépasser sa possessivité. Ses tendances d'homme des cavernes qui se tapait la poitrine et s'arrachait les poils.

Gryff entendit Trey dire quelque chose, mais son esprit s'était égaré. Il avait besoin de réentendre ce qu'il avait dit.

— Quoi ?

— Ce soir, il sera question de trains, répéta Trey, sans quitter Rayne des yeux ou enlever ses mains de son corps.

— Qu'est-ce que tu racontes ?

— Tout ce qu'on fera ressemblera à un train. Laisse-moi être le conducteur. Tu vas adorer. Je te le promets.

Un désir osé

Rayne entoura le cou de Trey avec ses bras et, tout en croisant le regard de Gryff, planta ses dents dans l'épaule du joueur. Le dos de l'homme s'arqua et il gémit.

— Oh... putain... ouais.

La bite de Gryff tressaillit dans sa paume et il répandit la perle de précum sur la couronne.

Trey loucha vers Gryff.

— Ce soir, toi et moi, on sera connectés à tout moment. D'une manière ou d'une autre. T'es d'accord avec ça ?

Gryff voulut dire oui, mais ses poumons semblèrent vides et son cœur battit la chamade. Il avait encore du mal à admettre ce qu'il désirait.

— Patron ? insista Rayne.

Il hocha la tête, essayant toujours d'aspirer de l'oxygène dans ses poumons.

— Prêt ? l'interrogea Trey en souriant.

Mon Dieu ! Était-il prêt ?

Il hocha à nouveau la tête.

— Bébé, assieds-toi contre la tête de lit, les genoux remontés, les cuisses écartées. Laisse-moi voir ta jolie chatte.

Quand Rayne fit ce qui lui était demandé, Gryff put constater à quel point elle était mouillée. Ses plis étaient gonflés d'envie, brillants d'excitation, prêts pour l'un d'entre eux ou pour les deux. Lorsqu'elle glissa deux doigts dans son sexe, il gémit et tira sur sa bite. Il était prêt, lui aussi, à se retrouver entre ses douces cuisses.

— Ouvre-toi à nous. Voyons ça, dit Trey. C'est ça. Putain. T'as l'air savoureuse. N'est-ce pas, monsieur Patron ?

Gryff déglutit. Il fallait qu'il arrête de se comporter comme un idiot.

— Carrément. Je veux la goûter.

— C'est le plan, confia Trey en s'éloignant des jambes

écartées de Rayne pour laisser la place à Gryff. À quatre pattes, monsieur Patron.

Gryff cligna des yeux à l'injonction bourrue de Trey. Il ne venait *pas* de...

— Patron, viens, supplia Rayne à voix basse.

Il cligna à nouveau des yeux et reporta son attention sur elle. Avec une main, elle jouait avec l'un de ses tétons, alors qu'elle lui tendait l'autre. La mâchoire de Gryff se desserra et ses doigts se déployèrent. En quelques secondes, il se trouva entre ses cuisses, humant son parfum féminin, l'écartant bien, dégustant son goût suave. Il fit de longs mouvements de langue, et les miaulements de Rayne ressemblèrent à de la musique pour ses oreilles.

— Le cul en l'air, indiqua Trey en lui tapant sur la hanche.

Si Trey pensait qu'il allait...

— Le. Cul. En. L'air, répéta Trey plus fermement cette fois. Ne t'inquiète pas, s'il n'y a pas de préservatif sur ma bite, tu ne risques rien.

Gryff dut présumer que la verge de Trey n'était pas emballée. Il se mit à genoux à contrecœur, le derrière en l'air. Vulnérable. Le sang afflua dans ses oreilles, mais il souhaitait se concentrer sur Rayne. Il passa sa langue sur le clito de la femme, puis le suça avec force, ravi de voir ses hanches se décoller du lit.

— C'est ça, bébé. Je veux t'entendre. Je désire te voir pincer tes tétons. Oui, comme ça. Oh, putain. Tu aimes avoir sa bouche sur toi, n'est-ce pas ?

Puis, Trey se tut, ce qui rendit Gryff méfiant, voire nerveux. Lorsque les mains du joueur saisirent ses cuisses, le cœur de Gryff fit un bond dans sa gorge. Ensuite, la bouche chaude de Trey entoura ses bourses, sa main pressa la base de sa bite et la frictionna. Gryff jeta un coup d'œil entre ses genoux et vit Trey sur le dos, sa tête entre ses cuisses, sa langue caressant ses couilles.

Putain de merde !

Des doigts appuyèrent sur la bande de peau entre ses boules et son anus.

Putain.

De merde.

Trey se servit des cuisses de Gryff pour remonter entre elles, puis il prit le bout de la verge de l'avocat dans sa bouche.

Gryff gémit sur la chatte de Rayne, ce qui arracha un grognement à la femme. Plus Trey l'aspirait, plus Gryff léchait et suçait rapidement les plis roses et charnus de Rayne. Il enfouit davantage son visage et sursauta lorsqu'un doigt taquina son trou. Oui, ce fameux trou.

Enfoiré.

Avant que Gryff s'occupe du bruit que le lubrifiant fit en s'ouvrant, Trey passa ses dents sur le sommet de sa bite et en lécha la longueur. L'avocat fut incapable de contrôler l'entrain de ses hanches.

— Patron, concentre-toi sur moi, supplia Rayne, essayant de détourner son attention des agissements de Trey.

Ce dernier faisait glisser un doigt nappé sur sa fente, s'arrêtant sur son trou serré à chaque passage. Pressant, faisant le tour, puis...

Oh, putain.

Le doigt du quarterback vedette, dont les mains valaient une fortune indéterminée, viola cet endroit vierge et s'enfonça profondément à l'intérieur.

Ce n'était pas censé se produire ce soir.

— Détends-toi, murmura Rayne en prenant sa tête avec ses mains et le serrant plus fort contre elle. Fais-moi jouir, Patron. Je veux que tu me fasses jouir.

Il voulait la même chose qu'elle. Mais... Mais...

Quand Trey glissa un deuxième doigt, il fit un mouvement de ciseaux pour étirer Gryff. La sensation était bizarre, étrange, nouvelle... mais pas désagréable. Il était étroit, probablement parce qu'il s'était crispé. Mais plus Trey le travaillait, plus sa bite bandait, plus ses muscles se relâchaient, jusqu'à ce qu'enfin, Gryff puisse respirer et apprécier tout ce que Rayne et Trey lui offraient à ce moment.

Tout en suçant le clito de Rayne, il glissa deux doigts dans son sexe, la baisant en même temps que Trey l'enculait.

Il sentit la vague arriver. Il ne pouvait pas lutter. Ses couilles se tendirent, sa bite devint encore plus dure. Il était au bord de l'explosion. Quand Trey recourba ses doigts à l'intérieur de son anus et frotta son point, il replia les siens et caressa celui de l'avocate.

Rapidement, il ouvrit sa bouche et hurla en giclant dans la gorge de Trey. Il ignorait ce qu'il avait crié, il avait probablement bafouillé un truc idiot. Mais pour l'instant, il s'en fichait. Il faisait tout pour ne pas s'effondrer sur Trey et l'étouffer.

— Bouge, grommela-t-il, les bras et les cuisses tremblantes.

Trey se décala et s'éloigna de lui. Avec un grognement, Gryff s'écroula sur le lit, tous les os de son corps manquant soudain à l'appel.

Bordel !

Sa joue se posa sur la cuisse de Rayne. Il leva les yeux vers elle pour voir son visage rougi, ses yeux humides et sa bouche entrouverte.

— Je suis désolé que tu ne sois pas venue. J'ai été... distrait.

— C'était tellement torride, putain, répondit-elle doucement, à bout de souffle. Pour info, oui, j'ai joui.

— J'ai joui aussi, si ça intéresse quelqu'un.

Au pied du lit, Trey était étalé sur le dos, le ventre recouvert de son propre sperme. Il sourit à Gryff.

— Je crois que c'est la première fois que j'éjacule sans que personne, même moi, ne touche ma bite. C'était vraiment génial.

Gryff secoua la tête devant l'excitation dans la voix et l'expression de Trey.

— J'ai juste besoin de quelques minutes pour récupérer. Ensuite, on remontera dans le train.

Quelques minutes.

Gryff aurait sûrement besoin de plus. Il aurait peut-être besoin d'une sieste. Et d'une boisson énergétique pleine d'électrolytes.

— Bébé ?

— Oui ?

— Tu peux aller me chercher un gant de toilette pour que je ne dégouline pas sur le tapis de Gryff ? Je ne pense pas qu'il puisse bouger.

Elle sourit en s'extirpant de sous le poids de Gryff.

— C'est la deuxième fois ce soir que tu me demandes de te servir. N'en fais pas une habitude.

— Je ferai en sorte que ça en vaille la peine dans un petit moment. Je te le promets.

Elle soupira en se rendant dans la salle de bain principale. Gryff eut au moins la force de la suivre des yeux. S'il n'était pas aussi épuisé, il banderait, rien qu'en voyant ses hanches nues se balancer au gré de son avancée.

Lorsqu'elle revint dans la chambre, un gant de toilette mouillé à la main, elle regarda Gryff et rit.

— Bon sang ! T'es dans un état lamentable.

— J'avais des doigts dans le cul pendant qu'il me suçait jusqu'à la moelle, et ma bouche sur toi. Bien sûr que je suis lessivé. J'ai la trentaine, plus vingt ans. Quand j'avais dix-huit ans, j'aurais pu éjaculer, continuer et jouir à nouveau. Plus maintenant.

— Je comprends, marmonna Trey. Mais ne t'inquiète pas, bébé, nous, hommes virils, allons bientôt nous occuper de toi. Promis.

Elle refusa de lui donner le gant de toilette, prenant plutôt le temps de nettoyer sa peau. Les yeux de Trey se fermèrent et il soupira.

À ce moment, le monstre vert s'empara de Gryff.

Il frotta ses yeux d'une main et détourna le visage pour ne pas être énervé par un truc qu'il devait accepter.

Il sortit du lit en roulant et tendit la main.

— Je vais le ramener dans la salle de bain.

Rayne lui jeta un regard interrogateur, mais lui rendit le gant de toilette. Il entra à grands pas dans la salle de bains, fermant la porte derrière lui.

Il balança le tissu humide dans le panier à linge, puis s'appuya sur le lavabo et se regarda dans le miroir.

Quelqu'un qu'il ne connaissait pas le contemplait et clignait des yeux. Quelqu'un qui venait de prendre les doigts d'un autre homme dans le cul. Quelqu'un qui venait de mettre sa bite dans la bouche d'un autre homme qui avait avalé sa décharge.

Il avait adoré.

Gryff laissa tomber sa tête parce qu'il ne pouvait plus regarder cette personne. Il prit une inspiration tremblante.

Il ferma les yeux, se demandant s'il était capable de faire ce que Trey désirait. Pouvait-il le faire ? Voulait-il le faire ?

— Bon sang, murmura-t-il.

— Patron ? appela une voix douce de l'autre côté de la porte.

— Rayne, donne-moi une minute.

Puis il n'entendit rien de plus.

Il ignorait combien de temps il avait passé là-dedans, une guerre se livrant au plus profond de lui. Puis la porte s'ouvrit d'un coup, Trey s'accrocha à son bras et le secoua violemment. Gryff, qui ne s'y attendait pas, bascula en avant, mais Trey le rattrapa et le ramena dans la chambre.

— Arrête de faire le con. Arrête de te poser des questions. Tu vas m'enculer pendant que je baise Rayne. Tu m'entends ? Et tu vas aimer ça.

Bordel. De merde.

Gryff arracha son bras de la poigne de Trey.

— Va te faire foutre, Trey.

— Ouais. J'attends. Fais-le.

Trey plaqua ses deux paumes sur le torse de Gryff, le faisant trébucher en arrière. Gryff reprit son équilibre et se prépara pour le prochain assaut de Trey.

— Arrête d'être une putain de mauviette.

Mais rien ne se passa. Trey se trouvait au centre de la chambre, les poings serrés, la respiration rapide et saccadée. Les yeux brillant de colère.

— Dis-moi que tu ne me désires pas. Dis-le-moi, et je partirai.

Sa voix ne contenait plus de colère, mais autre chose.

Gryff fronça les sourcils.

— Dis-le-moi, Gryff, et je te laisserai tranquille. J'arrêterai d'insister. Je ne souhaite pas rester quand on ne veut pas de moi.

Putain.

La mère de Trey n'avait pas voulu de lui. Son ivresse avait toujours été plus importante que son propre fils. Ses propres enfants.

Maintenant, il pensait que Gryff, lui non plus, ne voulait pas de lui. Il voyait bien que Trey repoussait la peine de ses yeux. Mais il pouvait l'y détecter, l'identifier. Il en était la raison.

Il ne souhaitait pas être cette personne. Il ne cherchait pas à être cette personne. C'étaient ses doutes qui l'incitaient à rejeter l'autre homme.

— Mets-toi sur le lit, dit Gryff, d'une voix rude. Je te désire, Trey. Je vais te montrer à quel point.

L'expression de Trey changea. De la déception et de la douleur, elle passa au soulagement, avec un soupçon d'excitation.

— Mets-toi sur le lit, répéta Gryff.

— Le lubrifiant... Les préservatifs...

— Mets-toi sur le lit, putain !

— OK, répondit doucement Trey, son regard dérivant vers Rayne, qui s'était assise contre la tête de lit, un air inquiet sur le visage. Tu veux que je t'expliq...

— Tais-toi et mets-toi sur le lit.

— D'accord.

Trey grimpa sur le matelas et se rapprocha de Rayne, qui lui prit la joue et lui fit un sourire encourageant. Quand ils s'embrassèrent, Gryff rejoignit Trey. Il attrapa les chevilles de l'homme et le tira vers le bas du sommier, loin de Rayne.

— Quels étaient tes projets ?

Trey regarda Gryff par-dessus son épaule.

— Quels étaient tes projets ? demanda Gryff, d'une voix plus forte et plus ferme.

— Baiser Rayne pendant que tu m'encules.

Gryff fit un brusque signe de tête. Il repéra le lubrifiant et les préservatifs, en attente sur la table de nuit. Dans la perspective de ce qui allait arriver, Rayne avait dû les mettre là plus tôt.

— Alors, baise-la.

Trey saisit sa bite à moitié dure et tira dessus.

— Mais je...

— Baise-la, tout de suite.

Soudain, ils bandèrent tous les deux. Trey, à cause des ordres de Gryff. Gryff, par anticipation.

Il ne se demandait plus ce qu'il allait faire. Maintenant, il savait avec certitude ce qu'il allait faire. Il ne repousserait pas ce moment plus longtemps.

— Je vais baiser ton cul, Trey.

— Merde, murmura Trey.

— C'est ce que tu désires, hein ?

— Oui.

— Tu veux que je bande en te regardant ? Eh bien, je suis dur. Tu le vois ? Tu l'as entière. Chaque centimètre.

— Oui... Je...

— Je ne te vois pas encore baiser Rayne.

Trey se mit à genoux.

— Bébé, normalement on passerait plus de temps pour les préliminaires, mais je ne pense pas qu'on tienne. T'es prête ?

— Bien sûr que oui, répondit Rayne en glissant sur le lit.

Un gloussement s'échappa de ses lèvres.

— Je suis prête à t'accueillir.

Trey l'embrassa fougueusement.

— Je me rattraperai une autre fois. Je te le promets.

— Baise-moi, murmura-t-elle alors qu'il s'installait entre ses cuisses. Je te jure que tu ne m'entendras pas me plaindre.

— Moi non plus. Parce que dans quelques minutes, je serai l'homme le plus chanceux du monde.

Trey poussa un long soupir en pénétrant lentement Rayne. Il attrapa ses deux seins et embrassa le bout de chaque téton. Puis il en suça un avec ardeur. Les doigts de Rayne s'enfoncèrent dans les cheveux de Trey, s'y accrochant. Ses hanches se soulevant et s'abaissant avec les siennes.

Gryff les regarda tous les deux. Les hanches de Trey

s'élançant, celles de Rayne allant à leur rencontre. Il se frictionna tandis que le fessier de Trey se fléchissait et se contractait à chaque mouvement. Avant qu'il ne puisse laisser ses doutes l'envahir à nouveau, il prit le lubrifiant et le préservatif sur la table de nuit et s'en équipa.

— Ne sois pas avare avec ça, monsieur Patron. Tu n'es pas petit. Je dis ça comme ça.

Gryff ne lui répondit pas. Il préféra faire sauter le bouchon du tube et étaler le gel frais sur sa bite. Lorsqu'il eut terminé, il se mit à genoux et s'installa derrière Trey.

Puis il prit une grande inspiration.

Trey passa une main derrière lui et se tapa la fesse.

— Juste là, mon grand. Fais-le pour de vrai. Par contre, un petit doigt ne ferait pas de mal avant.

— Va te faire foutre, Trey.

— Ouais. Peu importe.

Trey s'immobilisa lorsque Gryff sépara ses fesses et appliqua généreusement le lubrifiant. L'avocat fit ce qu'il lui avait demandé, en introduisant un peu de gel avec le bout de son doigt.

— Bon sang ! gémit Trey, qui se mit soudain à baiser Rayne plus fort. Putain, ça fait trop longtemps.

Cet aveu surprit Gryff et le stoppa.

— Combien de temps ?

Trey secoua la tête.

— Combien de temps, Trey ?

— Depuis l'entraîneur.

Putain. Il ne voulait pas entendre un truc pareil. Pas maintenant.

— T'es toujours au-dessus ?

— Oui.

— Trey... chuchota Gryff, qui hésitait à nouveau.

— Fais-le. Je te veux en moi.

Un désir osé

Gryff ferma les yeux une seconde, expira, puis saisit les hanches de Trey, installant la tête de sa bite contre son anneau serré. Une fois qu'il fut en place, une fois que Trey s'offrit à lui, Gryff fut incapable de résister plus longtemps.

— Oh, mon Dieu, murmura-t-il, à la fois effrayé et excité.

Il se lança et Trey s'ouvrit à lui, détendant ses muscles, ne bougeant plus à l'intérieur de Rayne. Il haleta. Gryff eut aussi envie de haleter. À la place, il serra les dents et continua, progressant, s'enfonçant plus profondément.

Trey était étriqué. Le joueur était confortable et ses muscles pressaient le sexe de Gryff. Trey poussa un juron, se décala, puis laissa échapper un petit gémissement.

Enfin, lorsque Gryff fut complètement installé dans l'autre homme, il respira. Trey aussi.

— Ça va ? lui demanda Gryff.

— Oui. Bien. Je vais bien.

Bien n'était pas le mot pour décrire ce que Gryff ressentait à l'intérieur de Trey. Un calme l'envahit, comme s'il était à la bonne place. Il était chez lui. Non seulement avec Rayne, mais aussi avec Trey. Ils étaient les pièces d'un puzzle qui s'emboîtaient les unes dans les autres.

Puis, le quarterback se décala à nouveau et l'envie de plonger se fit sentir. Gryff s'exécuta. Il bougea à l'intérieur de l'homme qui se trouvait en dessous de lui, ses hanches poussant celles de Trey, ce qui fit gigoter Rayne et la fit crier. Gryff enfonça ses doigts dans les fesses de Trey, s'accrochant à lui en plein mouvement, tandis que Trey contrôlait la cadence. D'abord timidement, puis plus vite, plus fort.

— Ça va ? entendit Gryff

Trey posait la question à Rayne.

Il se rendit alors compte qu'elle supportait le poids des deux hommes. Il fixa ses mains sur le lit pour soutenir son poids. Il voulait soulager Trey et Rayne de la pression de son corps volumineux. Cela offrit une plus grande marge de manœuvre à Trey, ce qui conduisit Gryff à la limite de la folie.

— Oh, mince ! gémit-il, sachant qu'il ne lui faudrait que quelques instants avant de perdre la tête.

Il n'avait jamais baisé quelqu'un d'aussi serré. Avec une grimace, il essaya de se maîtriser, de faire durer le plaisir un peu plus longtemps. Il souhaitait qu'ils jouissent tous à l'unisson.

Mais il ne pensait pas que c'était possible. Il avait atteint son point de rupture. Quand Trey s'écrasa contre lui une fois, deux fois... la troisième fois, le joueur hurla qu'il allait venir. Gryff voulut remercier toutes les divinités qui l'écoutaient.

Il essaya de prononcer le nom de Rayne, mais le bruit sorti étouffé.

— Bébé, dis-lui que tu viens. Il a besoin de l'entendre.

— Gryff ! fut tout ce qu'elle cria avant que la vision de l'avocat se brouille, que son esprit s'emballe, que ses couilles se contractent et qu'il grogne en jouissant avec violence.

Puis il éjacula un peu plus, surtout quand Trey passa sa main et pressa ses bourses, le pompant jusqu'à la dernière goutte. Sa bite palpita et le canal de Trey l'étreignit encore plus fort.

Pendant quelques instants, les seuls bruits furent ceux des respirations pesantes. Il y eut également un long soupir de satisfaction de Rayne, qui était coincée sous le corps échoué de Trey, bien qu'elle n'eût pas l'air de s'en soucier.

Un sourire courba les lèvres de Gryff lorsque leurs yeux se croisèrent par-dessus l'épaule de Trey, et qu'elle lui rendit son sourire. Il se pencha alors vers elle et l'embrassa avide-ment, passant sa langue sur ses lèvres et l'introduisant dans sa bouche. Quand il s'écarta légèrement, elle essuya une perle de sueur sur le front de Gryff.

— C'était dingue, murmura-t-elle.

— Je n'aimais pas les trains quand j'étais petit. Maintenant, je trouve ça pas mal, marmonna Gryff. On t'écrase ?

— Un peu.

Gryff passa un bras autour de la taille de Trey et les remonta tous les deux pour qu'ils se détachent d'elle, puis retomba sur le côté, mais les gardant toujours emboîtés. Il ne se pressa pas de retirer son bras. En fait, il le resserra autour de l'homme, le rapprochant de lui.

— Ça va mieux ? demanda-t-il à Rayne.

— Le poids d'un seul d'entre vous ne me dérange pas. Les deux, c'est un peu trop.

— Je ne savais pas que t'aimais prendre en cuillère, monsieur Patron, commenta Trey en passant ses doigts sur le bras qui le maintenait contre Gryff.

Gryff se déhancha légèrement pour rappeler à Trey qui avait la bite dans le cul de l'autre.

— Tu veux que je te lâche ?

— Non, mais je préférerais qu'on se câline après un petit coup de nettoyage. On tire à la courte paille pour savoir qui va au milieu ?

Chapitre Douze

Rayne, en boule sur le flanc, avait son dos nu collé contre Trey, qui l'entourait d'un bras, tandis que Gryff avait son long corps plaqué contre celui, tout aussi long, de Trey. Trois pois dans une cosse, pensa Gryff.

Assoupie, la respiration de Rayne était feutrée et régulière. Trey avait aussi ronflé doucement pendant un petit moment. Mais maintenant que les deux hommes étaient réveillés, Gryff n'était pas sûr d'avoir dormi une minute.

Son esprit s'était affairé à revivre la nuit précédente. C'était pour cette raison que sa gaule matinale était quasiment enfoncée entre les fesses de Trey.

— Si tu te tortilles encore une fois, tu prends le risque de te passer de lubrifiant. Ce sera ton seul avertissement.

Le corps de Trey vibra tandis qu'il gloussait doucement, tentant de ne pas réveiller Rayne. Au moins, l'un d'eux dormait bien.

Gryff pensa à ce que Trey avait dit hier soir.

— Est-ce que ça fait vraiment depuis l'entraîneur ?

Trey soupira et se mit avec précaution sur le dos pour regarder Gryff.

— Tu parles d'avoir reçu ?

— Tu sais ce que je veux dire.

— Oui.

— Pourquoi ?

Trey leva un sourcil avant de glisser un oreiller sous sa tête pour mieux voir Gryff. Il haussa une épaule.

— Ça s'est passé ainsi. Je préfère être au-dessus.

— Mais tu m'as permis...

— Oui. Je savais que tu n'accepterais pas l'inverse... du moins pour la première fois.

— Peut-être tout le temps.

— On verra bien, répondit Trey en souriant.

Gryff plissa les yeux et sourit.

— Oui, on verra.

Trey leva la tête et pressa légèrement ses lèvres sur celles de Gryff.

— C'est tout ? C'est tout ce que j'obtiens après cette belle enculade que je t'ai prodiguée hier soir ?

Trey rit.

— Si on commence à s'embrasser, Rayne va se réveiller, et ça se transformera en véritable partie de baise. Je ne suis pas sûr que mon postérieur puisse le supporter, si tôt ce matin.

— Waouh. Quel dégonflé !

— Bien sûr. On verra l'homme que tu es quand je t'aurai baisé le cul.

Gryff se mordit la lèvre pour s'empêcher de rire, puis se refroidit.

— Je dois te demander quelque chose.

— Quoi, monsieur Patron ?

— Cet entraîneur... Il t'a forcé ?

— Non. J'étais consentant.

— Tu n'étais qu'un enfant, rétorqua Gryff en secouant la tête.

Trey haussa les épaules comme s'il n'y avait rien de grave.

— Je lui ai donné quelque chose qu'il voulait, dont il avait besoin. En retour, il m'a donné ce que je recherchais. Il m'a offert un avenir. C'est la seule personne qui m'ait montré de l'attention ou de l'affection. Je me sentais bien avec lui, Gryff.

— T'étais enfant, répéta Gryff, plus lentement, un peu plus de colère dans la voix. Tu n'aurais pas dû prendre ces décisions. Ta mère est encore en vie ?

— Non.

— Tant mieux. Parce que je pourrais la tuer si c'était le cas.

— L'alcool s'en est chargé pour toi.

— C'était quoi le nom de l'entraîneur ?

Gryff ne le lui demandait pas, il l'exigeait.

Trey se redressa pour s'asseoir.

— Non. Non, tu ne vas pas faire un truc stupide.

— Je n'ai rien dit.

— C'est du pipeau. Ne lui envoie pas non plus ton détective privé.

Gryff se tut. L'envie de retrouver cet entraîneur qui avait, à part Trey, peut-être profité d'autres adolescents le submergea comme une vague incontrôlable.

— Gryff, n'y pense même pas. Il est à la retraite depuis longtemps. Il n'est peut-être même plus en vie.

— Bien.

— Sans lui, Gryff, je n'aurais jamais commencé à jouer au football. J'aurais peut-être fini alcoolique comme ma mère. Il m'a mis sur la bonne voie, celle de la réussite. J'apprécie ce qu'il a fait.

— Putain. Ça ne veut pas dire que c'est bien.

— Peut-être pas.

— Il n'y a pas de peut-être.

Trey soupira.

— D'accord. Je ne vais pas me disputer à ce sujet. Mais laisse-moi te dire ceci... Je suis touché que tu t'en préoccupes.

Gryff cligna des yeux. C'est vrai qu'il s'en souciait. Ça lui déplaisait qu'un adolescent doive coucher avec un adulte pour survivre. Cet adolescent, c'était Trey. Et Trey était... à lui.

À lui.

Putain.

Putain.

Putain.

— Ça va ?

Non.

— Oui. Ça va.

— T'es sûr ? Parce que t'as eu l'air de paniquer pendant un moment.

Gryff se mit sur le dos et se couvrit les yeux avec sa main. Trey roula sur le côté et se colla contre lui.

— Euh, t'es certain que ça va ?

— Trey... chuchota Gryff.

— Oui, monsieur Patron ?

— Je, euh...

— Gryff ! hurla une voix féminine depuis l'étage inférieur.

Oh, merde.

Il se leva en sursaut et sortit rapidement du lit, attrapant la paire de jeans la plus proche qu'il put trouver. Il renonça à l'enfiler lorsqu'il ne parvint pas à passer ses cuisses.

— Merde. C'est à toi, grommela-t-il à l'adresse de Trey. Où est mon putain de pantalon ?

— Gryff ! T'es où ?

La tornade qu'était sa plus jeune sœur, Gia, se rapprochait, faisant battre son cœur à tout rompre. Gryff jeta un regard vers le lit et les deux personnes qui le fixaient. L'un arborait un sourire amusé, l'autre, qui clignait des yeux d'un air endormi, pas vraiment.

— Vous bougez ? demanda-t-il, paniqué.

Il abandonna la recherche de son pantalon pour enfiler un short long qu'il prit dans l'un de ses tiroirs.

— Gryff ?

Il jeta le drap froissé sur Trey et Rayne, juste au moment où la porte de sa chambre s'ouvrait avec fracas. Gia se figea dans l'embrasure. Une seconde avec un air choqué sur le visage, l'instant d'après ses yeux se plissèrent, l'expression curieuse.

— Euh... Je me suis trompée de maison ? Je jurerais être allée chez mon frère Gryff, et non chez mon grand frère Gray.

Elle pencha la tête et fixa Trey. Sa bouche fit un rapide O.

— Bon sang ! murmura-t-elle. Tu me sembles familier. Je sais que ce n'est pas parce que t'es passé dans *mon* lit.

Elle secoua la tête et fit une moue.

— Quel dommage !

— Gia, l'avertit Gryff.

— Alors, hum...

Elle fit un signe de main en direction du lit et s'approcha.

— Tu veux m'expliquer ?

— Non.

— Salut, dit Gia à Rayne. Attends, elle me dit quelque chose, elle aussi. Elle ne travaille pas pour toi ?

— Gia, grogna Gryff en attrapant sa sœur par le haut du bras et la poussant vers la porte.

Elle dégagea son bras de sa poigne et se rapprocha de

Rayne, ses yeux sombres écarquillés tandis qu'elle tapotait sa lèvre inférieure du doigt.

— Oui, je t'ai déjà vue. C'est quoi ton nom ?

Rayne sortit un bras nu de sous le drap et tendit la main à Gia.

— Rayne Jordan.

Gia l'accepta et la serra d'une poignée ferme.

— Rayne. C'est différent. Je te demanderais bien si mon frère et toi êtes proches, mais je peux m'en rendre compte par moi-même.

Elle sourit et se tapota la tempe.

— Je suis si intelligente que ça.

— Gia, tu veux bien ? C'est ma *chambre*, rouspéta Gryff, sa patience passant de zéro à moins de zéro.

— Sans déconner. Je vois le lit. Je vois ces deux personnes dans ton lit. Oh, attends...

Elle fixa Trey du regard.

— Je sais qui t'es. Trey Holloway. T'es dans l'équipe de mon frère.

— Gia, pourquoi tu ne descendrais pas m'attendre ?

— Oh, non. Non non. Non non non. Je suis bien où je suis.

Elle fit à nouveau un signe de la main vers le lit.

— Est-ce que ce bordel est héréditaire ? Est-ce que Papa et Maman ont eu un autre homme dans leur lit sans que je le sache ? Est-ce que je vais finir par être la garniture prise en sandwich entre deux hommes ?

— Ça te plairait ? demanda Trey.

Gryff fronça les sourcils. L'homme trouvait la situation amusante. Pas Gryff.

— Je ne sais pas. Enfin, j'ai l'esprit ouvert... Je vais peut-être essayer.

— Oh, pour l'amour de Dieu, grogna Gryff en se pinçant l'arête du nez.

Puis il fit les gros yeux à sa sœur.

— Gia, sors ! ordonna-t-il. Descends. Tout de suite.

Mais à la place, elle hoqueta et tourna autour de Gryff, les yeux écarquillés.

— Qu'est-ce que t'as sur le dos et les épaules ?

Quand elle eut fini de lui tourner autour, elle s'arrêta, les mains sur les hanches, et leva les yeux vers lui.

— Qui es-tu ? Et qu'as-tu fait de Gryffin Ward, mon frère coincé ?

— Sors, Gia, insista Gryff en pointant la porte du doigt. Sors tout de suite. Je suis sérieux.

Elle trépigna, comme pour décider de ce qu'elle allait faire, puis bouda.

— T'es nul.

Sur ce, elle partit, énervée, en claquant la porte derrière elle.

— Je l'aime bien, dit Trey en riant. Elle a du cran.

Gryff le cloua du regard.

— Ne te fais pas d'idées, l'avertit-il.

Trey leva les mains en signe de reddition, le drap tombant sur ses hanches.

— Pas de problème, monsieur Patron.

Gryff grimaça. Il avait laissé Trey l'appeler ainsi, mais il n'était pas sûr d'apprécier. Surtout maintenant qu'il était super bougon. Quand Rayne l'appelait « Patron », cela l'excitait, mais Trey faisait plutôt le malin. Au moins, il n'appelait pas Gryff « bébé » comme il le faisait pour Rayne.

— Cela me rappelle qu'on doit discuter du surnom que tu me donnes. Mais pour l'instant, je dois me débarrasser de ma sœur.

— Quand tu reviendras, tu pourras m'apporter le petit-déjeuner ? lui demanda Trey, les yeux plissés d'amusement, les lèvres frémissantes.

— Je peux préparer le petit-déjeuner pendant que tu t'occupes de Gia, annonça Rayne en repoussant le drap et sortant du lit.

Pendant un instant, Gryff perdit le fil de ses pensées et son souffle, alors que Rayne se dirigeait vers la commode de son patron. Elle en ouvrit les tiroirs, à la recherche de quelque chose.

— J'ai juste besoin d'un de tes T-shirts ou un truc du genre.

— Tu n'as pas apporté de vêtements de rechange ? demanda-t-il.

— Si. Mais je ne veux pas m'habiller tout de suite. Par contre, je ne veux pas non plus préparer le petit-déjeuner toute nue.

Gryff soupira.

— Oui, merci pour l'intention. Ma sœur va déjà en parler au reste de la famille. Je n'ai pas besoin qu'elle prenne des photos de toi, nue, dans ma cuisine comme preuve et qu'elle les poste sur ses réseaux sociaux.

Il passa devant elle, fouilla dans le tiroir qu'elle venait d'ouvrir et lui tendit un vieux T-shirt qu'il portait habituellement pour faire de l'exercice.

Elle le passa par-dessus sa tête, dégageant ses longs cheveux ébouriffés de l'encolure du T-shirt et les peigna avec ses doigts. Sa chevelure n'avait pas l'air différente quand elle eut fini. Ses lèvres semblaient encore un peu gonflées de la nuit précédente, ses yeux tendres et son visage décontracté. Même dans son T-shirt trop grand, elle l'excitait. Sa bite était d'accord.

Il gémit, miséreux, parce qu'il ne voulait pas faire face à sa sœur avec une érection. S'il regardait Rayne déambuler dans sa cuisine pour faire frire du bacon, en sachant qu'elle ne portait pas de culotte sous le T-shirt, il pourrait très bien finir dans cette situation.

— Tu n'as pas besoin de préparer le petit-déjeuner. Je peux faire livrer quelque chose.

Elle fronça les sourcils.

— Non, je peux m'en occuper. C'est facile de préparer un petit-déjeuner. Des œufs, du bacon, des toasts. Du café. Tu vois ? C'est simple. T'as tout ça dans ton frigo, non ?

Ah, bon sang.

— Oui.

— C'est réglé. Tu veux m'aider ? demanda-t-elle à Trey par-dessus son épaule.

— Est-ce que je dois aussi porter un de ses T-shirts sans sous-vêtements ? plaisanta-t-il.

— Oui, s'il te plaît, dit Rayne en riant.

— Non ! cria Gryff au même moment.

— Je veux quand même porter un de ses T-shirts, annonça Trey. Ce sera comme si Gryff me câlinait toute la matinée.

— Mettez aussi un short, insista Gryff en se précipitant hors de la chambre avant qu'il n'ait une satanée crise cardiaque. Ou au moins des sous-vêtements, s'il vous plaît.

— C'est un ordre ? demanda Trey.

— Oui, cria-t-il en revenant vers la chambre.

— Il n'est pas drôle, fut la dernière chose qu'il entendit avant de dévaler les escaliers pour s'occuper de son emmer-deuse de sœur.

Rayne jeta un coup d'œil autour de la table. Tous les trois portaient un des T-shirts de Gryff aux couleurs variées. La seule personne dépareillée était la sœur de Gryff, Gia, qui avait insisté pour rester partager le petit-déjeuner. Maintenant, elle déblatérait à toute vitesse.

Au moins, elle avait aidé Rayne à préparer le repas. Tout comme Trey. Gryff avait passé ce temps à essayer de ne pas perdre patience.

Sa sœur était assurément fougueuse. Très intelligente, mais un peu écervelée pour son âge. Toutefois, elle était magnifique, et bien plus grande que Rayne. Leurs parents avaient conféré une excellente combinaison génétique à leur progéniture. Cela ne faisait aucun doute.

Elle avait perdu le fil de la conversation avec la jeune femme et Trey semblait être le seul à lui prêter attention. À l'autre bout de la table, Gryff se contentait de fixer Rayne. Ce qui était aussi troublant que flatteur.

Elle se demandait s'il imaginait la même chose qu'elle... À quoi cela ressemblerait de se réveiller ensemble, tous les matins, et de partager le petit-déjeuner.

Toutefois, elle se doutait que Gryff apprécierait davantage ce moment si sa sœur n'avait pas débarqué.

Elle jeta un coup d'œil à Trey. Son regard passait de Gryff à elle, puis revenait à Gia pour lui adresser un sourire encourageant avant d'essayer de glisser un mot toutes les deux minutes.

Cependant, l'amusement sur le visage de Trey était évident.

Rayne se rendit compte que Gia parlait de football, ce qui la surprit. La femme avait l'air de bien s'y connaître.

Toutefois, elle ne rata pas le nombre de fois où Gia toucha Trey pendant qu'ils discutaient. La fois suivante, Gryff se racla la gorge pour attirer leur attention. Toutes les têtes se tournèrent dans sa direction.

Gia s'arrêta au milieu de sa phrase, fronçant les sourcils à l'attention de son frère.

— Quelque chose ne va pas ?

— Tu peux parler et ne pas le toucher, s'il te plaît ?

— Je ne pense pas que ça dérange Trey, rétorqua-t-elle en haussant les sourcils et jetant un coup d'œil à Trey. N'est-ce pas ?

— Ça ne me gêne pas, assura Trey en souriant.

Gryff soupira et repoussa son assiette.

— Eh bien, moi si, Gia. Ça me dérange. Alors, s'il te plaît, ne le touche pas.

Sa sœur fut bouche bée, puis se ressaisit.

— Bon sang ! T'es comme Gray !

— Ouais, je me souviens de tes mains baladeuses quand t'as rencontré Connor. Gray n'aimait pas ça non plus.

— Comment se fait-il que mes frères attirent plus que moi les hommes sexy ?

— C'est un don, répondit sèchement Gryff.

Rayne baissa les yeux vers son assiette vide et lutta contre le rire qui voulait sortir.

— Laisse-moi juste dire que les repas de fêtes seront inté-ressants chez Papa et Maman, en tous cas. Gray et toi compensez notre célibat, à Gayle et moi.

Rayne jeta un coup d'œil à Gryff lorsque Gia mentionna les fêtes chez leurs parents. Elle ne manqua pas non plus le regard que Trey pointa vers lui.

— Personne ne parle de ramener qui que ce soit chez Papa et Maman. Alors, laissons tomber le sujet.

— C'est juste une aventure ?

Le visage de Gryff se transforma. Puis, son expression se changea rapidement en masque indéchiffrable.

— Gia, on n'aborde pas le sujet.

— Pas de petit ami, Gia ? demanda doucement Rayne, essayant de faire retomber la tension et changer de sujet.

— Non. Apparemment, je m'y prends mal.

— T'es jeune. T'as tout le temps.

— Tu n'es pas beaucoup plus âgée que moi, lui rappela Gia.

C'était vrai. Mais l'autre femme semblait un peu plus immature qu'elle. Pas aussi bien établie dans sa vie et sa carrière que Rayne.

— Est-ce qu'il y a un site web secret quelque part où on peut trouver ces plans à trois ?

— Oh, pour l'amour du ciel, grommela Gryff en repoussant sa chaise et se levant.

— Si tu veux, je peux t'arranger le coup avec deux de mes coéquipiers, je suis sûr que...

— Trey, grogna Gryff. Tu ne mettras pas ma sœur en contact avec qui que ce soit.

— Mais pourquoi ? se plaignit-elle. Pourquoi Gray et toi vous êtes les seuls à pouvoir vous amuser ?

— Si je me souviens bien, t'as du mal avec un petit ami. Ne pense pas à en avoir deux.

Trey décida de mettre son grain de sel.

— Oh, je doute qu'ils veuillent rester dans les parages pour être des petits...

— Trey, chuchota Rayne. Sérieusement, arrête de tenter le diable.

Trey lui jeta un regard et continua sur la même voie périlleuse.

— Qui a dit que ce devait être deux gars ? Tu pourrais très bien le faire avec une autre femme et un homme. Non ?

— Je ne... commença Gia en plissant le nez.

— Assez ! cria Gryff. Bon Dieu, je vais faire un

anévrisme. Il est temps que tu t'en ailles, Gia. Rayne, tu peux la reconduire à sa voiture ? Trey et moi allons ranger.

Les sourcils de Rayne remontèrent jusqu'à la racine de ses cheveux. Ils allaient ranger ? Eh bien, elle ne contesterait pas.

— Je vais te raccompagner, Gia, dit Rayne en s'écartant de la table.

— Mais je ne suis pas prête à partir, dit-elle en boudant.

— Je t'appellerai demain, lui assura Gryff.

— T'es tellement têtu, se plaignit-elle.

— Oui, c'est vrai, répondit-il en lui lançant un regard acéré. C'est de famille.

Devant le son mécontent de la sœur de Gryff, Rayne passa son bras dans celui de Gia et l'escorta hors de la cuisine.

— Tu n'avais pas besoin d'être comme ça, dit Trey en levant les yeux vers Gryff. On ne faisait que plaisanter.

— Tu crois qu'elle joue, mais ce n'est pas le cas. Elle est sérieuse. C'est comme un chien avec un os. Elle a quelque chose dans la tête et ne lâche pas.

— Tu penses qu'elle va rentrer chez elle et chercher des sites de rencontres qui permettent de faire des plans à plusieurs ?

— J'en suis certain.

Trey ricana.

— Ce n'est pas drôle.

— Tu ne peux pas être hypocrite.

— Avec mes sœurs, si.

— C'est inestimable, monsieur Patron, que tu sois si protecteur.

— Gray et moi sommes les plus âgées. Ensuite, il y a eu

Gayle, puis Gia. Alors, oui, on a tendance à veiller sur nos petites sœurs.

— Elle est assez grande pour se gérer, murmura Trey en se levant et contournant la table pour s'approcher de Gryff.

— Gayle, oui. Gia, pas tellement.

— J'ai hâte de rencontrer Gayle.

Gryff le cloua de ses yeux sombres en s'approchant davantage.

— Je doute que tu la rencontres un jour.

— Pourquoi ? demanda Trey en pinçant les lèvres et plissant les yeux. Tu ne nous emmèneras pas chez tes parents ?

Même s'il plaisantait à moitié, l'idée que Gryff ne voulait les voir que dans son lit, et non dans sa vie, le dérangeait.

Non. Pas eux deux. Lui. Il n'aurait aucun problème à ramener Rayne chez papa et maman.

— Ça leur poserait un problème que je sois à tes côtés ?

Gryff empila quelques assiettes sales et se dirigea vers la cuisine.

— Non.

Trey fit de même et lui emboîta le pas.

— Je ne te crois pas.

Gryff jeta la vaisselle dans l'évier et se tourna vers Trey. Il prit celle que Trey portait et la fit glisser sur le comptoir.

— Ils se sont habitués à la relation de Gray, n'est-ce pas ?

— Oui, mais le mot clé, c'est « relation ».

Trey releva le menton et pencha la tête pour contempler l'homme devant lui. L'homme qu'il avait laissé le dominer hier soir. Il ne l'aurait jamais accepté s'il avait pensé que ce n'était qu'une passade.

— Tu n'as pas répondu à ta sœur quand elle a demandé si c'était une aventure ou non.

— Non, en effet.

— C'est le cas ?

— Qu'est-ce que tu veux, Trey ?

— La vérité.

— Pourquoi ? Depuis quand tu cherches plus qu'une aventure dans une ruelle, derrière un bar ?

— Aïe, lâcha Trey, dont la poitrine se serra. Ça fait mal.

Les narines de Gryff se dilatèrent tandis qu'il fixait l'autre homme.

— T'as déjà eu une relation ?

— Une relation sérieuse ? Pas vraiment. La plupart de mes partenaires défilaient par intermittence.

— Plus en relation ou hors relation ?

— Je voyage pour le football. C'est difficile de conserver une relation. De toute façon, je ne voulais pas m'attacher.

— Mais tu souhaites t'attacher maintenant ?

Trey hésita. Désirait-il être enchaîné ? Était-ce pour cette raison que ça le dérangeait que Gryff considère leur relation comme une aventure ?

— Je ne sais pas, admit-il finalement.

— Je ne sais pas non plus, Trey. Je ne suis pas prêt à planifier un voyage avec mes deux amants pour aller chez mes parents en Arizona. Parce que c'est trop frais.

Gryff avait raison. C'était tout nouveau. Mais Trey savait ce qu'il ressentait. Ou du moins, il pensait le savoir.

Qu'importe, Gryff ne pouvait pas nier le lien qui les unissait tous les trois. Trey ne pouvait pas non plus. Qu'il soit conventionnel ou pas.

— Tu envisagerais d'emmener Rayne là-bas pour Noël, non...

Il ne l'avait pas formulé comme une question, parce que ça n'en était pas une. Trey était presque sûr de connaître la réponse.

— Peut-être.

— Il n'y a pas de peut-être.

— C'est différent.

— Non, monsieur Patron, ce n'est pas différent. Si tes parents n'ont aucun problème avec la relation que Gray a actuellement avec un autre couple, marié de surcroît, alors ils n'auront aucun problème avec la tienne. Est-ce qu'ils *ont* du mal ?

— Pas que je sache.

Trey hocha la tête, puis s'avança entre les jambes écartées de Gryff, qui était appuyé sur le comptoir.

— Eh bien, du coup...

Il enroula ses doigts autour des biceps volumineux de Gryff et se plaqua contre lui.

— Alors c'est toi que ça gêne.

Gryff fixa les lèvres de Trey, puis leva les yeux vers ceux du quarterback.

— Il faut que t'arrêtes de m'appeler « monsieur Patron », murmura-t-il.

— Pourquoi ? demanda Trey en se penchant vers lui.

— Je n'aime pas ça.

— T'adores.

— Non, Trey.

Trey pressa ses lèvres contre celles de Gryff.

— Bien sûr que si... monsieur Patron, chuchota-t-il.

Puis, il glissa sa langue entre les lèvres de l'avocat tout en écrasant sa bouche avec la sienne.

Trey sentit le gémissement vibrer au fond de la poitrine de Gryff. Oui, il existait une connexion qu'ils ne pouvaient pas nier.

Aucun d'entre eux.

— Je comprends maintenant pourquoi tu souhaitais que j'emmène ta sœur dehors. Vous vouliez juste être seuls tous les deux.

Ils rompirent leur baiser, tournant leurs regards vers

Rayne qui se tenait debout, les mains sur les hanches, d'un air faussement indigné.

Trey lui tendit un bras, et elle se rapprocha, jusqu'à ce qu'il le passe autour de sa taille, l'attirant contre eux.

— J'étais juste en train de le chauffer, assura-t-il en prenant la main de la femme dans la sienne et la pressant contre l'aine de Gryff. Tu vois ? Le grand garçon est prêt pour le brunch.

— Je vois ça, dit Rayne avec un sourire, ses yeux s'assombrissant.

— Tu vas m'aider à m'occuper de lui ?

— Je vais faire de mon mieux.

Trey rit, saisit la main de Gryff, puis celle de Rayne, et les entraîna tous les deux à l'étage.

Chapitre Treize

Une nouvelle fois, ils se retrouvèrent tous les trois assis à la même table. Mais cette fois-ci, ce n'était pas pour savourer le petit-déjeuner. Non. Celle-ci était beaucoup plus grande, moins conviviale, et trop de personnes l'entouraient au goût de Gryff. Cinq d'entre elles se trouvaient d'un côté : Gryff, Trey, Rayne, Eli, leur détective privé, et Grant, l'un des collaborateurs seniors de Gryff. Puis, il y avait tous les autres en face d'eux. Un assistant du procureur, un transcripteur et d'autres personnes vêtues de costumes et de jupes classiques.

Gryff tira sur le nœud de sa cravate et se racla la gorge.

— Passons le baratin, Charlie. Nous savons tous qu'il s'agit d'un cas évident de légitime défense. Nous avons trouvé non seulement un témoin, mais deux, qui l'ont confirmé. Il serait judicieux que vous abandonniez les poursuites.

Charlie Duncan, assistant du procureur, posa ses paumes sur la table et se pencha en avant.

— Ward, êtes-vous en train de dire que je ne suis pas intelligent ?

— Ce n'est pas ce que je dis, mais je ne peux pas t'empêcher de le comprendre comme ça.

Sous la table, Rayne glissa une main sur la cuisse de Gryff et la pressa.

— Nous avons ici les deux déclarations des témoins, dit-elle.

De sa main libre, elle fit glisser le dossier sur la table en direction de l'assistant du procureur.

— Nous pouvons les faire venir pour une déposition, si nécessaire.

Les yeux de Duncan se plissèrent alors qu'il jetait un coup d'œil au dossier qui trônait au milieu de la table, puis reporta son attention sur Gryff.

— Je suis surpris que tu t'intéresses personnellement à l'affaire Holloway.

— Je m'intéresse toujours aux injustices flagrantes, rétorqua Gryff en gardant une expression neutre.

— Injustice flagrante, répéta Duncan avant d'éclater de rire. Est-ce que je dois te montrer les photos des gars qu'il a mis à l'hôpital ?

— Je les ai vues.

— Il avait tout à fait le droit de se protéger, ajouta Rayne, alors que ses doigts se resserraient sur la cuisse de son patron.

Probablement plus pour se calmer elle-même que pour l'apaiser, lui.

— Il a fait plus que se défendre, leur rappela Duncan.

— Il s'est fait sauter dessus par quatre hommes. Je dirais qu'il a fait ce qu'il fallait pour survivre, répondit Gryff, d'un ton lent et grave, pour que personne ne puisse mal interpréter ses mots.

— Les officiers présents sur les lieux n'étaient pas de cet avis. Le procureur non plus.

Duncan dévia le regard vers Trey.

— Il a de la chance qu'ils n'aient pas ajouté l'agression sexuelle sur les coups et blessures.

— Ce type était consentant, protesta Trey en se raidissant.

Du coin de l'œil, Gryff remarqua que Trey tournait la tête vers Rayne. Elle était probablement aussi en train de presser sa cuisse pour essayer de le calmer et l'aider à conserver son sang-froid.

Les yeux de Duncan dévièrent vers Trey pour le scruter.

— Êtes-vous en train de dire que vous êtes gay, Monsieur Holloway ?

— Il ne dit rien du tout, répondit Gryff avant que Trey puisse faire quoi que ce soit. Même si c'était le cas, ça ne regarderait personne.

— Sauf le type qu'il a tenté d'agresser sexuellement.

Gryff ferma les yeux un instant et inspira profondément par ses narines. Il réprima la colère qui montait en lui.

— Si tu penses qu'il a essayé d'agresser sexuellement ce *monsieur*, pourquoi n'a-t-il pas été poursuivi pour ce motif ?

Pourquoi ? Parce qu'ils savaient tous que c'étaient des conneries. En plus, l'agression aggravée était plus facile à démontrer puisqu'il existait des preuves physiques. C'était pour cette raison qu'ils l'avaient inculpé de ces charges. Mais Duncan ne l'admettrait pas.

Non, certainement pas.

Duncan mit ses doigts en cloche et se réinstalla dans sa chaise moelleuse et hors de prix, comme les nombreux sièges qui entouraient la longue table.

— Alors, passons un accord.

— Faisons ça, dit Gryff en clouant Duncan des yeux.

— Nous sommes prêts à abandonner les accusations

criminelles pour les deux agressions. Ainsi, il ne fera que six mois environ s'il se tient bien. Il paiera aussi une amende et les frais médicaux. C'est mieux que l'année ou les deux qu'il pourrait passer en dedans s'il était reconnu coupable des délits.

Gryff fit une moue pour prétendre envisager cette offre ridicule. Pourtant, il ne la prendrait certainement pas en compte. Il ne voulait en aucun cas que Trey fasse de la prison. Ou qu'il accepte de plaider coupable. Sa carrière avec les Bulldogs serait terminée. Une autre équipe pourrait éventuellement l'intégrer, mais ce n'était pas garanti.

— Non.

Duncan n'eut pas l'air surpris. Il entendit un soupir de soulagement en direction de Trey, plus loin sur la table. Il l'ignora.

— OK, je comprends que tu veuilles être agressif. Je suis prêt à céder un peu. Que penses-tu de ça ? Il paie les factures médicales des deux hommes qui ont fini à l'hôpital. Il plaide aussi pour deux chefs d'accusation pour agression simple. Il pourrait faire trois mois environ. Il sera rentré et sorti avant qu'il ne manque à qui que ce soit.

— Tu nous insultes, mon client et moi, murmura Gryff, sans détourner les yeux de Duncan.

— Ward, vraiment. C'est un bon accord. Tu devrais la saisir.

— Non.

— D'accord... souffla Duncan en se penchant vers l'un des gars en costard qui l'entouraient.

Ils échangèrent à voix basse.

— Il paie juste pour toutes les factures médicales des victimes, reprit-il en se redressant. Plus toutes les futures factures qui découleraient de cette agression.

Victimes. Agression. La mâchoire de Gryff se resserra.

Ses dents commencèrent à grincer, mais il s'arrêta. Il devait garder son sang-froid. C'était pour cette raison qu'on ne représentait pas quelqu'un avec qui l'on était impliqué personnellement. Les émotions s'enchevêtraient et cela devenait compliqué.

— Oui, je peux... intervint Trey quand Gryff se répondit pas tout de suite.

Gryff lui fit les gros yeux et Trey se tut immédiatement, levant légèrement les mains de la table en signe de reddition. Avant la réunion, Gryff l'avait prévenu de garder le silence, à moins que Rayne ou Gryff, ou même Grant ne s'adressent à lui.

— Non.

— C'est ma meilleure proposition, dit Duncan, dont les sourcils se haussèrent.

— J'en doute. Tu es assistant du procureur, qu'est-ce que tu en as à faire des factures médicales ?

— J'essaie juste d'obtenir justice pour les victimes.

— Justice, répéta Gryff en reniflant. Je vois. Le problème, c'est qu'ils n'ont eu que ce qu'ils méritaient. Ce n'étaient pas des victimes. Mon client était la victime. Tu continues à négliger ce fait.

— Laisse-moi te dire ceci... Thompkins est impatient de présider ce procès. Il espère même qu'il n'y aura pas d'accord.

— Pourquoi ? Ça ne me semble pas être impartial.

— Pourquoi poser une question pareille quand on parle de Thompkins ? On sait tous que c'est un salaud. Il serait probablement ravi d'envoyer ton mec en prison.

Ton mec.

Si seulement Duncan savait à quel point Trey était *son mec.*

— Alors, la moitié de leurs dépenses.

Devant l'hésitation de Gryff, Duncan soupira et frotta ses yeux.

— Aller. Je dois m'occuper de meilleurs dossiers. D'autres chats à fouetter. Je ne souhaite pas non plus perdre mon temps avec un procès pour cette affaire. Aide-moi.

— Non.

— Bon sang, Ward. Qu'est-ce que tu veux ?

— Ce que je demande clairement depuis le début. Un abandon complet des charges.

— Tu es fou. Tu l'As dit toi-même, tu as vu les photos de leurs blessures.

— Oui.

Gryff se leva, fit glisser le dossier qui trônait toujours au centre de la table, devant Duncan, sans avoir été touché.

— Je vais te laisser le temps de lire les comptes-rendus des témoins, ajouta Gryff. Quinze minutes devraient suffire.

Puis, il tourna les talons et quitta la salle de conférence. Sous le regard intimidant de Gryff Trey, Eli et Grant s'empressèrent de se lever de leurs sièges pour le suivre. Rayne finit par les rejoindre, tirant avec fermeté la porte de la salle de conférence derrière elle.

Il ignora l'étincelle dans les yeux de l'avocate et l'air satisfait sur son visage, et continua à marcher jusqu'à ce qu'il atteigne les doubles portes en verre du hall d'entrée. Il sortit sous la lumière du soleil, aspirant de l'oxygène pur. Ou plutôt de l'oxygène frais, puisqu'ils étaient en ville et que le trafic de la mi-journée remplissait l'air de fumées d'échappement. Il contempla les voitures qui essayaient toutes de se rendre rapidement quelque part, mais qui, au lieu de cela, se retrouvaient coincées dans les embouteillages.

— Pourquoi on est ici, Eli et moi ? l'interrogea Grant en venant à ses côtés. Tu sembles avoir les choses sous contrôle.

— Je commence aussi à me le demander.

Sa voix était un peu plus dure qu'elle n'aurait dû l'être.

— Pourquoi ne retournez-vous pas tous les deux au bureau ? proposa-t-il d'une voix plus douce. Ils vont abandonner les accusations.

Trey se faufila entre Grant et Gryff, bousculant ce dernier. Gryff ferma la main, résistant à l'envie de le toucher. Il ne devait pas se retrouver accroché à son amant sur les marches du bureau du procureur, en plein centre-ville.

— Quoi ?

Les doigts de Trey frôlèrent ceux de Gryff. Légèrement, et seulement leurs phalanges. Rien de trop évident.

— Comment tu le sais ?

— Je le sais, répondit Gryff alors que leurs regards se croisèrent.

— C'est pour ça que c'est le meilleur, Holloway, déclara Grant en frappant Trey dans le dos. N'est-ce pas, Eli ?

Le collaborateur de Gryff leva les yeux vers le détective privé à la peau noire qui était aussi grand, voire plus, que leur patron.

— C'est certain, confirma Eli.

Puis, avec Eli à ses côtés, Grant s'en alla avec un sourire.

Trey se retourna et jeta un regard interrogateur à Rayne, qui se contenta de hausser les épaules et se diriger vers un muret de béton voisin pour s'y percher. Elle leva son visage vers la chaleur du soleil.

Soudain, les tripes de Gryff se tordirent lorsqu'il la vit prendre une grande bouffée d'air et fermer les yeux, le visage toujours orienté vers le ciel. La lumière du soleil faisait briller ses cheveux autour d'elle. Ses lèvres s'écartèrent et se recourbèrent légèrement aux commissures.

Les chaussures qu'elle portait devaient avoir des talons de dix ou douze centimètres. Ils donnaient l'impression que ses jambes étaient interminables, surtout avec ses fichus bas. Sa jupe remonta un peu, et il se demanda si les bas lui arrivaient à hauteur de cuisses. Il ne pouvait pas l'imaginer sans. Il eut le sentiment que le trafic se ferait plus bruyant si les conducteurs l'apercevaient en train de se prélasser au soleil. Elle pourrait même provoquer quelques collisions.

— Stupéfiante, n'est-ce pas ?

Le murmure avait été chuchoté à son oreille.

À ce moment-là, Rayne tourna la tête vers eux, les vit se tenir près l'un de l'autre, et leur adressa un sourire chaleureux. Un sourire qui transforma le sang de Gryff en lave alors qu'il s'écoulait à travers son corps et débarquait dans ses couilles.

Il réalisa que ce n'était pas uniquement une réaction sexuelle. Non, c'était bien plus.

Il en désirait davantage.

Pas seulement maintenant. Ou plus tard. Ou même demain.

Il désirait que ce soit pour toujours.

Cette pensée le frappa de plein fouet. Si violemment que ses genoux faillirent fléchir, que son cœur s'emballa et qu'une perle de sueur apparut sur son front. Il l'essuya d'une main tremblante.

— Tu n'as pas l'air bien, observa Trey.

— Ça va.

Juste un peu secoué.

Il arrache finalement ses yeux de Rayne pour les poser sur l'homme qui se tenait à côté de lui.

Il devrait considérer Trey comme un concurrent.

Mais ce n'était pas le cas.

Il ne devrait pas être attiré par Trey. Pas avec un beau spécimen féminin comme Rayne à quelques mètres de lui.

Mais le joueur le faisait saliver.

Il ne devrait pas réfléchir à la prochaine fois que Trey et

lui se retrouveraient nus, s'explorant l'un l'autre, satisfaisant leurs besoins respectifs.

Il ne devrait pas parce que tout ce qu'il avait à faire, c'était de suggérer à ses deux amants de se lancer dans une relation, et ils seraient partants. Plus qu'enthousiastes.

Trey n'avait pas besoin de dérober des minutes dans les ruelles derrière des bars. Du moins, plus maintenant.

Non. Il s'était immiscé dans leurs vies. Les avait poussés à le désirer. Les avait incités à tenir à lui.

Gryff pensa à la décision que les autres prenaient dans cette salle de conférence, à cet instant précis.

Dans les deux cas, ils risquaient de perdre Trey. Soit il y aurait un procès et il pourrait finir en prison, ce qui l'éloignerait d'eux pendant un certain temps. Soit les charges seraient rejetées et l'équipe le reprendrait, ce qui remettrait Trey sur la route pour l'entraînement, l'inter-saison, la saison régulière. Sans parler de tout ce qui allait de pair avec la célébrité du quarterback. En fait, cela durerait bien plus longtemps que la peine de prison qui lui serait donnée s'il était reconnu coupable d'agression aggravée.

Quoi qu'il en soit, Trey ne méritait pas le sort qu'on lui avait réservé dans cette affaire. Il devait être complètement disculpé.

Gryff n'accepterait rien d'autre. Son amant avait besoin de faire table rase. Et il était le seul capable de lui obtenir un nouveau départ.

***

Les longues jambes de Gryff étaient serrées à l'arrière du taxi. Comme il était seul sur la banquette, il se tordit suffisamment pour se dégourdir un peu les jambes. Trey et Rayne avaient pris un autre taxi ensemble puisqu'ils avaient prévu d'aller faire la fête.

Même si Gryff était aussi soulagé qu'eux, il ne se sentait pas d'humeur à festoyer avec eux. Il avait d'autres choses en tête.

Lorsque son téléphone se mit à sonner, il se dit que ce devait être Rayne ou Trey qui le suppliaient une fois de plus de venir les rejoindre.

Il regarda l'écran. Gray.

— *Alors ?*

— *Les charges sont abandonnées,* répondit Gryff. *Dossier clos.*

— *Possibilité de procédure civile ?* demanda Gray.

— *J'en doute. Les déclarations des témoins étaient capitales. Si c'est le cas, on s'en occupera.*

Il y eut une longue pause avant qu'il reçoive un autre message de Gray. Au vu de la longueur du texte, Gryff comprit pourquoi.

— *Les propriétaires des Bulldogs seront contents. Il ne sera peut-être pas prêt à temps pour la présaison, mais il le sera certainement pour le mois de septembre, puis pour le voyage jusqu'au dimanche du Super Bowl. Au moins, maintenant, il ne sera plus dans tes pattes.*

Gryff relit la dernière phrase. *Au moins, maintenant, il ne sera plus dans tes pattes.*

Cela lui rappela la conversation chez son frère aîné. Gray avait déclaré qu'il ne voulait pas s'asseoir en face de Trey au repas de Thanksgiving et le voir manger la tarte aux patates douces de leur mère.

Ce moment avait dû revenir en mémoire à Gray.

— *Maintenant, il est certain qu'il ne sera pas au dîner de Thanksgiving. Match à Seattle ce jour-là.*

Merde, pensa-t-il. Ils lui avaient évité la prison, seulement pour qu'il retourne dans l'effectif en tant que quarterback titulaire. C'était ce qu'il craignait... Trey serait bientôt sur le départ.

— *Dans tous les cas, ce n'était pas un risque. N'est-ce pas ? Comme je l'ai dit, explore, découvre ce que tu désires, puis écarte-le.*

Gryff n'avait de comptes à rendre à personne, à part à lui-même. Surtout pas à son frère aîné. Mais tout de même, Gray devait avoir une raison particulière pour rappeler sans cesse que l'aventure avec Trey ne devait être que temporaire, et non éternelle.

Gryff ne répondit pas.

— *N'est-ce pas ?* dit le message suivant.

Alors que Gryff fixait son téléphone en se demandant s'il devait prendre la peine de répondre, l'appareil sonna. Quelqu'un s'impatientait. Il toucha l'écran d'un doigt et porta le combiné contre son oreille à contrecœur.

Avant même qu'il ait pu saluer l'appelant, Gray lui sauta dessus.

— Dis-moi que tu vas l'écarter maintenant. Il ne sera plus ton client et il sera occupé par la saison qui arrive. Tu n'as pas besoin de lui dans ta vie. Crois-moi. Il doit se focaliser sur ses performances pour être le meilleur quarterback qui soit. S'il te plaît, ne fous pas tout en l'air.

Les sourcils de Gryff se froncèrent.

— T'es en train de dire que je vais le distraire ?

— Oui, c'est ça. Le sexe a tendance à déconcentrer. Cette année, il a une vraie chance d'enfiler cette bague à son doigt. Surtout maintenant que cette histoire est derrière lui. Ne lui enlève pas cette chance, sans oublier ses coéquipiers.

— S'ils ne vont pas au Super Bowl, ce ne sera pas à cause de moi, Gray.

— C'est bon à entendre. Mets-y vite un terme.

— Tu pars du principe qu'il y a quelque chose à casser.

Gray resta silencieux à l'autre bout du fil.

Les poils de la nuque de Gryff se dressèrent.

— Tu sais quoi ? demanda-t-il doucement.

— Seulement ce que tu m'as dit le jour où tu étais chez moi.

— Foutaises, lâcha Gryff en serrant la mâchoire. Gia ?

— Elle...

Une longue pause.

— Et Trey.

— Trey ?

— Il est venu me demander conseil.

Gryff se pinça l'arête du nez et appuya sa tête contre la banquette du taxi.

— Quel genre de conseil ?

— Le genre qui me fait croire que la fin n'arrivera pas de sitôt.

— Grand frère...

— Petit frère, rétorqua Gray.

— Je maîtrise tout.

— Bien sûr que oui. Ce n'est pas un chaton errant que tu peux garder.

— Bien sûr que ce n'est pas un putain de chaton errant, lâcha Gryff.

Il ferma les yeux alors qu'une bouffée de colère montait en lui, tout comme dans sa voix.

— Pourquoi je ne peux pas le garder ? T'es qui pour dire ce que je peux ou ne peux pas faire ? Ça ne t'impacte pas le moins du monde.

Gryff entendit le murmure de Gray.

— Bon Dieu !

Il l'ignora.

— Tu ne dictes ni ma vie sexuelle ni ma vie amoureuse.

— *Putaaaiiin.*

— Tais-toi, grommela Gryff.

— T'es accro, espèce d'imbécile. Accro. T'as raison, ça ne m'affecte pas personnellement, mais ça peut ébranler l'équipe. Je te l'ai déjà expliqué.

— Je me fous de l'équipe.

— J'en suis certain. Mais Trey, si. Si tu tiens à lui, tu comprendrais à quel point cette saison est cruciale pour lui.

— Pour l'équipe, corrigea Gryff.

— Pour eux aussi. Il veut gagner le championnat. C'est l'équipe parfaite pour y arriver. C'est le quarterback qui peut leur permettre de le décrocher *cette* saison. Ne gâche pas tout pour lui. Il n'agit peut-être pas comme si c'était important, mais ça l'est. Au final, ça comptera pour lui. Au bout du compte, ce sera majeur pour lui s'il laisse passer cette chance. Il a eu une vie de merde. Laisse-le la saisir. Il arrive à un âge où les choses peuvent facilement se gâter. Si ce n'est pas cette saison, ce ne sera peut-être jamais. Tu comprends ce que je veux dire ?

— Oui, assura Gryff en serrant les dents. Je comprends.

— Bien, dit doucement Gray. Bien. Maintenant, laisse-le partir. Trouve quelqu'un d'autre. Ou contente-toi de ton avocate. Concentre ton énergie sur elle.

En ressentant une douleur aiguë, Gryff se frotta la poitrine. Lorsqu'il voulut répondre à son frère, il se rendit compte que la ligne avait été coupée. Son frère lui avait raccroché au nez.

Merde. Il rangea son téléphone dans la poche de sa veste de costume et se frotta le visage, avant d'expirer.

Il y avait un dicton merdique qui disait quelque chose du genre : si tu l'aimes, laisse-le partir...

Si c'était le cas, Trey pourrait revenir auprès d'eux après avoir réalisé son rêve.

Gray avait raison. Ni Gryff ni Rayne ne devaient faire quoi que ce soit pour empêcher Trey d'atteindre son but. Ils pourraient le freiner sans le vouloir.

En attendant, Gryff pouvait aller de l'avant avec Rayne, car il n'était pas question qu'il la laisse partir.

Il ferait tout ce qu'il fallait pour la garder.

Ça, il pouvait le garantir.

Chapitre Quatorze

Gryff posa sa tasse de café et contempla la femme qui avait appuyé sa hanche sur le comptoir, les bras croisés sous les seins, une spatule en main. Des œufs cuisaient sur la cuisinière.

Elle portait un autre de ses T-shirts. Celui-ci lui arrivait à mi-cuisse, ses jambes lisses étaient nues, ses orteils vernis remuaient sur le carrelage. Ses cheveux, qui encadraient ses épaules et tombaient dans son dos, semblaient déchaînés, mais c'était sexy.

Elle lui rendit son regard, les lèvres légèrement courbées.

Elle avait pris l'habitude de porter ses T-shirts lorsqu'elle dormait chez lui. Une habitude qu'il ne voulait pas qu'elle perde, car il n'aurait jamais cru qu'une femme puisse être aussi belle avec un T-shirt d'homme.

Mais elle réussissait à merveille. D'autant plus que ses tétons durcis se pressaient contre le coton usé.

— Tu crois qu'il est déjà réveillé ? demanda-t-elle.

Gryff pencha la tête et écouta. Il n'entendit rien d'autre

que le bruit du beurre et des œufs qui grésillaient dans la poêle.

— Non, répondit-il. Si l'odeur du bacon dans le four ne l'a pas encore réveillé, il risque de ne pas se réveiller de sitôt.

— Oui, le bacon est son point faible.

— C'est pour ça que je garde cinq paquets dans le congélateur maintenant. Ce mec mange comme un porc.

Elle gloussa au sous-entendu.

— On peut aussi passer la nuit dans mon appartement, dit-elle. On n'est pas toujours obligés d'être ici, tu sais.

— J'aime bien que vous soyez là.

— Nous aussi, on aime être ici, assura-t-elle en souriant. C'est évident.

Il se plaça derrière elle et passa ses bras autour de sa taille, l'attirant contre son torse et pressant ses lèvres dans ses cheveux.

— J'aime que tu portes mes T-shirts.

— Ils sont confortables.

— C'est sexy.

Elle tourna la tête suffisamment pour le regarder par-dessus son épaule.

— Vraiment ?

— Tu ne sens pas à quel point je trouve ça sexy ? lui chuchota-t-il à l'oreille.

— Hum. Je pensais juste que t'étais excité par le bacon.

Elle soupira doucement lorsqu'il passa ses pouces sur ses tétons.

— On ne veut pas faire brûler le petit-déjeuner.

— Rayne, je dois te parler de quelque chose.

— Il y a aussi un truc que je suis curieuse de savoir.

— Quoi ?

— Trey m'appelle « bébé ». Pourquoi pas toi ?

— Tu veux que je le fasse ? demanda Gryff en clignant des yeux.

— Ce serait bien si tu... Peu importe, Patron.

— Alors, tu veux que je te donne un surnom spécial. Rien que pour toi.

Gryff lui saisit les cheveux, tirant sa tête en arrière pour déposer un gros baiser sur ses lèvres.

— Chérie.

— Non, protesta-t-elle en lui donnant un coup de coude dans le ventre.

— Amour, souffla-t-il en lui caressant les cheveux près de l'oreille.

— Non, gloussa-t-elle.

— Trésor.

— Non !

— Maman.

— Beurk !

— Oh, ouais. C'est mon préféré. Tu sais que tu veux que je t'appelle Maman.

— Ne t'y avise pas ! s'écria-t-elle en se détachant de lui pour retourner les œufs et éteindre le feu.

— Oh, oui, *Maman*.

— Gryff, c'est juste...

Il éclata de rire et s'éloigna pour attraper son café, dont il prit une bonne gorgée.

— Ne t'inquiète pas, je ne t'appellerai pas Maman au lit. Ni nulle part, d'ailleurs.

— Je suis profondément soulagée. T'imagines m'appeler ainsi lors d'une de nos réunions au cabinet ?

— Je me demande juste si quelqu'un aurait les couilles de m'interroger à ce sujet.

— Dani le ferait.

— Probablement, songea-t-il en s'adossant à l'îlot de la cuisine. Mais sérieusement, j'ai besoin de discuter d'un truc avec toi.

— Les œufs vont refroidir.

— Je sais. Désolée. Je ne veux pas repousser le sujet plus longtemps.

L'avocate fronça les sourcils et son expression devient méfiante.

— Quoi ?

— Je sais que tu n'es pas une collaboratrice au cabinet depuis très longtemps. Mais t'es la meilleure que j'ai.

— Alors pourquoi je n'ai pas encore été promue senior ? *Merde.*

— Rayne, tu es avec moi...

Il secoua la tête.

—... à mon cabinet depuis moins d'un an.

— C'est l'une de tes conditions ?

— Tu sais bien que oui.

Cela lui avait été expliqué lors de sa procédure d'embauche. Elle l'embêtait, c'était tout.

Enfin, c'était ce qu'il espérait.

— OK, répondit-elle en haussant les épaules.

— Mais j'ai une demande à faire.

Son expression et son corps se figèrent.

Ce n'était peut-être pas le bon mot, mais il n'était pas loin de la vérité.

— Je veux que tu sois associée.

— Quoi ? murmura-t-elle, les yeux écarquillés.

— Je veux faire de toi une partenaire, répéta-t-il, plus fermement.

— Tu n'as pas d'associé.

— Si quelqu'un le sait, c'est bien moi.

Il rit d'un air gêné. Tout à coup, cette discussion ne se

passait pas aussi bien qu'il l'avait prévu. Non pas qu'il ait beaucoup réfléchi à la manière de soumettre l'idée à Rayne. Il avait décidé de faire d'elle une partenaire pour diverses raisons. Mais il ne s'attendait pas à ce qu'elle soit... choquée.

— Patron, je veux dire... je suis flattée. Mais ce n'est pas un peu étrange de proposer soudain à la plus récente collaboratrice, sans parler de la plus jeune, qui n'est même pas encore senior, de devenir associée ?

— C'est mon cabinet, ma décision.

Elle renifla.

— J'en suis bien consciente. Tu ne crois pas que tout le monde va dire que c'est parce que je couche avec le patron ?

— Ils connaissent tes performances.

— Ils ne vont pas s'en soucier. Mes performances pourraient me faire passer au rang senior, puis peut-être un jour à un poste d'associée. J'aurais besoin d'acheter des parts. Je...

Elle expira et secoua la tête.

— Je ne pense pas pouvoir racheter des parts.

— Rayne...

— Non, Gryff. Ne t'avise pas de dire que c'est inutile.

— Je n'allais pas dire ça.

— On partagerait les profits, les factures, les maux de tête... Je ne sais pas si je suis prête pour ça.

— C'est un engagement, c'est sûr. Mais en parlant d'engagement...

— Gryff, murmura-t-elle, un air peiné sur le visage.

— Bon sang, laisse-moi d'abord m'exprimer avant de juger ce que je vais dire.

— Désolée, dit-elle en clignant des yeux.

Il inspira une bouffée d'air, fixant les orteils vernis du rose de l'avocate.

— J'entends tes inquiétudes sur le fait de devenir partenaire. J'ai une solution à ce problème.

— Quoi ?

— Tu pourrais... commença-t-il en la regardant fixement. *M'épouser.*

— On pourrait...

Se marier. Il déglutit. *Putain de merde.*

— Je veux que tu...

— Quoi ? Quoi, Gryff ? Qu'est-ce que t'essaies de dire ?

Il se prépara à ce qu'il allait dire.

— Épouse-moi, Rayne.

— Quoi ? s'exclama-t-elle en écarquillant les yeux.

— Si tu deviens ma femme, ce qu'ils diront n'aura plus d'importance.

— Quoi ? répéta-t-elle, l'air un peu abasourdi.

Il se redressa. Ce n'était pas surprenant qu'elle soit sous le choc. Lui aussi l'était un peu. Il venait de demander en mariage une personne qu'il connaissait depuis moins de six mois. Il lui proposait de devenir associée d'une entreprise pour laquelle il avait travaillé longtemps et dur afin d'en faire la meilleure. Une femme avec laquelle seulement... *seulement* quelques mois plus tôt, il avait entamé une relation intime. En plus, ce n'était pas une relation classique, puisqu'ils n'étaient pas que tous les deux.

Il était du genre, une fois qu'il savait ce qu'il désirait, à aller le chercher. Il voulait avoir Rayne à ses côtés. Comme partenaire dans les affaires, partenaire dans la vie.

— Es-tu conscient de ce que tu demandes... de ce que tu proposes... Je... euh...

— Oui, je suis assez conscient de ce que je propose.

Il en *était* bien conscient. Il ne prenait pas la demande à la légère.

— Tu veux *l'épouser* ?

Ah, putain. Gryff ferma les yeux et gémit à mi-voix. Ce n'était pas ainsi qu'il souhaitait que Trey l'apprenne.

Il se tourna vers l'entrée de la cuisine et vit Trey qui se tenait là, vêtu seulement d'un long short ample. Tous les muscles de son corps semblaient tendus. Sa mâchoire se crispa. Ses mains se serrèrent. Sa bouche témoignait de sa colère.

— Trey, dit-il doucement, regrettant maintenant d'en avoir parlé à Rayne avant que Trey connaisse ses intentions.

Il avait voulu lui en parler.

Bien sûr.

Il n'avait pas non plus eu l'intention de demander Rayne en mariage ce matin. Quelque chose s'était mis en marche dans son cerveau quand il l'avait observée s'affairer dans sa cuisine pour leur préparer un petit-déjeuner avec un de ses T-shirts.

Quand quelque chose lui paraissait juste, lui donnait l'impression d'être bien, c'était le bon truc à faire.

Il n'avait pas l'intention de prendre Trey par surprise ni de le blesser. Mais l'autre homme voyait les choses différemment.

Il entra dans la cuisine et se mit nez à nez avec Gryff, qui resta sur ses positions, même s'il sentait la colère émaner du corps de Trey.

— C'est quoi ce bordel, Gryff ? Est-ce que je vais être exclu de cette relation ? Est-ce que je vais être réduit à l'état de pièce rapportée ?

Il rit amèrement.

— Bon sang, ce ne sera peut-être même moins que ça.

Trey plaqua ses deux paumes sur le torse de Gryff avant de s'approcher de Rayne. Il pointa un doigt vers elle, un masque de fureur pour visage.

— Tu l'épouses, je pars.

— Trey, dit doucement Gryff en essayant de contenir sa propre colère.

Le voir s'en prendre à Rayne ne lui facilitait pas la tâche.

Il comprenait la peine, le chagrin qu'il ressentait. Lui aussi se serait senti trahi.

— Non, Gryff. C'est de la fourberie, là. Attends. Tu veux peut-être que je parte. C'est peut-être de ça qu'il s'agit. Tu la veux pour toi. *Putain !* Je suis tellement stupide. J'aurais dû le voir venir.

— Je ne désirais pas t'exclure.

— Bien sûr. Alors, faites une belle petite cérémonie, mariez-vous, pendant que cet imbécile...

Il enfonça son pouce dans sa poitrine

—... s'assied dans le public, et vous regarde ? Vous applaudit ? Vous lance du riz à la fin ? Pendant que vous vous fourrez mutuellement le gâteau de mariage dans la bouche, je devrais être reconnaissant d'attraper les miettes ? Va te faire foutre. Va te faire foutre, Gryff. *Va te faire foutre.*

Il tourna sur ses talons et fit deux pas avant de s'arrêter et de lancer un regard à Rayne.

— Va te faire foutre aussi, si tu dis oui.

Puis il sortit précipitamment de la cuisine, les laissant tous les deux dans un silence sidéré pendant un moment.

Rayne finit par regarder Gryff avec des yeux écarquillés.

— Merde.

Il était d'accord. En effet, c'était la merde.

Trey avait l'impression que sa tête allait se détacher de son cou. D'exploser comme une fusée dans l'espace.

Il jeta son sac de voyage sur le lit, en sortit un jean, des chaussettes et un T-shirt propres, puis y remit des vêtements sales.

Il emmerdait cet endroit. Il emmerdait Gryff. Et les conneries qu'il percevait en bas.

Il avait demandé Rayne en mariage, putain. Il l'avait *demandée en mariage* !

Trey se raidit en entendant les pas lourds de Gryff s'approcher.

— Tu veux l'épouser, putain, dit-il sans se retourner.

Il fit de son mieux pour éviter les tremblements dans sa voix, mais il n'y parvint pas.

— Trey, dit doucement Gryff.

L'avocat ne dit rien de plus. Il n'avait pas d'excuses. Aucune explication. Il ne savait probablement pas quoi dire.

Trey prit une inspiration tremblante et enfonça ses vêtements plus profondément dans le sac pour pouvoir le fermer.

Il voulait frapper ce type. Vraiment. Mais il n'avait pas besoin de s'attirer d'autres ennuis judiciaires. Non pas que Gryff appellerait les flics. Si Trey lui en collait une, Gryff devrait reconnaître qu'il la méritait. Parce que c'était le cas.

Au lieu de cela, Trey le découpa avec ses mots, souhaitant qu'il ressente la même douleur que lui. La même peine.

— Tu sais, on baise quand tu n'es pas là. Tu le savais ? Rayne te l'a dit ? Ça ne te dérange pas que ta femme baise avec un autre homme ?

Pendant un moment, il n'y eut que le silence, puis il entendit Gryff se rapprocher. Suffisamment près pour qu'il puisse sentir la chaleur du corps de l'autre homme.

— Je n'essaie pas de t'exclure, Trey. Je voulais t'inclure dans cette décision.

— Tu vois ? *Décision*. Le mot juste aurait été « discussion », pas « décision ».

Il tenta d'effacer la souffrance de son visage avant de se tourner vers Gryff.

— Je ne suis pas ton chien, Gryff. Ce n'est pas parce que

tu me baises que je suis ton chien. Je suis toujours un homme. Un homme qui joue au football, bordel de merde. Il n'y a rien de plus viril que ça. Ce n'est pas parce que je te laisse m'enculer que t'es l'homme, et pas moi. Ça ne marche pas comme ça dans mon monde. On devrait être égaux. Pas seulement toi et moi, mais Rayne aussi. Le fait que tu veuilles *l'épouser* me donne l'impression d'être à part, non désiré et insuffisant. C'est ce que tu souhaitais ? Parce que si c'est le cas, t'as réussi.

Gryff souffla et enroula ses doigts autour du bras de Trey. Ce dernier regarda la main foncée qui le touchait et dégagea son bras de l'emprise de l'avocat.

— Non. Tu n'as pas le droit de me toucher là. Peut-être même plus jamais.

— Je veux faire d'elle une associée, T.

— « T » ? Maintenant, tu veux me donner un petit nom ? « *T* » ? T'es à côté de la plaque.

— Assieds-toi.

— M'asseoir ? s'exclama Trey en fronçant les sourcils. Tu me donnes un ordre maintenant ?

— S'il te plaît, T, assieds-toi.

— Et voilà que tu me refais le coup du « T ».

Trey secoua la tête, son cœur battant la chamade dans sa poitrine. La panique s'installa, il pouvait la sentir s'infiltrer dans son corps, ses pensées, sa voix. Il allait se retrouver seul une fois de plus. Non désiré. Un fardeau.

Bon sang !

— Si tu ne veux pas de moi, ta sœur, elle, si.

La colonne vertébrale de Gryff se raidit.

— Ma sœur ?

— Ouais, Gia m'envoie des textos sans arrêt.

— De quoi tu parles, putain ?

— Ta sœur souhaite sortir avec moi.

— Tu l'appelles, Trey, et je t'écrase au sol. Je ne parle pas de ma bite dans ton cul, non plus. Ne t'approche pas de ma sœur. Maintenant, assieds-toi et respire.

— Tu sais ce qui m'énerve ? Tu penses être le chef de cette relation. Que tu peux dicter ce que Rayne et moi faisons, disons, ressentons, peu importe. On ne t'a pas tapé sur l'épaule pour te désigner chef.

Il regarda le corps de Gryff se soulever, se relever, ses épaules se redresser.

— Trey. C'est la dernière fois que je te le demande. Assieds-toi, putain. Laisse-moi une chance de te parler.

— La discussion aurait dû avoir lieu avant que tu demandes Rayne en mariage.

— Je sais. Je n'avais pas prévu ça comme ça, c'est arrivé, c'est tout.

— Oh, c'est vrai. *Oups.* « Veux-tu m'épouser ? »

Trey se dirigea vers le lit et s'assied, croisant les bras sur sa poitrine. Les yeux plissés, il regarda Gryff commencer à faire les cent pas devant lui et se frotter les cheveux d'une main.

— Tu sais que les hommes peuvent se marier maintenant, mais tu ne me l'as pas proposé. Tu sais pourquoi ?

Le pas de Gryff hésita lorsqu'il fut dos à Trey.

Trey n'attendit pas sa réponse.

— Parce que je ne suis pas assez bien pour toi, n'est-ce pas ? Je ne suis pas assez bien pour que tu m'épouses.

— On a déjà eu cette discussion.

— Oui. Je pensais que les choses avaient changé. Que tu ne me considérais plus comme une tache sur ta réputation irréprochable. Surtout maintenant que les charges ont été abandonnées.

— Celles de ta dernière arrestation.

Trey inspira.

— Oui, celles de ma dernière arrestation. Merci de

m'avoir éclairé sur ce point. T'as raison, ce n'était pas la seule. Donc, soit tu ne veux pas être avec quelqu'un qui a un passé douteux, soit t'as peur que je ne sois pas capable d'éviter les ennuis à l'avenir. Laquelle des deux ? Ou les deux ? Sois honnête.

— Ni l'une ni l'autre.

Trey rit amèrement et secoua la tête.

— Foutaises. Je t'ai dit d'être honnête.

Gryff s'arrêta devant lui et croisa son regard. Il voyait quelque chose dans les yeux du joueur qu'il n'arrivait pas à cerner. Ni colère, ni tristesse. Il n'était pas sûr de savoir ce que c'était.

— Je suis honnête. Ni l'une ni l'autre. Est-ce que je veux que tu évites les ennuis ? Oui. Est-ce que je pense que Rayne et moi pouvons t'aider à le faire ? Oui. Mais...

— Mais ?

La pomme d'Adam de Gryff remua quand il déglutit difficilement.

— T'as été blanchi, t'es de retour dans l'équipe.

— Et alors ?

— Alors...

La poitrine de Gryff se souleva et s'abaissa tandis qu'il inspirait brusquement.

— Alors, tu vas faire ce que tu as à faire. Retourner à l'entraînement, au lancer de ballon, à ce que tu sais faire de mieux.

— Je ne vois toujours pas où est le problème ? Ou quel est le rapport avec ta demande en mariage à Rayne. Ou pourquoi tu ne veux plus de moi.

Gryff se frotta le visage et laissa échapper un petit gémissement.

— Je n'ai jamais dit que je ne voulais pas de toi, T. D'accord, au début, quand je luttais contre l'idée. Mais depuis, jamais. Rayne te désire, je te désire. Mais tu seras parti.

— Parti ?

— De retour dans l'équipe.

— OK ?

— Tu dois te concentrer sur ta carrière.

Trey secoua la tête, confus.

— Il y a plein de joueurs qui sont mariés ou ont une relation sérieuse.

— Oui, mais...

— Mais rien. Parce que j'ai une relation avec deux personnes au lieu d'une, tu penses que mon jeu va en souffrir ?

— Tu veux parvenir au Super Bowl.

— Bien sûr. Tu crois que tu vas m'empêcher d'y arriver ? Putain. Tu n'as pas tant de pouvoir, Gryff.

Lorsque l'avocat fronça les sourcils, Trey leva la main.

— D'accord, oui, t'as ce pouvoir. Mais pas au point que je ne puisse pas lancer un putain de ballon de foot et que je ne puisse pas bien le lancer. Me prendre ta bite dans le cul n'affecte pas mon bras lanceur.

— Oh, bon sang.

— Ce n'est pas ce que t'es en train de dire ?

— Je ne sais pas ce que j'essaie de dire. Je suis juste un peu confus. Mon instinct d'homme me dit d'épouser Rayne, d'en faire ma compagne. La garder à mes côtés. C'est normal. Et toi ? Tu n'es pas...

— Une femme.

— Certainement pas.

— Pas un partenaire idéal.

— Je ne dis pas ça. Mais mon instinct est différent te concernant.

— Tu veux juste coucher avec moi, mais rien d'autre.

— Non.

— Alors quoi ?

Gryff expira bruyamment.

— Je ne sais pas comment l'expliquer.

— T'aimes avoir le contrôle, et tout à coup, ta vie est devenue incontrôlable. T'ignores comment remettre de l'ordre dans ton monde. Alors, t'as demandé Rayne en mariage pour retrouver un peu de normalité dans ta vie. Dans votre relation déviante. Je commence à comprendre.

— Je suis content que quelqu'un y parvienne.

— Mais tu veux tout de même épouser Rayne.

— Oui.

— Tu veux toujours de moi dans ta vie ? La tienne et celle de Rayne ?

— Oui. Putain, oui. Oui ! Bon sang.

— OK. Alors, encore une fois, quel est le problème ?

— Je ne sais pas comment faire...

Gryff s'interrompit.

— Pour que ce soit ordonné.

Gryff s'agenouilla devant Trey, les mains sur ses cuisses, et leva les yeux vers lui.

— Oui. Ordonné. J'ai peur qu'à cause du chaos qui règne, tu n'aies aucune chance d'être le meilleur joueur de football possible.

— Ce n'est pas le bordel pour moi, Gryff. C'est ça le problème. C'est seulement dans ta tête que c'est le bazar. Pas dans la mienne.

Gryff fit une moue.

— Je serais parfaitement heureux qu'on emménage tous ensemble. Aucun de nous n'a besoin d'une alliance pour faire partie de la vie de l'autre.

— Tu voudrais qu'on vive tous ensemble ? demanda Gryff, presque surpris par cette suggestion.

— Tu ne t'attendrais pas à ce que Rayne emménage chez toi si elle acceptait de t'épouser ? Vous vivriez ensemble. Puis, je serais là. Tu t'attends à ce que je vienne de temps en temps ? Qu'on s'envoie en l'air, que je rentre ensuite chez moi et que je vous laisse, Rayne et toi, vivre votre vie de couple ? Ou tu penses que je vais me lasser de cette relation et vais finir par m'éloigner ? Que je passe à ma prochaine aventure éphémère.

— Qu'est-ce que tu désires, T ?

— Qu'est-ce que je veux ? Ah, putain.

Il prit une grande bouffée d'air pour se préparer à tout dévoiler.

— Je veux que tu m'appelles T. Je veux que tu me baises quand et où tu le souhaites. Je veux que tu finisses par me laisser te dominer.

Il leva une main avant que Gryff puisse argumenter sur ce point.

— Pas d'urgence. Je peux attendre. Je veux m'endormir tous les soirs avec Rayne et toi. Tous les matins, je veux vous embrasser tous les deux avant que vous partiez au bureau et que j'aille à l'entraînement. Je veux rentrer tard de l'entraînement ou d'un match à l'extérieur et savoir que vous m'avez gardé un truc au chaud. Bon Dieu !

Trey eut le souffle coupé quand la réalité le frappa.

— Je suppose que je recherche le bonheur conjugal. Trey Holloway désire s'attacher. Pas de façon tordue. Même si ce serait bien de temps en temps.

— Tu veux être attaché ? répéta Gryff, l'air amusé.

— Oui. N'oublie pas cette partie.

Les yeux de Gryff se plissèrent et ses lèvres remuèrent.

— Tu dois me promettre quelque chose.

— D'éviter les ennuis. Tu me l'as déjà fait comprendre.

— Non. Enfin, oui, ça aussi.

— Alors quoi ?

— D'obtenir la bague du Super Bowl.

Trey sourit et acquiesça. Cette promesse lui tenait à cœur. Non seulement il la voulait, mais il la lui fallait. Ce serait son année. Surtout, avec deux personnes qu'il aimait et qui l'aimaient à ses côtés.

Épilogue

— Va te faire foutre, Trey, entendit Rayne en se dirigeant vers le salon.

Ses lèvres prirent la forme d'un sourire à la réponse de Trey.

— Je t'aime aussi, monsieur Patron.

— On ne regarde pas *encore* ce truc, râla Gryff.

Trey laissa tomber un saladier de pop-corn sur les genoux de Gryff avant de sauter par-dessus le canapé et de rebondir sur les fesses.

— Oh, mate cette réception. Score parfait. Dix points. Oh ! La foule hurle. Roooaaaaaaah !

— Qu'est-ce que je t'ai dit pour les bonds sur le canapé ? le réprimanda Rayne en tendant deux bières fraîches à ses hommes.

— Oui, Maman, répondit Trey, avec l'air d'un enfant sermonné, puis il se tourna vers Gryff. Ça fait un moment qu'on ne l'a pas visionné.

Gryff ricana et accepta une des bières.

— Oui, depuis le week-end dernier. Ça commence à dater.

— Ça ne vieillira jamais.

— C'est toi qui le dis.

— Pourquoi ? Qu'est-ce qu'on regarde ?

Rayne leva les yeux vers le grand écran plat accroché au mur. Elle grimaça.

— Oh, merde.

— Ouais. Exactement.

— Non. On était censés regarder un film de mon choix, se plaignit-elle en fourrant la bière restante dans les mains de Trey.

— On ne va pas regarder un film de gonzesses. Nous, les hommes, on a envie de le regarder encore une fois.

— Parle pour toi, grommela Gryff.

Trey fronça les sourcils à l'attention de Gryff.

— Tu préfères revoir *Au fil de la vie* ?

— Sûrement pas ! s'exclama Gryff en fronçant les sourcils.

— Ce n'est pas ce que j'ai choisi.

— OK, dit Trey. *Twilight*, alors.

— Bien sûr... comme si j'allais regarder ce truc, répliqua-t-elle en tapant sur les genoux des deux hommes pour qu'ils lui fassent de la place au milieu du canapé.

— Attends. T'as tiré la paille pour avoir la place du milieu ?

— Je n'ai pas besoin de paille. Je prends le milieu, dit-elle en se faufilant dans le petit espace qu'ils avaient créé entre eux.

Gryff passa un bras autour de ses épaules, l'attirant contre son flanc. Elle s'y glissa parfaitement.

— Oooh. J'adore quand t'es autoritaire, déclara Trey en agitant les sourcils.

Rayne rit.

— *Toi*, oui. Celui-là, pas tellement, dit-elle en inclinant la tête vers Gryff.

— Je suis le patron, tu te souviens ? rétorqua Gryff en se penchant au-dessus d'elle.

Il tenta d'arracher la télécommande aux mains du quarterback.

Le joueur de football la leva et la mit hors de sa portée.

— C'est celui qui a la télécommande qu'est le patron.

Rayne soutira la télécommande des doigts de Trey quand il ne s'y attendit pas.

— OK, c'est réglé.

— Tu vois ? fit remarquer Trey. Autoritaire.

Oui, parce que je ne vais pas revivre tout ce match. On l'a visionné un million de fois, répondit-elle.

— Pas tant que ça.

— Presque.

— On peut se contenter de regarder le quatrième quart-temps ?

Gryff gémit.

— Depuis le temps, je peux citer les journalistes sportifs pendant tout le match.

— D'accord, seulement les cinq dernières minutes.

— Cinq minutes de temps réel ou de temps de jeu ? demanda Gryff. Parce que cinq minutes de temps de jeu, ça dure une éternité.

Trey soupira.

— Je peux faire un compromis. Regardons juste la cérémonie qui suit.

Rayne rit.

— Pour qu'on te revoie embrasser le trophée Lombardi ? T'as laissé des traces de langue dessus.

— Il était sexy, se justifia Trey en passant, lui aussi, son bras autour des épaules de la femme. Comme toi, bébé.

Être cajolée par ses hommes sur le canapé lui gonfla le cœur. Elle les aimait tellement tous les deux. Et elle se sentait aimée en retour. Très aimée.

— C'était peu hygiénique et dégoûtant. Tant de doigts qui la touchaient. *Beurk.*

— Ça en valait la peine. Fais une avance rapide jusqu'à la cérémonie. S'il te plaît. Oui, là. Quand les confettis se mettent à tomber.

Depuis février, Rayne et Gryff pourraient se plaindre de regarder en boucle le match du Super Bowl. Mais au moment de la cérémonie, Rayne devait toujours se retenir de pleurer. Honnêtement, elle ne se lassait jamais de voir la joie pure et la fierté sur le visage de Trey quand on lui tendait le trophée pour qu'il le hisse au-dessus de sa tête. Oui, dans l'excitation, il l'avait embrassé.

Gryff et elle avaient regardé le match depuis la suite des Bulldogs avec Gray, Paige et Connor, et ce qui avait semblé être une centaine d'autres personnes. Rayne avait rongé tous ses ongles avant le troisième quart-temps.

Gryff avait failli frapper le mur quand le ballon lancé par Trey avait été intercepté lors du quatrième quart-temps. Elle ? Elle avait failli vomir, c'était dire.

Pendant les dernières secondes du match, ils étaient tous en larmes. À égalité, Trey avait lancé un obus qui leur avait offert la victoire, avait fait de lui le meilleur joueur et avait rapporté le trophée Lombardi à Boston.

Il avait alors décidé de raccrocher ses crampons puisqu'il avait réalisé son rêve.

Rayne remarqua la partie de la vidéo où Gryff et elle le rejoignaient devant la caméra. Trey n'hésitait pas à serrer Rayne contre lui, à lui déposer un gros baiser sur les lèvres, avant de passer un bras autour de la taille de Gryff pendant qu'il était interviewé par des journalistes sportifs enragés.

Elle n'avait pas besoin de la cassette pour se rappeler la fierté dans les yeux de Gryff, du sourire plus grand que nature sur son visage.

Des questions avaient suivi sur leur relation. Bien sûr, les journaux à scandale avaient inventé toutes sortes d'affirmations indécentes. Ils avaient tout ignoré. Même Gray avait aidé à faire diversion.

Une fois que les caméras s'éloignèrent de Trey, Rayne éteignit l'enregistrement. Avant qu'elle lance un film, Trey s'empara de la télécommande et la posa sur la table basse.

— J'ai quelque chose à vous dire.

Gryff se pencha et mit le bol de pop-corn sur la table. Puis, il se tourna pour leur faire face à tous les deux.

— Ça devrait être sympa.

Rayne lui tapota la cuisse. Il lui prit la main, entrelaçant ses longs doigts noirs avec les siens, et la lui serra.

Trey se tortilla aussi dans son siège, un petit sourire aux lèvres.

— D'accord, T, on t'écoute, dit Gryff d'un ton bourru.

— J'ai décidé de retourner à l'école.

Rayne resta bouche bée et sentit Gryff s'agiter à côté d'elle.

— T'as déjà un diplôme.

— Oui, mais en vous voyant, Rayne et toi, devenir associés au cabinet, je me sens un peu exclu.

Rayne commença à protester, mais Trey leva une main pour la stopper.

— J'aurai bientôt trente-trois ans. Je ne peux pas rester à la maison pour faire l'homme au foyer. Bien que je sois sexy et porte une bague du Super Bowl. Peu peuvent en dire autant, continua-t-il en plaisantant. Mais vous deux, vous partez tous les matins. Vous avez un but. Moi, je n'en ai aucun.

Il fixa son regard sur Gryff.

— Lorsque t'as demandé Rayne en mariage, il y a quelques mois, t'as dit que tu voulais qu'elle soit ta partenaire, non seulement dans les affaires, mais aussi dans la vie. Je comprends maintenant.

— C'est quoi le rapport avec l'école ? insista Gryff.

— Pas n'importe quelle école. Une école de droit.

— Quoi ? Vraiment ? demanda Rayne, surprise. C'est génial !

— J'ai juste pensé que tu préférerais te prélasser comme un gigolo, dit Gryff.

Bien qu'il l'eût dit sérieusement, ses yeux brillèrent et ses lèvres tressaillirent.

— Je veux obtenir mon diplôme de droit et vous rejoindre au cabinet.

— On a un processus d'embauche difficile. L'entretien à lui seul est brutal, révéla Gryff.

Rayne leva les yeux au ciel, puis sourit à Trey.

— Tu peux faire un stage avec moi.

— Oh, attends. Quoi ? Non, protesta Gryff. Vous n'arriverez pas à travailler. Non. Il peut faire un stage avec Maggie.

Maggie, l'une des femmes les moins séduisantes du bureau, était pourtant une excellente avocate. Rayne secoua la tête.

— Ça veut dire qu'il peut rejoindre le cabinet.

— Je n'ai pas dit ça. J'ai dit qu'on devait d'abord lui faire passer un entretien.

Trey renifla.

— D'accord, je ferai tout ce qu'il faut. Mais je dois d'abord terminer mes études. Est-ce que le stage est payant ?

— Non, répondit Gryff, alors que Rayne disait « Oui ».

Il charriait Trey. Elle se retint de sourire.

— Qu'importe. Je n'ai pas besoin d'argent. Non seulement je suis champion du monde, mais je suis aussi un homme entretenu.

Il sourit.

— Peu importe, T, répéta Gryff. T'as plus d'argent que Rayne et moi réunis. Surtout après avoir vendu ton appartement. T'as tes contrats publicitaires. Sans parler du petit bonus que t'as reçu pour ta victoire au Super Bowl.

— Cette prime a déjà été dépensée.

— Sur quoi ? demanda Gryff en fronçant les sourcils.

— Quelque chose pour nous trois.

Ce fut au tour de Rayne de froncer les sourcils.

— De quoi tu parles ?

— Je voulais vous faire une surprise.

— Pour l'amour du ciel, T, viens-en au fait.

— Bon sang, t'es si exigeant. Bon...

Il leur fait un grand sourire.

— Comme j'ai du temps libre pendant que vous partez tous les deux pour ramener le bacon à la maison, j'ai décidé...

Sa voix s'éteignit.

— Trey, l'avertit Gryff.

— D'embaucher un organisateur pour...

Il hésita encore.

— Putain de merde, marmonna Gryff en scrutant le plafond.

— Notre cérémonie d'engagement.

Le regard de Gryff passa de Trey à Rayne, puis retomba sur Trey.

— Notre quoi ?

— Tu souhaitais épouser Rayne. Vous avez décidé de ne pas le faire pour moi. Je vous en suis reconnaissant. Je vous aime tous les deux. Je veux qu'on s'engage tous les trois.

— C'est déjà le cas, répondit Rayne, surprise par la tournure des événements.

Elle ignorait ce que Trey avait prévu. Elle ignorait aussi comment il avait pu garder le secret avec son enthousiasme.

— J'ai parlé à Gray.

— Oh putain.

— Il m'a parlé de la cérémonie que Logan, le frère de Paige, a organisée avec ses partenaires, Ty et Quinn.

— Et alors ?

— Alors, il m'a parlé de la cérémonie que Renny, Cole et Eve ont faite.

— Ils ont tous des enfants, rétorqua Gryff.

— Tu ne veux pas de cérémonie ? Tu ne veux pas quelque chose qui nous engage les uns envers les autres ?

— *Toi*, tu souhaites faire une cérémonie ? lui demanda Rayne. Je n'en ai pas besoin. Je doute que Gryff en ait besoin. Mais si *tu* désires en faire une, je ne suis pas contre. Gryff ?

Sa réponse la bouleversa complètement.

— Oui, j'en veux une aussi. Je pense que c'est une bonne idée.

Trey rit.

— Bon sang ! Monsieur Patron trouve qu'une de mes idées est bonne. Notez cette date. Il faut que je m'en souvienne.

— Très drôle. Non, t'as raison, T. Je crois qu'une petite cérémonie serait sympa pour notre famille et nos amis les plus proches.

— Nos mille amis les plus proches ?

— Non. Pas plus de cinquante.

— Mince. Je voulais que ce soit une grosse sauterie.

— Non. Je suis d'accord si c'est petit et intime. Rayne ?

— Je suis d'accord. Rien d'extravagant, affirma-t-elle.

— Alors, on le fait ?

— Oui, on peut le faire, accorda Gryff d'une voix douce et chaleureuse, en hochant la tête.

— Oui, si t'as besoin d'un truc pour montrer aux gens qu'on s'aime, alors je suis partante. En fait, l'idée me plaît de plus en plus, dit Rayne.

Elle s'imaginait debout, entre ses hommes, devant un autel entouré de magnifiques lys, échangeant des vœux et des anneaux. Présentés à leurs amis et à leur famille comme un trouple uni.

Oui, elle pouvait très clairement le visualiser.

De plus, cela prouverait à Trey qu'ils s'engageaient envers lui. Et lui envers eux. Il avait trouvé son foyer et sa famille pour toujours. Ses partenaires dans la vie.

Pour lui montrer qu'il était assurément désiré et aimé. Qu'ils s'appartenaient dans tous les sens du terme.

Rayne tapota leurs deux cuisses, sentant ses yeux brûler. Elle renifla.

— Bon, ça suffit avec ces trucs à l'eau de rose. On regarde *Les pages de notre amour*.

— Oh, bon sang ! râla Gryff. Pas encore ce film.

— Putain, non ! hurla Trey. La dernière fois, j'ai utilisé toute une boîte de mouchoirs. Ma carte de virilité a été révoquée pour un mois entier.

Elle gloussa et fit défiler les films. Elle opta pour un film d'action qui donnait à ses hommes l'impression d'être des hommes, et qui lui faisait dire qu'elle avait de la chance d'être blottie entre eux.

La vie était *belle*.

Inscrivez-vous à la lettre d'information de Jeanne

Jeanne St. James

pour connaître ses prochaines sorties, ses ventes et bien plus encore (En anglais): http://www.jeannestjames.com/ newslettersignup

Oser s'abandonner

Une femme, deux hommes, et une forte attirance. Un danger qui pourrait tous les détruire…

La vie d'Olivia Holloway n'a jamais été simple. Seule à 16 ans, elle lutte pour survivre depuis. Quand elle se retrouve dans une situation dangereuse que même elle ne peut surmonter, elle doit céder et demander de l'aide. Elle la cherche avec réticence en se présentant au cabinet d'avocats du frère avec lequel elle s'est autrefois brouillée. Toutefois, ce n'est pas son frère Tray qui intervient comme détective privé, mais Elliot Stone et son mari, Grant Lane. Ils acceptent de la cacher chez eux pour la protéger après qu'elle assiste à un meurtre de la main d'un puissant Sénateur.

Un désir osé

Ensemble depuis une décennie, le mariage d'Eli et Grant est
solide et ils sont éperdument amoureux. Mais quand Olivia
se pointe au cabinet où ils travaillent tous les deux, Eli ressent
une attirance qu'il ne peut pas nier pour cette femme. Seulement, il doit maintenant convaincre son mari que la faire
entrer dans leur relation ne détruira pas ce qu'ils ont, mais
l'approfondira. Grant acceptera-t-il ?

Et est-ce que les ennuis d'Olivia les mettront tous en danger ?

**Tournez la page pour lire le premier chapitre du
livre suivant : mybook.to/DareToSurrender-FR**

Oser s'abandonner (livre 5)
Dare to Surrender

Chapitre un

LES BATTEMENTS de son cœur résonnaient dans les oreilles d'Olivia, coupant tout autre son, alors que ses yeux fixaient les grandes lettres dorées sur le mur au-dessus de l'accueil... *Ward, Jordan & Holloway.*

Les lèvres de la réceptionniste bougeaient, mais Liv ignorait ce qu'elle disait.

Elle devait faire demi-tour et se tirer d'ici avant de se faire attraper. C'était une mauvaise idée. L'une des bien trop nombreuses qu'elle avait eues dans sa vie.

Elle avait l'estomac retourné, et sa bouche lui donnait l'impression d'être remplie de coton.

Elle ferma les yeux un instant alors qu'une vague de panique la submergeait. Elle pouvait arranger seule les choses. Après tout, elle avait survécu par ses propres moyens pendant la majeure partie de sa vie.

Elle n'avait jamais eu besoin de quelqu'un pour la sauver, et cette fois-ci n'était pas différente.

Bien sûr.

Elle se raidit lorsqu'elle sentit quelque chose, ou quelqu'un, une grande forme dégageant de la chaleur dans son dos. Elle secoua la tête pour essayer de remettre ses idées en place.

— Ça va ? entendit-elle enfin.

À moins que la réceptionniste ait une voix grave et masculine, ce n'était pas une femme. Un frisson lui parcourut l'échine.

Lorsqu'une énorme main sombre se posa sur son bras, elle fut incapable de faire autre chose que la fixer. Elle cligna des yeux. Pourquoi cette personne la touchait-elle ?

Puis des doigts enveloppèrent son menton, levant son visage et son regard. Elle plongea ses yeux dans des pupilles très, très foncés. Des yeux remplis d'inquiétude et... d'autre chose.

Elle n'était pas habituée à l'inquiétude. Ce regard lui semblait étranger. L'autre truc ? Elle ignorait la raison pour laquelle il la contemplait ainsi.

— Pardon ? murmura-t-elle, presque comme si elle était piégée dans un brouillard.

— Vous allez bien ?

L'homme se mit en mouvement, la conduisit jusqu'à une chaise voisine et la poussa doucement dessus.

— Cassie, va chercher une bouteille d'eau.

Du coin de l'œil, elle aperçut la réceptionniste se déplacer d'un pas pressé.

— Ça va ?

Pourquoi continuait-il à le lui demander ?

— Oui, murmura-t-elle, la langue bien pendue.

— Vous êtes ici pour voir quelqu'un en particulier ?

Liv contempla ses lèvres noires bouger. Elles étaient gonflées et agréables à regarder. Ses dents étaient vraiment blanches. Les gens gentils avaient de belles lèvres, des voix charmantes et de jolies dents.

Pourquoi se souciait-elle de savoir s'il était gentil ?

— Oui.

— Qui ? Avec qui avez-vous rendez-vous ?

— Je n'ai pas de rendez-vous, répondit Liv en secouant lentement la tête.

— Alors qui êtes-vous venue voir ?

Elle inspira en tremblotant.

— Trey.

— Trey, répéta-t-il doucement.

— Oui, Trey Holloway.

Il pencha la tête, son regard scrutant celui de Liv.

— Est-ce qu'il vous connaît ?

Quelle drôle de question !

— J'espère bien que oui. C'est mon frère.

Il plissa ses yeux sombres et ne la quitta que le temps d'attraper la bouteille d'eau dans les mains de Cassie, la réceptionniste. Il brisa le sceau du bouchon et l'ouvrit, lui tendant la bouteille.

— Buvez.

— Je n'ai pas soif, dit-elle d'un ton plat, bien qu'elle se sente desséchée.

— Buvez quand même.

Liv porta la bouteille à ses lèvres et avala une gorgée d'eau fraîche. Elle cligna à nouveau des yeux et regarda l'homme qui se dressait au-dessus d'elle.

— Qui êtes-vous ?

— Eli.

— Eli, reprit Liv en fronçant les sourcils, toujours sur un nuage.

— Elliott Stone.

C'était un joli nom pour quelqu'un avec des traits si plaisants. Certains hommes n'étaient pas beaux avec le crâne chauve. Lui, oui. Son crâne était parfaitement lisse et avait une forme gracieuse. Le crâne nu lui allait bien.

— Elliott, répéta-t-elle.

— Oui. Je vais chercher Trey pour vous, indiqua-t-il en reculant et se retournant pour partir.

— Non !

Il s'arrêta, redressant le dos. Il était grand. Foncé. Tellement beau… Mais pour l'instant, rien de tout cela n'avait d'importance.

Tout ce qui comptait, c'était la raison pour laquelle elle était ici.

Cependant, elle devait vraiment s'en aller avant que son frère soit mêlé à son merdier. D'autant plus qu'elle ne l'avait pas vu depuis seize ans.

À cause de cela, il risquait de ne pas être ravi de la retrouver. Elle avait disparu sans laisser de traces. Pas d'appels, pas de lettres, pas d'emails. Elle s'était perdue dans la masse. S'était complètement volatilisée. Elle l'avait laissé derrière, à gérer le cauchemar de leur enfance.

C'était donc une mauvaise idée qu'elle se présente ici dans un moment de faiblesse.

— Non, je vais partir. Je prendrai de ses nouvelles une autre fois. Je vous remercie de votre gentillesse.

Elle se leva et se dirigea vers l'ascenseur du vestibule d'entrée.

Il attrapa son coude au passage et la fit pivoter jusqu'à ce qu'ils se retrouvent face à face, le regard sombre et pénétrant.

— Ola. Non. Vous n'allez nulle part.

Elle tira son coude, mais l'emprise de l'homme était suffisamment ferme pour qu'elle ne parvienne pas à se dégager.

— Vous n'avez pas à me dire quoi faire.

— Bien sûr que si, marmonna-t-il près de son oreille. Vous

savez pourquoi ? Parce que ça fait un moment que je travaille ici, et j'ignorais que Trey avait une sœur. Maintenant, je me demande pourquoi je ne l'ai jamais su. Alors, pour satisfaire ma curiosité, je vais vous accompagner jusqu'à son bureau.

— Lâchez-moi ! exigea-t-elle en tirant toujours son bras.

— Vous n'avez pas dit « s'il vous plaît ».

À cet instant précis, elle ne le trouvait pas si sympa que ça.

— S'il vous plaît, dit-elle avec une gentillesse forcée.

— C'est mieux. Mais non.

Elle jeta un regard paniqué à la réceptionniste qui se contenta de lui répondre par une mine absente, comme si elle avait l'habitude de voir des hommes de grande taille traîner des femmes dans le hall d'entrée. Liv ne pouvait pas imaginer que cela se produise régulièrement. Mais elle avait vu beaucoup de choses bizarres dans sa vie, alors rien ne la surprenait.

— Allons-y, dit-il d'un air déterminé.

Liv essaya d'enfoncer ses talons dans la belle moquette, mais l'homme était trop grand et trop fort pour qu'elle lui résiste. Elle eut à peine le temps d'apercevoir les différents bureaux devant lesquels ils passèrent qu'il s'arrêta brusquement face à une seconde femme. Une secrétaire, peut-être.

— Trey est là ?

Les yeux de la femme dévièrent vers Liv avant de se poser sur cet Elliott autoritaire, lui adressant un large sourire charmeur.

Peu importe.

— Il n'est pas dans son bureau. Il est en réunion.

— Une *vraie* réunion ou une *réunion*.

Liv ne savait pas de quoi il parlait, mais elle leva les yeux vers lui. Il l'ignora.

— Euh. J'espère que c'est une réunion normale puisque

Grant est avec eux. Parce que si ce n'est pas le cas, tu devrais peut-être intervenir.

Puis la secrétaire s'esclaffa.

C'était étrange et Liv ne comprenait pas ce qu'elle trouvait drôle dans ce qu'elle avait dit.

Elliott fronça les sourcils, et son visage à la peau foncée s'assombrit davantage.

— Alors c'est une réunion normale.

— Si tu le dis, murmura la secrétaire, avant de lui faire un second sourire éclatant. Dans la grande salle de conférence.

Elliott, Eli, ou qu'importe, fit un signe sec de la tête à la femme et entraîna Liv dans un autre couloir, jusqu'à une vaste pièce composée d'un mur de fenêtres. Plusieurs personnes étaient assises autour d'une longue table de conférence ovale. Lorsqu'il s'approcha, la main fermement fixée au coude de Liv, toutes les têtes se tournèrent vers eux.

Il avait dû communiquer silencieusement à travers la vitre, car un homme noir élancé se leva et ouvrit la porte, au moment précis où ils franchirent le seuil.

— Qu'est-ce qui se passe ? demanda le grand homme en fronçant les sourcils.

L'ignorant, Elliott la tira dans la pièce.

— Ça t'appartient ? interrogea-t-il le frère de Liv.

Les yeux écarquillés, ils se regardèrent l'un l'autre.

— Je pense que oui, murmura Trey en l'étudiant attentivement.

— Tu penses ou t'es sûr ?

Trey Holloway se leva et l'étudia de la tête aux pieds.

— Ouais. C'est ma sœur. *Bon sang !*

— Je l'ai trouvée en train de rôder dans le hall, paniquée, annonça son ravisseur au groupe d'inconnus.

— Quoi ? s'exclama-t-elle en levant les yeux vers lui. Je n'étais pas en train de rôd...

— Silence, dit vivement cet Elliott, la coupant.

— Eli, tu veux bien la lâcher ? demanda le quatrième homme au bout de la table, se levant lentement.

— Elle pourrait s'enfuir.

— Quoi ? s'étonna Trey, ses sourcils remontant jusqu'à la racine de ses cheveux.

— Elle a essayé de partir.

— Pourquoi ?

— Je ne sais pas, avoua Eli en haussant ses larges épaules et la regardant. Tu devras le lui demander.

— Je suis juste là, rétorqua Liv en fronçant les sourcils. Je vous entends et je suis tout à fait capable de répondre.

Eli haussa à nouveau les épaules et relâcha enfin son coude. Tout en le frottant, le regard de Liv dériva sur toutes les personnes présentes dans la pièce.

Son frère avait l'air en bonne forme. Mature. Important. Mais il avait été le quarterback vedette des Boston Bulldogs et les avait aidés à remporter le championnat du Super Bowl quelques saisons plus tôt.

Une femme aux longs cheveux blond vénitien l'observait avec des yeux curieux. Lorsqu'elle se leva, Liv ne put s'empêcher de remarquer le caractère sexy de sa tenue. Une jupe crayon, des bas et des talons hauts. Pas aussi hauts que ceux d'une strip-teaseuse, mais ils donnaient l'impression que les jambes de la femme étaient interminables. Le regard de Liv se posa sur sa poitrine. Elle avait assurément ce qu'il fallait à ce niveau. La femme avança vers Trey et mit une main dans le dos de son frère.

Liv trouva cela curieux.

Quand la femme parla d'une voix douce à son frère, il sembla se dresser au garde-à-vous comme s'il venait de se réveiller. Alors qu'il se rapprochait, Liv pensait qu'il allait la prendre dans ses bras, mais il se figea et la regarda avec circonspection.

— Olivia, qu'est-ce que tu fais ici ?

Venir là n'avait pas été une bonne idée.

— Quoi ? Je ne peux pas passer dire bonjour à mon frère ?

Sa taquinerie tomba à plat.

— Ça fait seize ans.

Voilà… La phrase qui fit remonter à la surface toute la culpabilité qu'elle portait. La chaleur lécha ses joues tandis que tous les regards se posaient sur elle.

— Je… euh…

— Bébé, peut-être qu'on devrait partir et les laisser un moment.

Liv se tourna vers l'homme qui se trouvait à sa droite. Il était également grand, mais pas autant qu'Eli. Il avait un beau bronzage et des yeux noisette bienveillants et chaleureux derrière des lunettes qui lui donnaient un air très intelligent. Mais elle se demanda qui il avait appelé bébé, puisque la seule autre femme de la salle était maintenant accrochée à l'unique autre homme noir de la pièce. Celui qui semblait être le chef. Liv trouvait curieux que la femme prenne de telles libertés avec deux hommes.

— Grant, ils pourraient avoir besoin de moi, lui répondit Eli.

Ce Grant appelait Eli « bébé » ? Elliott Stone n'avait pas l'air du genre à laisser un autre homme l'interpeler ainsi, surtout dans un cadre professionnel. Bizarre.

— S'ils ont besoin de toi, je suis certain qu'ils te le feront savoir.

Grant regarda Trey, qui se contenta de hocher la tête en guise de réponse.

— On peut attendre dans mon bureau jusqu'à ce qu'ils terminent.

— Oui, mais...

— Eli, dit fermement l'homme à son ancien ravisseur.

La tonalité de la voix sous-entendait qu'il ne fallait pas contester ce qu'il disait.

Eli hocha la tête, puis soupira.

— On n'en a pas fini, indiqua-t-il en se penchant vers Liv.

Liv mobilisa toute l'audace qu'elle put rassembler.

— Oh, c'est bien terminé, répondit-elle de façon détachée.

Les lèvres d'Eli s'aplatirent, et il sortit à contrecœur à la suite de l'autre homme, que Liv supposait aussi être un avocat puisqu'il portait un costume. Ils la refermèrent derrière eux.

Ils n'étaient plus que quatre. Son frère, elle et les deux autres.

— Pourquoi maintenant ? s'enquit Trey.

Elle se demanda pourquoi les deux autres restaient.

— On peut parler en privé ? requerra-t-elle en évitant volontairement de les regarder.

— Non, répondit-il en regardant le grand noir, puis la blonde. Tout ce que t'as à dire peut l'être devant Rayne et Gryff.

Rayne et Gryff.

— Ce sont mes partenaires. Sur tous les points, précisa-t-il.

Sur tous les points ? Qu'est-ce qu'il entendait par là ?

— On peut vous laisser seuls quelques instants, T, proposa l'homme qui devait être Gryff.

— Non, restez. Je veux que vous restiez, répondit Trey.

Sans se retourner, il tendit son bras vers l'arrière. Ils se touchèrent brièvement la main, puis les laissèrent retomber.

— Encore une fois, pourquoi et pourquoi maintenant ? demanda Trey.

— Pas de câlin à ta petite sœur ? s'enquit Liv, ce qui sembla carrément minable, même à ses oreilles.

Elle cherchait à gagner du temps.

— Vraiment ? s'exclama-t-il, une lueur dans les yeux. Tu disparais à seize ans, réapparais seize ans plus tard, et je suis censé faire comme si on s'était vu hier ? Tu m'as laissé derrière.

Liv ferma les yeux et inspira en tremblotant.

— Je sais.

— Même pas un mot. Pas une seule fois. Pas quand j'ai fini le lycée. Pas quand je suis parti à l'université. Pas quand notre *charmante* mère est morte. Pas quand j'ai été recruté par la NFL. Pas quand j'ai gagné le putain de Super Bowl.

La dernière phrase sembla amère et crue. Liv observa les diverses émotions qui traversèrent les traits de son frère.

— Je suis désolée, murmura-t-elle. J'essayais juste de survivre. J'ai fait ce que j'avais à faire.

— Oui, moi aussi.

Liv le regarda, surprise par le ton qu'il employa, se demandant ce qu'il avait dû faire pour survivre. Quoi qu'il en soit, il semblait en être sorti gagnant.

— Écoute, vous avez tous les deux fait ce que vous deviez faire, intervint Gryff en s'avançant et posant la main sur l'épaule de Trey. C'est votre mère qui est à blâmer. T, ne mets pas ça sur le dos de ta sœur. Comme toi, elle était innocente dans toute cette histoire.

Cet homme était peut-être un allié.

— Lequel d'entre vous est Jordan et lequel est Ward ?

L'époustouflante femme s'avança avec un sourire et tendit la main.

— Je suis Rayne Jordan. Et lui, c'est Gryffin Ward.

Liv prit timidement la main qu'elle lui présentait, mais Rayne la serra fermement et avec respect. Elle arracha le regard de leurs mains jointes vers le visage de la femme, cligna des yeux devant le vert des pupilles de celle-ci, puis lui rendit un petit sourire.

— Je suis Olivia Holloway.

— J'avais bien compris. Pourquoi ne pas t'asseoir ? proposa Rayne en désignant une des nombreuses chaises vides qui paraissaient hors de prix, mais confortables.

— Je... euh...

Gryff tira une chaise près de lui et indiqua également à Olivia de se poser. Elle s'exécuta. Puis son frère et ses partenaires se déplacèrent de l'autre côté de la table et s'installèrent en face d'elle.

Liv se racla la gorge, car elle eut soudain l'impression d'être au tribunal.

— Je suis désolée de venir ici à l'improviste.

— Tu fais partie de la famille. Inutile de t'excuser, répondit Gryff, l'expression neutre.

De la famille ? Oui, celle de Trey. Mais...

— Trey, appela-t-elle en tournant son regard vers son frère.

— Oui ?

— J'ai... euh. J'ai besoin d'aide.

— Oui, je ne pensais pas que t'étais venue parce que je te manquais.

Une fois de plus, la chaleur remonta dans la nuque de Liv pour envahir ses joues.

— Désolée, je n'aurais pas dû te déranger, continua-t-elle en reculant sa chaise.

— Reste ! ordonna une voix forte et grave, avant qu'elle n'ait pu se lever.

— Patron, murmura Rayne.

Gryff ne quitta pas Liv des yeux.

— Non, elle est venue ici pour une raison. On doit savoir pourquoi.

Patron ? Elle pensait qu'ils étaient associés.

— Olivia, commença Gryff.

— Liv. S'il vous plaît, appelez-moi Liv.

— Très bien. Liv, quoi qu'il arrive, on est une famille.

— Je ne comprends pas dans quelle mesure on est une famille, dit-elle en fronçant les sourcils.

Les trois personnes en face d'elle se regardèrent, puis reportèrent leurs attentions sur elle.

— Ce sont mes partenaires, Liv, finit par révéler Trey.

— OK, j'ai compris. J'ai vu vos noms en grosses lettres dorées au-dessus de la réception.

Trey inspira profondément.

— On est aussi partenaires dans la vie.

Liv cligna des yeux, puis fixa son frère. Des partenaires de vie. Qu'est-ce que ça signifiait ?

Oh, putain.

— Tous les trois ?

Il acquiesça.

— Oh.

— Alors, même si j'apprécie cette petite réunion de famille, peux-tu me dire pourquoi tu viens me retrouver maintenant après toutes ces années ?

— Je... euh.

— Oh, pour l'amour du ciel... marmonna le grand homme en face d'elle, ses mains se crispant sur la table.

— Gryff, dit doucement Rayne. Donne-lui une chance.

Les yeux de Liv dévièrent vers Rayne, vers Gryff, puis revinrent vers son frère.

— Je... je ne devrais pas être ici.

Son frère était heureux, établi, prospère. Elle n'avait pas besoin de l'entraîner dans son bordel.

Elle pouvait s'en sortir toute seule. Elle le pouvait.

Putain. Elle en était incapable.

Elle ne pouvait faire confiance à personne. Elle n'avait nulle part où aller. C'était précisément pour cette raison. Elle n'avait pas le choix.

— J'ai besoin d'aide.

— Tu l'as déjà dit, répondit Trey, les sourcils froncés. Une aide juridique ?

— Oui... Non...

Elle secoua la tête. Son cerveau était tellement confus.

— Je ne sais pas.

— Tu ne sais pas ? demanda Gryff en fronçant les sourcils.

— J'ai des ennuis.

Gryff se remit dans sa chaise, les bras tendus, les paumes posées à plat sur la table devant lui.

— Sans déconner.

Ce n'était pas une bonne idée de venir ici. Elle avait eu tort. Elle devait partir. Elle n'avait pas le droit de demander de l'aide à son frère. Elle n'avait pas le droit de débarquer dans sa vie. Il ne lui devait rien.

— Je suis désolée, murmura-t-elle en croisant le regard de son frère.

Il avait exactement les mêmes yeux qu'elle. La même couleur de cheveux. Ils se ressemblaient tellement, mais étaient de parfaits étrangers.

— Ne sois pas désolée, dit doucement Rayne. Parle-nous. On peut t'aider.

— Je n'en suis pas si sûre.

— Alors pourquoi t'es venue ici ? lui demanda Trey.

— Parce que je n'ai nulle part où aller.

Les mots lui échappèrent d'un coup. C'était vrai, mais elle détestait l'admettre.

— T'as trouvé un endroit où partir, il y a seize ans, rétorqua doucement son frère, un chagrin évident dans la voix.

Liv ferma les yeux et inspira.

— À l'époque, je n'avais nulle part où aller non plus.

— Tu vas en venir au fait ou tu vas continuer à nous énerver ? dit enfin Gryff.

— Patron, murmura Rayne, en posant une main sur l'une des siennes.

Gryff baissa les yeux pour les observer, puis il regarda Liv.

— On ne peut pas t'aider si tu ne nous dis pas quel est le problème.

Elle ouvrit la bouche, la referma, puis l'ouvrit à nouveau. Même s'ils ne pouvaient pas l'aider, elle avait besoin de vider son sac. Elle aspira une nouvelle bouffée d'air.

— J'ai été témoin d'un meurtre.

Autour de la table, un silence assourdissant accueillit sa déclaration. Elle fixa ses mains jointes, craignant d'apercevoir leurs expressions.

— Il te suffit d'aller voir la police et de leur raconter de quoi t'as été témoin, dit Trey, comme s'il entendait tous les jours ce genre de confession.

Si seulement c'était aussi simple.

— C'est impossible.

— Pourquoi ? demanda Gryff, sa voix grave maintenant teintée de suspicion.

— À cause des personnes impliquées, expliqua-t-elle.

— Merde, grommela Gryff.

— Qui était concerné ? s'enquit doucement Rayne.

Liv craignait même de prononcer son nom.

— Randall Dean, chuchota-t-elle, l'effroi transperçant son ventre.

Si quelqu'un l'entendait, découvrait ce qu'elle savait, ce qu'elle avait vu...

Rayne eut le souffle coupé, et Gryff fit un bruit. Liv leva les yeux vers Trey, qui secouait la tête, l'air confus.

— Qui ?

Gryff lança un regard noir à Trey.

— Randall Dean, répéta-t-il, comme si cela allait éclairer son frère.

— Je n'ai aucune de putain d'idée de qui c'est, confia Trey.

— Il était impliqué ? demanda Gryff en se penchant, le corps raide.

— Oui, répondit Liv.

— Comment ?

— Il l'a tuée.

Mon Dieu, il avait assassiné Peggy.

— Qui ?

Une femme qui remettait de l'ordre dans sa vie, une existence qu'elle essayait d'améliorer. Liv savait exactement ce que c'était. Autrefois, elle avait été à sa place.

— Une femme que je connaissais.

— Comment tu sais que c'était lui ?

Il avait enveloppé ses putains de mains autour de la gorge de Peggy jusqu'à ce que toute vie la quitte.

— Je l'ai vu faire.

— Putain ! aboya Gryff vers le plafond.

Il saisit le téléphone posé au centre de la table de conférence et le ramena vers lui. Il décrocha l'appareil et composa quelques chiffres.

— Eli, ici, tout de suite, grommela-t-il, avant de claquer le combiné.

— Putain de merde, murmura Rayne.

Elle tourna des yeux inquiets vers Liv.

— T'es sûre ?

— Oui.

Oui, elle en était certaine. Elle n'oublierait jamais ce qu'elle avait vu. Jamais. C'était gravé dans son cerveau et le resterait toute sa vie.

— Alors pourquoi elle ne peut pas aller voir la police ? s'enquit Trey, toujours aussi confus.

La porte de la salle de conférence s'ouvrit brusquement, et son ancien ravisseur entra, refermant la porte, les yeux rivés sur elle. Soudain, la pièce manqua cruellement d'oxygène. Elle eut du mal à respirer.

— Ça va ? demanda Rayne, l'inquiétude s'insinuant dans sa voix.

Non, non, elle n'allait pas bien.

Elle avait chassé de son esprit ce qu'elle avait vu pour réfléchir à la façon de fuir, à la manière dont elle pouvait se sauver, à la façon dont elle pourrait survivre. Une fois de plus.

Soudain, tout s'écroulait à nouveau sur elle.

Être clouée par les yeux sombres et intenses de l'homme qui se tenait à côté d'elle n'arrangeait rien.

— Patron, grommela Eli.

— Assieds-toi, dit Gryff.

— C'est bon...

Il devait s'asseoir. Pour la laisser respirer.

— S'il vous plaît, croassa Liv. S'il vous plaît.

Eli la regarda, les sourcils froncés. Mais il finit par s'installer sur la chaise à côté d'elle, laissant un siège vide entre eux. Elle lui en fut reconnaissante.

La prestance de l'homme semblait l'accabler. Elle n'aurait pas été capable de parler, de répondre aux questions, s'il avait été plus près.

— Qu'est-ce qui se passe ? s'enquit Eli, ses yeux déviant vers Gryff, puis revenant sur elle.

— Elle a vu un certain Randall Dean tuer quelqu'un, expliqua Trey depuis l'autre bout de la table.

— Quoi ? s'exclama Eli, dont le regard se porta sur Trey.

— Tu sais qui c'est ? demanda son frère.

— Putain de merde, souffla Eli.

— Ouais, grogna Gryff.

— C'est un bordel, ajouta Rayne.

— Attendez, dit Eli en levant la main. Il faut qu'on rembobine. J'ai besoin de tout entendre depuis le début.

— Je pense que c'est le cas pour tout le monde, confirma Gryff.

Puis tous les regards se posèrent sur elle. *Merde.*

Disponible ici : mybook.to/DareToSurrender-FR

Si vous avez aimé ce livre

Merci de votre lecture. Si vous avez apprécié ce livre, merci de publier un avis sur votre site de vente préféré et/ou catalogue en ligne de type Goodreads pour en informer les autres lecteurs. Les avis sont toujours très appréciés et quelques mots suffiront à aider énormément une auteure indépendante comme moi!

Livres en Français

Made Maleen: Un conte de fées moderne revisité

Endommagé

Série Des Frères en Uniforme :
Des Frères en Uniforme : Max (livre 1)
Des Frères en Uniforme : Marc (livre 2)
Des Frères en Uniforme : Matt (Tome 3) - comprend aussi
Teddy (Nouvelle 3.5)
Des Frères en Uniforme : Noël Chez la Famille Bryson
(livre 4)

La Série Dare Ménage :
Osez doublement (livre 1)
Proposition osée (livre 2)
Osez être trois (livre 3)
Un désir osé (livre 4)
Oser s'abandonner (livre 5)
Un voyage audacieux (livre 6)

Livres en Français

<u>Les Novellas Obsédées :</u>
Forever Him (livre 1)
Only Him (livre 2)
Needing Him (livre 3)
Loving Her (livre 4)
Tempting Him (livre 5)

La suite est à venir !

À propos de l'auteur

JEANNE ST. JAMES est une auteure de romances, dont les best-sellers sont en vente dans le monde entier et figurent au classement de *USA Today*. Elle adore mettre en scène des femmes fortes et des mâles alpha. Elle n'avait que treize ans quand elle a commencé à écrire. Son premier texte publié était une nouvelle érotique, dans le magazine *Playgirl*. Elle a écrit sa toute première romance en 2009. Depuis, elle est l'auteure de plus de cinquante romances contemporaines. Ses sujets de prédilection sont les histoires M/F et M/M, les trios M/M/F et les couples mixtes. Elle écrit aussi sous le nom de plume J.J. Masters. Envie de découvrir un peu plus ses œuvres ? Téléchargez un extrait gratuit en anglais : Book-Hip.com/MTQQKK

Pour ne rien rater de ses actualités et de ses parutions, consultez son site web www.jeannestjames.com ou inscrivez-vous à sa newsletter (en anglais): http://www.jeannestjames.com/newslettersignup

www.jeannestjames.com
jeanne@jeannestjames.com

Jeanne's Groupe de lecteurs: https://www.facebook.com/groups/JeannesReviewCrew/

TikTok: https://www.tiktok.com/@jeannestjames
Amazon.fr: https://www.amazon.fr/~/e/B002YBDE7O

facebook.com/JeanneStJamesAuthor

instagram.com/JeanneStJames

bookbub.com/authors/jeanne-st-james

goodreads.com/JeanneStJames

pinterest.com/JeanneStJames

Aussi par Jeanne St. James

Retrouvez mon ordre de lecture complet ici:

https://www.jeannestjames.com/reading-order

* Disponible en livre audio (anglais)

Des livres qui se suffisent à eux-mêmes:

Made Maleen: A Modern Twist on a Fairy Tale *

Damaged *

Rip Cord: The Complete Trilogy *

Everything About You (A Second Chance Gay Romance) *

Reigniting Chase (An M/M Standalone) *

Brothers in Blue Series:

Brothers in Blue: Max *

Brothers in Blue: Marc *

Brothers in Blue: Matt *

Teddy: A Brothers in Blue Novelette *

Brothers in Blue: A Bryson Family Christmas *

The Dare Ménage Series:

Double Dare *

Daring Proposal *

Dare to Be Three *

A Daring Desire *

Dare to Surrender *

A Daring Journey *

<u>The Obsessed Novellas:</u>

Forever Him *

Only Him *

Needing Him *

Loving Her *

Tempting Him *

<u>Down & Dirty: Dirty Angels MC Series®:</u>

Down & Dirty: Zak *

Down & Dirty: Jag *

Down & Dirty: Hawk *

Down & Dirty: Diesel *

Down & Dirty: Axel *

Down & Dirty: Slade *

Down & Dirty: Dawg *

Down & Dirty: Dex *

Down & Dirty: Linc *

Down & Dirty: Crow *

Crossing the Line (A DAMC/Blue Avengers MC Crossover) *

Magnum: A Dark Knights MC/Dirty Angels MC Crossover *

Crash: A Dirty Angels MC/Blood Fury MC Crossover *

<u>In the Shadows Security Series:</u>

Guts & Glory: Mercy *

Guts & Glory: Ryder *

Guts & Glory: Hunter *

Guts & Glory: Walker *

Guts & Glory: Steel *

Guts & Glory: Brick *

Blood & Bones: Blood Fury MC®:

Blood & Bones: Trip *

Blood & Bones: Sig *

Blood & Bones: Judge *

Blood & Bones: Deacon *

Blood & Bones: Cage *

Blood & Bones: Shade *

Blood & Bones: Rook *

Blood & Bones: Rev *

Blood & Bones: Ozzy *

Blood & Bones: Dodge *

Blood & Bones: Whip *

Blood & Bones: Easy

Beyond the Badge: Blue Avengers MC™:

Beyond the Badge: Fletch

Beyond the Badge: Finn

Beyond the Badge: Decker

Beyond the Badge: Rez

Beyond the Badge: Crew

Beyond the Badge: Nox

9 781954 684591